NF文庫
ノンフィクション

誰が一木支隊を全滅させたのか

ガダルカナル戦 大本営の新説

関口高史

潮書房光人新社

本書は昭和十七年八月、米軍最初の本格的反抗となったガダルカナル上陸作戦を阻止すべく海兵隊と交戦、壊滅した一木清直大佐指揮する一木支隊の謎に迫っています。部隊は北海道旭川の歩兵第二十八連隊を基幹として編成、「戦術の神様」と言われていた一木の最後は日本陸軍に衝撃を与えました。日米双方で無謀と非難されている本作戦の真相を生還者、一木自身や遺族の言葉、筆者が元戦場を取材、作戦の真相を明らかにしています。

序章

□ 事実と異なる「史実」――一木支隊をめぐる定説への疑問

ソロモン諸島ガダルカナル。

「ガダルカナル」という名は、発見者の出生地に因んでつけられたという。スペイン語で「運河の川」を意味する。しかし、我々日本人にとって、それは特別な意味を持つ。

日本は、今から七十余年前、米国と太平洋の覇権を争った。その天王山とも呼べる戦いがガダルカナルで行なわれた。昭和十七（一九四二）年のことだ。この戦いで勝った米国は太平洋戦争に勝利し、敗れた日本は負け戦を続け敗北する。

ガダルカナルへは、まず北海道旭川で編成された一木支隊が向かった。米軍の手に陥ちた飛行場を奪回するためだ。一木支隊は、陸軍のみならず海軍からも大きな期待をかけられ、勇躍、無血上陸を果たした。そして、その二日後、初めて目の当たりにする米軍に果敢な攻撃を行なう。

この作戦は昭和天皇にまで上奏されていた。よって作戦の成否は爾後の戦局に重大な影響をもたらすことになっていた。むろん負けることなど許されない。が、一木支隊はあえなく全滅する。人力で運べる装備しか持たない約九百名の一木支隊第一梯団に対し、敵はその十数倍に相当する一万数千名、しかも戦車、大砲、水陸両用車等を含む近代装備で周到な防御準備を行ない、一木支隊の攻撃を待ちかまえていた。防衛庁防衛研修所戦史室（当時）が編纂した戦史叢書では、この戦闘を振り返り、次のように記述されている。

八月二十一日未明、一木支隊は中川の線まで進出、第十一設営隊付近陣地（ルンガ飛行場、後のヘンダーソン飛行場）に対する突撃を開始した。中川の河口近く、渡渉容易な砂州を発見し、これを越えようとした時、左前方の台上から猛烈な銃砲火を浴びた。一部は鉄条網を破壊、突入する者もあったが、大部は砂州の前後に折り重なって倒れた。支隊長は機関銃中隊、大隊砲小隊を戦闘に加入させたが、地の利を占めた米軍の集中砲火を被り、戦況の好転は望めなかった。

九時、支隊の南側から米軍の反撃が始まった。

午後になると、米軍戦車六両も加わって反撃が続行され、支隊の背後を蹂躙した。将兵の奮戦にもかかわらず、戦況は全く不利になった。

一木大佐は既に打つべき手段もなくなったと感じて、午後三時ごろ、軍旗を奉焼して自決して果てた。部下の将兵の大部も、支隊長に従ってそこで壮烈な戦死を遂げた。

日本陸軍の反攻米本国軍との最初の戦闘は、このように不幸悲惨のうちに終わり、ガ島奪回の夢は文字どおり一朝にして破れた。それはあまりにもあっけない敗北であり、日本軍は戦死七七七名、戦傷約三十名であった。

戦史叢書は、我が国の公刊戦史と言っても過言ではない。しかし、「この記述は事実と異なる」と否定的な見方をする者がいる。それも一木支隊に縁の深い人たちが、そう見ているのだ。

ガダルカナルの戦いはミッドウェー作戦とともに、太平洋戦争の転換点となった戦いだ。ましてや一木支隊全滅は、その緒戦での出来事である。このような重要な局面でありながら、一木支隊長の最期、あるいは帝国陸軍にとって最も神聖とされてきた軍旗の消息さえ、戦史叢書の記述は間違っている、というのだ。当時、軍旗は陸軍にとって唯一無二の絶対的存在であり、天皇の分身と見なされるほど重要なものだった。

一木支隊の敗因についても、疑問の声が上がっている。戦史叢書は、「当時の陸軍が風靡していた一般的傾向」としながらも、「一木大佐はわが陸軍の伝統的戦法である白兵威力による夜襲をもってすれば、米軍の撃破は容易であると信じていた」と断ずる。つまり一木支隊長の固定概念を敗因の一つとして指摘する。

一木支隊長の無謀な戦闘指揮のせいでガダルカナルの作戦が失敗したと決めつけられることも少なくない。一木支隊に続きガダルカナル島へ投入された川口支隊の指揮官、川口清健陸軍少将などは、当時から一木支隊長の指揮をあからさまに批判し、「一木の轍を踏まない」などと公言して憚らなかった。

また連合艦隊参謀長宇垣纏少将は、一木支隊全滅の報に接し、まだ何の原因究明も始まっていないのに、「兵数八百精鋭をすぐりて敵の東方に甘く上陸せるもの何等の偵察も行わず猛進敵を軽視したるに依るか」と『戦藻録』に記述している。『戦藻録』とは、宇垣参謀長の日記である。

米軍からの評価も厳しい。支隊長が過信により小部隊で攻撃し、「海兵隊を完全に侮った結果、敗れた」と結論付けるものや、支隊長の「現実を省みない傲慢さ、頑固さが支隊全滅に影響した」と評するものまである。また一木支隊の攻撃が性急であり、同じ要領で繰り返されたことを「信じられないほど柔軟性に欠ける戦術」と分析する研究者も後を絶たない。

さらに追い打ちをかけるのが、無責任な戦記の存在だ。それらは戦史叢書に準拠、あるいは一木支隊長の一部の言動を殊更強調し、支隊長が敵を侮り僅かな兵力でも勝てると信じ込むことで、支隊の一部だけを率いて戦い、敗れた後はさっさと自決した、と総括する。

しかし、支隊長の人物像について語られるのは、緊張を強いられ、指揮官として任務達成に邁進する作戦間のものがほとんどである。それらは必ずしも一木清直個人の資質や性格を正しく捉えているとは言い難い。なぜなら支隊長の置かれた立場や状況を無視し、個人の資質や性格、ましてや戦術能力などを論ずるのは表層的な議論に終始する恐れがあるからだ。しかも多くの日米の研究者は戦史叢書に引用された文献・証言等を重視し、一木支隊の作戦を分析しており、その評価はもはや固定した感がある。

加えて、これまで多くの戦記がトップダウンあるいはボトムアップの視点で書かれてきたことは周知のとおりである。トップダウンでは作戦全般の状況を知ることができる半面、現地における実際の戦闘がわかりにくい。その逆に、ボトムアップでは局面の戦闘に焦点を当てることが多く、作戦全般のことがわかりにくい。さらに、どちらも結果論的考察に陥りやすい欠点を持つ。上級司令部は現地部隊長の戦闘指揮が稚拙だったと批判する一方、現地部隊は上級部隊の作戦に無理があったと主張することもしばしばである。

だが、そもそも一木支隊のような無謀とも呼べる戦いが生起した理由は何だったのか。また、一木支隊はなぜ全滅するまで戦ったのか。そして一木支隊の戦訓が爾後、どうして活かされなかったのか。さらに言うなら、これらの疑問は、ただ単に一木支隊長あるいは一木支隊だけに向けられるべきものと言えるのだろうか。むしろ、そこには現代の組織一般にも共通する日本軍の「瑕疵《かし》」が存在していたと捉えるべきではないだろうか。一木支隊の作戦に思いを馳せる時、この問題を避けて通ることはできない。

そこで本書では、従来と全く異なるアプローチから、これらの疑問解明に臨んだ。具体的には、軍中央部や第十七軍司令部参謀の証言に加え、これまで、あまり知られてこなかった一木支隊長自身の言葉、支隊長の長女の回想、そして一木支隊の生還者からの聴き取りに基づき一木清直の真の人物像にせまった。また戦史叢書発刊以降、世に出た記録・回想あるいは未刊行の文書、いわゆる在郷史料等を読み解き、一木支隊第一梯団の作戦の実相を明らかにした。そして、その結果、ほぼ定説になっていた一木支隊長の人物像及び一木支隊の作戦が大きく異なっていたと確信するに至った。

戦史叢書が公文書等に準拠したものとするなら、これから書くことも、数十名の生存者と一木支隊長、一木支隊をよく知る者たちの文書・証言を基に作成された「史実」に他ならない。

誰が一木支隊を全滅させたのか——目次

第三章　なぜ一木支隊長は厳しい条件を受容したのか？ 131

第四章　なぜ一木支隊長は攻撃を続けたのか？　177

第五章　なぜ一木支隊長は全滅させてしまったのか？　233

誰が一木支隊を全滅させたのか

——ガダルカナル戦 大本営の新説

第一章

□なぜ一木支隊長は征くことになったのか？

軍都旭川

昭和十七（一九四二）年、旭川。

旭川は北海道のほぼ中央、上川盆地に位置する。それは軍都としても古い歴史をもつ。もともと明治初期から北海道の開拓と防衛の任を担っていたのは屯田兵だった。その屯田兵を母体とし、陸軍第七師団が札幌で編成された。明治二十九（一八九六）年のことだ。創設時、明治天皇が「だいしちしだん」と呼ばれたことから、「第七」は「だいしち」と読むのが正式とされる。

それから数えて五年、明治三十四（一九〇一）年、第七師団は札幌から旭川へ移転された。これが軍都のはじまりだった。その後、数回にわたる改編があり、昭和十七年当時、第七師団の隷下には、歩兵第二十六、二十七、二十八連隊、山砲兵第七連隊、捜索第七連隊、工兵第七連隊及び輜重兵第七連隊などが編成され、そのほとんどが旭川に駐屯していた。

また、兵舎の隣には、軍人の子弟が多く通う北鎮小学校もあった。明治三十四年、第七師団の私設教育所として開設されたものだ。そのためか、校章は陸軍の帽章として使われた「五芒星」の中心に、太陽を意味する小さな「〇」が付してあった。

北鎮小学校は、「偕行社」の附属組織として同社が経営していた。偕行社は将校の親睦組織である。よって学校の維持費に不足が生ずれば、社員である将校が相当の拠金をもって補塡することになっていた。北鎮小学校にあっては開校当初より維持費の不足が恒常的に続いた。そんな折、明治四十一（一九〇八）年、旭川町助役・町長代理を務めていた松島牒平より、「北鎮小学校の維持費を寄付したい」との申し出があった。しかし当時の第七師団参謀長小池安之大佐は旭川町の財政事情も考慮し、「三百余名の将校が一個小学校を経営し得ずとして町の寄付を受くるが如きは師団の面目として出来得ざることに属す」と謝絶したのだった。当時の旭川の軍民一体の実態を伝えるエピソードの一つである。

第七師団の兵舎や北鎮小学校は、旭川のなかでも春光町と呼ばれる一画にあった。

春光町には、将校とその家族が生活する将校官舎もあった。周りを威圧するように立ち並ぶ厳めしい兵舎とは趣が異なり、将校官舎には洒落たものが多かった。中でも一番大きく贅を尽くしたのが師団長公邸だ。それに比べれば、ずっと小さいものの、風格こそ負けてない立派な屋敷があった。生垣に囲まれ、外観は和洋折衷、壁は茶褐色で横羽目板造り、そして降雪を考えた二段屋根が目をひく。また窓と出入り口の上には、アルプス地方でよく見かける三角屋根が付いていた。そんな魅力的な官舎にもかかわらず、住んでいるのは男一人だけだった。男の名は一木清直。陸軍大佐、歩兵第二十八連隊長だ。この時、歩兵第二十八連隊は、防諜のため「北部第四部隊」と呼称されていた。よって歩兵第二十八連隊長も「北部第四部隊長」と呼ばれていた。

一木清直の生い立ち

一木清直は明治二十五（一八九二）年十月十六日、長野県下伊那郡市田村（現在の高森町）で、加藤紋彌を家長とする四人兄弟の次男として生まれた。清直を「静岡県出身」とする書は多いが、それは誤りである。市田村は中央アルプスと南アルプスに囲まれ、その間を流れる天竜川の西岸、伊那谷の南にある。自然がつくりだす扇状地と河岸段丘は変化に富んだ美しい自然を育み、山並みは四季折々に色を変え、目を楽しませてくれる。いわば大きな自然の「箱庭」だ。また市田村は、戦前、多くの満洲開拓民を輩出した模範的な村として全国にも知れ渡っていた。市田柿と呼ばれる高級干し柿の産地としても有名だ。

現在でも清直が幼少時代を過ごした生家は、当時の面影をそのままに残している。子供の頃の清直はというと、物静かな兄清重とは違い、随分、腕白だったと言われている。近所の子供たちを引き連れ、川で泳いで魚を獲ったり、野山を駆けめぐってはウサギを捕まえたりしていたという。このように清直は南信州の大自然の中、元気いっぱいに育った。

また加藤家は、代々信濃飯田藩堀家の御典医を務める家柄だった。清直の生家には、歴代の御典医が登城する際に使用した駕籠もあった。古来から伝わる医学書が書棚いっぱいに積まれ、裏庭には広大な薬草園もあり、様々な漢方薬を調合していたという。さらに加藤家の人々は医学に通ずる一方、村の子供たちに読み書きや算盤などを教える寺子屋も営んでいた。

そんな家風からか、加藤家では清直の実父をはじめ、ほとんどの者が医者か学校の先生をしていた。もちろん、清直の父紋彌もそれを子供たちに望んだ。姉は病弱のため早世したが、兄清重も父の教えに従い教職に就いた。当然、清直も兄に続くものと

士官候補生時代の一木清直（２列目右端）

期待された。しかし清直の夢は違った。帝国陸軍の軍人となり、御国のために身を捧げたいと考えていた。それは特別なことではなかった。日露戦争で、日本が強敵露国に勝利したのは明治三十八（一九〇五）年のことだ。清直はその時、十三歳であり、多感な少年時代を過ごしていた。清直だけではなく、当時の少年たちの憧れといえば、大陸を所狭しと闊歩する勇ましい軍人の姿だった。

しかし、清直は「軍人になりたい」とは言い出せなかった。両親に反対されるのは火を見るより明らかだった。そのため清直は、明治四十二（一九〇九）年、旧制飯田中学校を卒業すると、「師範学校を受験させてください」と言って上京し、陸軍士官学校を受験するために浪人生活を送った。その後、努力の甲斐あって超難関の士官学校に合格した清直は、第二十八期生として入校した。しかし、それを両親に伝えたのは、入校して数ヵ月も過ぎてからのことだった。

四人兄弟の末っ子、妹美知に至ってはさらに破天荒だった。戦前、美知は女学校を卒業すると、親の反対をよそに単身で米国ロサンジェルスへ渡った。そして美知はそこで日本語講師として人生の大半を過ごすのだった。

心優しい配属将校

大正五（一九一六）年、陸軍士官学校をまずまずの成績で卒業した清直は、多くの時間を第一線部隊勤務と学校教官あるいは配属将校として過ごした。当時、配属将校には、人格・識見ともに優秀な者しか就けなかった。それを裏付けるかのように、清直が赴任した千葉の茂原農学校（現在の千葉県立茂原樟陽高等学校）や一宮実業学校（同じく千葉県立一宮商業高等学校）では、清直は熱意に溢れ、心優しい教官として評判だった。

昭和三（一九二八）年から勤務した千葉県立茂原農学校では、卒業生が一木大尉（当時）のことを「軍人としては小柄であったが、キビキビと張り切っており、かつ

茂原農学校配属将校時代に一木清直が起居した「お屋敷」

大変人懐っこい印象を生徒に与えていた」と回想する。また同校の創立百周年記念誌では、「当時の茂農生（茂原農学校生徒）は全般に温和であったが、中には相当な猛者もいて修学旅行の際など、時には他の中学生とトラブルを起こすこともあった。そのような生徒にも、一木大尉は一目置かれ、立派な大尉との評判が高かった」と記述されている。

一方、清直も茂原農学校の生徒たちの純朴な性格が気に入り、励勉な教練振りにも好印象を持っていたようである。昭和四（一九二九）年四月十日付の千葉県学務部長に宛てた「教練実施状況報告」では、「思想ハ穏健正順加ウルニ体育強賢ニシテ教練ニ対シテハ最モ興味ヲ有シ頗ル熱心精励ス」という賛辞も見られる。

また一宮実業学校の生徒たちも、「比較的小柄でしたが、ものすごい気魄を感じさせる先生でした」

と追想する。清直と生徒の交流は、清直が歩兵第五十七連隊に転出した後も続いた。生徒たちは清直を慕い、職員の引率の下、「軍事研究のための宿泊（今でいう「体験入隊」のようなもの）」をするほどだった。

ちなみに配属将校時代、清直は寸分の時間も惜しんで職務に邁進するため、学校のそばで起居していた。そこは享保十一（一七二六）年、一宮藩主になった加納久通をはじめ、代々の藩主が別邸として使用した「お屋敷」であった。それは長い坂を上った行き止まり、丘の頂きにあった。大きな日本家屋だった。この「お屋敷」は、その後も数奇な運命をたどる。

大正五（一九一六）年、トーマス・ベイテという英国人が日本政府から法律顧問として招聘された。彼は太平洋戦争が始まった後も国内に残った。そして人目をはばかりながら疎開先の日光で終戦を迎えた。戦後、進駐軍に日本政府への協力を疑われたベイテは、吉田茂の助言を受け、日光から一宮の時の加納家当主久朗を頼って「お屋敷」に移住してきたのだった。吉田と加納の親交は深かった。吉田が駐英大使として英国に赴任した際、加納は横浜正金銀行のロンドン支配人だった。二人は初めて会った時からすっかり意気投合し、交流が始まったのである。

話を元に戻す。

このように清直が教官や配属将校に奉職した期間が長かったのは、教育者である父親の姿を目近に見て育ったことと無関係ではあるまい。なお、その間、清直は縁あって静岡県袋井市の英語教師一木修平とその妻志げの一人娘、秀子と結婚し、これを機に加藤姓を改め、一木姓を名乗ることになった。また長女淑子、次女滋子、そして長男兵衛（「たけもり」と読む）と、三人の子宝にも恵まれた。

余談だが、一木は「いっき」と読む。修平の出身地、袋井市でも一部の地区でしか、そう読まない。よって清直も、他人から「いちき」と呼ばれても、それを訂正することはなかった。そのため、いつしか「一木」は「いちき」あるいは「いちぎ」と呼ばれるようになってしまった。

さらに余談を続けると、昭和十一（一九三六）年、帝都を震撼させた「二・二六事件」の際、宮内大臣の職にあった一木喜徳郎（「いっききとくろう」と読む）は、秀子の親しい親戚である。喜徳郎はそれまで東京帝国大学の法学部教授を経て、文部大臣、内務大臣、そして枢密院議長を歴任していた。清直が秀子との結婚を報告するため、本郷区駒込曙町（現在の文京区本駒込）の喜徳郎邸を訪れた際、清直が緊張のあまり身体をこわばらせ、暑くもないのに汗をびっしょりかきながら木訥《ぼくとつ》と挨拶するのを秀子は面白おかしく見つめるのだった。

それからも事あるごとに、清直は喜徳郎に目をかけてもらった二・二六事件の時も、喜徳郎の要請を受けた清直は、千葉から憲兵隊の操縦するサイドカーに乗り、喜徳郎邸へ赴き、軍事情勢に明るい臨時の私設秘書として喜徳郎を補佐した。

その後、しばらくし、一木清直の名を日本中に知らしめる事件が起きた。盧溝橋事件である。

「本当に攻撃してよろしいんですね?」

清直は、この言葉を発した時のことを終生忘れなかった。清直は自分の意思に反し、その事件の当事者になった。

盧溝橋事件「本当に攻撃してよろしいんですね?」

昭和十一年五月、一木少佐(当時)は支那駐屯軍歩兵第一連隊第三大隊長に任命され、豊台へ赴任した。その翌年七月七日に盧溝橋事件は起きた。日中戦争の引き金になったと言われる。

その日、第三大隊隷下の第八中隊は、いつものように夜間演習を実施していた。午後十時を少しまわったところで演習は終わった。しかし、演習終了を知らされていなかった仮設敵（訓練・演習のために設ける敵のこと）が空包を発射してしまった。そして、それへ応じるかのように、別の方向から銃声が響いた。この時、第八中隊長清水節郎大尉は、銃声が実弾のものと知り、直ちに呼集ラッパを鳴らし、兵隊を集結させた。その際、ラッパの音が響く方向へ、さらに実弾十数発が撃ち込まれた。

一木少佐は夜間演習の終了とともに帰宅していたため、この報告を豊台の官舎で受けた。午前零時のことだった。一木少佐は大隊に非常呼集をかけるとともに、北平（北京のこと）にいる連隊長牟田口廉也大佐に電話で事件の概要を報告した。連隊長は電話にすぐ出た。その日は、特に暑い日で夜になっても屋根が焼けてなかなか眠れなかったからだ。牟田口連隊長は北平警備司令官河辺正三少将が不在のため、その代理も務めていた。

一木少佐は自分の腹案を報告した。

「うちの部隊を盧溝橋まで前進させ、支那側と交渉します」

「よろしい。一文字山（盧溝橋付近の要点）を占領して戦闘隊形をとり、支那側と交渉しろ」牟田口連隊長は一木少佐の腹案を追認した。

一木少佐は午前三時頃、命令どおり一文字山を占領した。

〈交渉に当たっては、他の駐屯各部隊に迷惑をかけないよう、ここで日本軍の威容を

示す必要がある。慎重に交渉しなくてはならない〉

一木少佐は、そう心に決めていた。

その時、再び三発の銃声が鳴り響いた。午前三時二十五分だった。

〈相手はこんなことだと、交渉に応じるかどうかもわからない。証拠をしっかり握ることが肝心だ〉

一木少佐は覚悟した。午前四時のことだった。

「連隊長殿から電話です！」

一木少佐は突然、伝令から報告を受けた。電話は有線をもって「西五里店」と呼ばれる地区まで延長されたものであり、一文字台から千メートルほど後方にあった。

一木少佐が電話に出ると、牟田口連隊長の声が聞こえた。

「まずは、警備司令部の森田中佐を派遣するので、そのまま現場で待機せよ」

一木少佐は、その言葉を最後まで聞くと、すぐに応じた。

「今しがた、また向こうから撃ってきました。我が方は撃つべきでしょうか？　いかがしたらよろしいでしょうか？」

牟田口連隊長は電話を外し、吐き捨てるように言った。

「軍人が敵から撃たれながら、いかがしたらよいかなぞと、訊く奴がおるか！」

一木少佐は、まさか攻撃せよと言われるとは思っていなかった。一木少佐には、この行動が一現場の問題だけではなく、国際問題へ発展すると予想できたからだ。本当にやってよいとなると、事は重大なので、連隊長に再度、確認した。

「本当に攻撃してよろしいんですね？」

「今、四時二十分。間違いない。一木大隊は午前五時三十分を期し、この敵を攻撃せよ！」

牟田口連隊長は「抗戦」を理由に攻撃命令を下達した。連隊長は、この武力行使が盧溝橋だけの局地的なものなのか、北平周辺で同時に起きている大規模な交戦なのか、自ら確認し、大規模な武力行使へ発展するおそれはないと考えていた。

一木少佐は復命した。

「一木大隊は直ちに攻撃の態勢をとり、午前五時三十分、攻撃を開始します！」

その後、たちどころに赫々たる戦果を挙げた清直は、陸軍だけではなく、日本中から称賛されることになった。戦闘詳報の抜粋である。

特種功績者

第三大隊長　少佐　一木清直

右ハ豊台駐屯隊長トシテ全責任ヲ負ヒテ事件勃発ニ処シテ機宜ヲ過タス外交的折衝ノ為種々掣肘ヲ受ケタルニ拘ラス支那軍ノ不法ニ対シ膺懲ニ決スルヤ果敢断行克ク分屯隊長トシテ面目ヲ発揮シ豊台駐屯隊ヲ指揮シテ勇戦奮闘シ皇軍ノ威武ヲ発揚セリ其功績ハ武功抜群ノモノト認ム

支駐歩一戦詳第一号

自昭和十二年七月八日

至　〃　七月九日

盧溝橋付近戦闘詳報

支那駐屯歩兵第一連隊

この時、清直は大きな教訓を学んだ。それは一木大隊が敵の陣地に肉薄した際、突然、連隊長から「退け」と命令された時のことだった。一木少佐は後退命令が出た後も、その場から立ち去ろうとはしなかった。いや、立ち去ることができなかったのだ。

なぜなら、自分の指揮する大隊には戦死あるいは負傷した将兵がおり、それが未だ収容できていなかったからである。清直は、いつもの図上戦術と実戦とは異なり、戦場では思いもよらぬことが起こると実感した。また、そういう時は、指揮官は部下のために何ができるかを考えて臨機応変に行動すべきである、と身をもって体験したのである。

それからほどなく、清直は、支那の第一線から歩兵学校での勤務を命じられた。陸軍の後輩たちに、実戦経験に基づく最新の戦闘要領を教えるためだった。この頃、歩兵学校が最も重視し、力を注いだのが「甲種学生」に対する教育だった。甲種学生に対する教育の主眼は、主として、中・大隊長として必要な戦術及び実兵指揮技能の練成だった。学生は現職の中隊長（大尉）であり、歩兵連隊の中核的な人材が選抜されていた。よって彼らは帰隊後、非常に珍重がられた。それは時に「千葉天保」と呼ばれ、陸軍大学校の卒業者を「天保銭組」と呼ぶように、特に重要な技能を有する歩兵将校として扱われるのだった。

そのような学生を相手に清直は、毎晩のように学生全員を自宅へ招き、地図を片手に大激論を交わすほどの熱血ぶりを発揮した。自宅に呼ばれた学生からは「一木教官の教育は決して精神論的なものなどではなく、実戦に裏づけられたもので大変勉強になった」という感想が述べられている。清直は歩兵学校では、教官だけではなく、研究員なども歴任している。

この間、昭和十三年七月、一木支隊長は故郷である市田村の尋常高等小学校と旧制飯田中学校において、「盧溝橋記念日を迎えるに当り」という演題で講演を行ない、次のように締めくくった。

これ（盧溝橋事件）が日支事変の導火線だ。世界地図刷りかえの第一筆だといわれて、埋木の如き小生がチヤホヤされるのは心苦しい。まああの事変の発端は熟柿的だ。丁度その時機に小生が廻り合わせたというだけのこと、又犬棒式というてもよいでしょう。偶々《たまたま》犬が棒に当ったまでのことです。

同じ盧溝橋事件の当事者、牟田口廉也少将（当時）が陸軍大学校の講演で「日支事変は俺が始めた」と見得を切ったのとは対照的である。

清直は同じく歩兵学校で材料廠長にも就いた。昭和十一年八月に創設された「材料廠」は、兵器の整備や研究、それに学生の実習に供することを任務としていた。歩兵学校では、一般の歩兵連隊が装備する兵器の他、教育研究用の各種兵器を保有した。材料廠は、それらの複雑な補給整備業務と陸軍技術本部より試験を委嘱された兵器の管理も行なった。さらに学校より発刊される各種の兵器取扱いに必要な「参考書」の編纂にも協力した。よって清直は諸外国の最新兵器の趨勢にも精通するのだった。

特に清直が材料廠長をしていた頃の最重要課題は「対戦車戦闘要領」や「歩兵部隊の自動車化」だった。ノモンハン事件での実質的な敗北を受け、全軍を挙げて検討され始めたところだった。しかし典範類では、そこまでの歩兵部隊の近代化について記述されることはなかった。突撃奏功の条件として側防火器の処理、諸兵種特に歩戦砲の緊密な協同、白兵力の最後の瞬間までの貯存、敵陣地突入後における攻撃戦闘や夜間の戦闘要領の明示などにとどまった。これらは全て近代歩兵戦闘の惨烈性及び戦闘持続日数の増加に伴い、厳正な軍紀、旺盛な責任観念、不撓不屈の熱意、特に鉄石の如き意志を一層強調するものだった。

歩兵第二十八連隊長として旭川へ

そんな軍歴を重ねてきた清直が歩兵第二十八連隊長へなるために旭川へ赴任したのは、昭和十六（一九四一）年七月のすっかり晴れた暑い日のことだった。

歩兵第五十七連隊・少尉時代の一木清直（最後列左端）

清直は、連隊長室でふんぞり返っているような指揮官ではなかった。連隊長に上番して以来、現場進出主義を貫いた。常に率先垂範を旨とし、高い士気の醸成に心血を注いだ。清直に最も影響を与えた軍人は、今村均だった。後の第八方面軍司令官、今村大将である。清直は佐倉歩兵第五十七連隊で副官をしたが、この時の連隊長が今村だった。

歩兵第五十七連隊は、兵隊が悉く千葉県下の房総地方出身青年であり、その大部分が半農半漁を生業としていた。よってその体力は東京の第一師団隷下部隊で最も秀でていた。今村は、そんな兵隊たちと共に練兵場を駆け巡るのが大好きだった。また連隊付の将校たちともよく気が合った。今村は軍人の本懐と喜び職務に邁進した。清直の理想とする連隊長像は、この時の今村の姿だった。

また清直は兵舎に隣接する近文練兵場において、中隊が「突撃」の訓練などをしていると、もう居ても立ってもいられなくなった。突撃は、戦闘に最終の決を与える歩兵精神の精華とも呼べる緊要な動作だ。清直は、これまで日々精進してきた最新の歩兵戦闘要領を兵隊に徹底した。そういう時は、決まって、副官、伝令も連れずに、たった一人で前進する。しかも軍刀を肩に担いだまま、自らも低い姿勢をとり、兵隊たちにも気づかれないほど静かに近づき、一人ひとりに声をかけた。

「我が白兵の優越を信じて敵陣に突入するんだぞ」

「気合いを入れよ。全身から精気を出せ！　敵を圧倒することが肝心だ」

「いやしくも、戦友に後れて突入するようなことがあってはならんぞ！」

特に射撃をしている兵隊を見かけると、その後ろに屈み込んで一緒に照準した。声をかけられた兵隊の顔は紅く染まり、後で他の兵隊たちに「今度の連隊長殿は違う。俺たち、兵隊なんぞまでにも声をかけてくださる」と自慢したという。

兵たちは、連隊長のことをこぞって話題に挙げた。それは下士官も同様だった。ある下士官は一木連隊長について、「将校たちには厳格だったが、情が細やかで指導されるときなどの親切は忘れない」と回想する。もちろん将校たちも、自分たちの話をよく聞いてくれ、厳しいながらも愛情をもって接してくれる一木連隊長に心惹かれるのだった。

このように一木連隊長は多くの将兵と豪放磊落に語り合った。例え連隊長と部下という間柄であっても相手を尊重し、大切にする、そういう気配りができる人だからこそ、できたことである。そうして清直が連隊長に着任してから十ヵ月が経った頃、歩兵第二十八連隊の兵舎では慌ただしい日々が続いていた。

動員下令、一木支隊編成

昭和十七年五月二日、軍令陸甲第三十五号により、動員が下令された。この動員は「ホ号演習」に参加するためと公表された。「軍令」とは、内閣や議会の承認を得なくとも、天皇が陸軍あるいは海軍を統率するために制定する法形式の一つであり、プロシアなどで採用されていた。そのうち「陸」がついているのは陸軍個別のものだ。「甲」は動員・戦時編制に関わる事項が含まれるものであり、軍事機密とされていた。

この動員令に基づき、新たに召集された兵隊が続々と兵舎に集まってきた。ノモンハン事件や支那事変に従軍した歴戦の勇士たちもいる。彼らは久しぶりに戦友と再会し、近況を語り合った。既に太平洋戦争は始まっていたが、当時の兵営に悲壮感はなかった。

「戦争は、それまで勝った、勝ったという話しか聞いてなかったから、戦争ってどういうもんか、行ってみたかった」

ある兵隊は、当時、多くの者が戦争へ行くのを楽しみにしていたと語る。

一方、再召集された兵隊を驚かしたのは、それまで彼らがやってきた訓練とは違い、最近の訓練が上陸戦闘を想定したものに、すっかり様変わりしていることだった。

「だいたい泳ぎが苦手なヤツばっかりの北海道の部隊が上陸作戦なんて本気で考えてるのか」

中には自分たちがやっている訓練を訝《いぶか》しがる者さえいた。

また全員へ行渡ることはなかったが、当時、最新だった「九九式小銃」も配られた。九九式小銃は、それまでの三八式歩兵銃に比べ、口径が大きくなり貫徹威力が増した。その上、銃剣が今までと同じなのに軽量化に成功したため、白兵戦、すなわち突撃での活躍も大いに期待された。これで射撃が苦手な兵隊にも、銃剣を使った刺突によって派手な戦《いくさ》働きができると喜ばれた。

さらに制服も配布された。多くの兵隊は、真新しい夏制服と軍靴を見て、自分たちがどうやら南方の戦地へ行くらしい、と感じた。そもそも兵隊たちは、自分たちが「ホ号演習」に参加することは知っていたが、どこへ行き、どのような作戦をするのか、そういうことは、まったく聞かされていなかった。

それから数日が経った。旭川にもようやく遅い春が訪れた。近文練兵場では一年ぶりとなる桜花の甘いかすかな香りが春の気分を一層引き立たせる。見上げれば、北海道の空はどこまでも広い。見下ろせば芽が吹き出すにはまだ早く、雑草だけが大地を覆っていた。遠くからは路面電車の「チン、チーン」という鐘の音がかすかに聞こえる。兵隊たちは招集以来、訓練に明け暮れる毎日だった。しかし五月十日になると、急遽、出征前の軍装検査と出陣式が行なわれる、と達せられた。

当日、軍装検査が十二時半より開始された。検査の着眼は物心両面にわたる漏れのない準備だった。将校たちは、所要の指示を終え検査が始まると、作戦計画を作成するために営庭を後にした。残った下士官が兵たちの準備状況をしっかり点検することになる。いつもなら、銃の手入れや背嚢入組品の不備があると、強烈なビンタがとられるのも珍しくなかったが、この時の検査は穏便に行なわれたという。

また、その横の方を見ると、営庭の反対側でも軍装検査が行なわれていた。一木支隊とは対照的に、検査を受けている部隊は冬制服を着こみ、冬季用手袋や外套などの防寒着も携行していた。一木支隊の兵隊たちは、その部隊を遠目で眺め、「アッチじゃなくて良かったな」と、ホッとするのだった。

続いて出陣式が午後三時から行なわれた。出陣式では、一木連隊長が第七師団長鯉登行一中将に対し、「一木支隊」の編成完結を申告することになっていた。一木支隊は、歩兵第二十八連隊本部、歩兵第二十八連隊第一大隊、連隊砲第一中隊、速射砲第一中隊、工兵第七連隊から配属された工兵第一中隊及び師団通信隊と師団衛生隊、輜重兵連隊の一部などで編成されていた。また、ここにはいなかったが、数日後には独立速射砲第八中隊も配属される予定だった。

出陣式は近文練兵場で行なわれた。鯉登師団長をはじめ、立会者は閲兵台付近で一木支隊の整列を待っていた。また閲兵台の後方には、旭川所在の各部隊の将兵たちが出征部隊の晴れ姿を一目見ようと集まっていた。

何の前触れもなく、軽快なラッパの音が聞こえた。そこにいる者はみんな、その方角を見つめ、目を凝らした。しばらくすると出征部隊が前進して来るのが見えた。抜刀した一木支隊長が先頭を歩いている。軍旗がそれに続く。捧持するのは伊藤致計少尉だ。軍旗は金色のモールと紫の総を残し、旭日の布地の部分はほとんど失われていた。

明治三十三年十二月二十二日、明治天皇から「今般、歩兵第二十八連隊編制成なるを告ぐ。よって今、軍旗一旒を授く。汝軍人等協力同心して、益々威武を宣揚し、国家を保護せよ」と勅語を賜り、初代連隊長深谷又三郎中佐に親授されたものである。深谷連隊長は親授に際し、「敬で明勅を奉ず。臣等死力を竭し誓て国家を保護せん」と奉答した。軍旗はその後、常に歩兵第二十八連隊とともにあった。これまで数々の戦火をかいくぐり、将兵たちの心のよりどころになってきた。

軍旗に続いて行進してきたのは、歩兵大隊をはじめとする支隊の各部隊だった。閲兵台のずっと後で、それを見ていた若い兵隊たちは目を見張った。彼らは日本一精強と言われる北鎮部隊の威容に圧倒されたのだった。師団長も閲兵台の上で一段と胸をそらしたように見えた。

出征部隊が所定の位置まで前進すると、一木支隊長の号令一下、一瞬にして躍動から静止へ態様を変化させ、整列を完了した。そして、そのままの態勢で、支隊長は大地が震えるほど大きな声で号令をかけた。

「師団長殿に敬礼、捧げ銃！」

将兵は、その号令で一斉に刀礼あるいは銃礼を行ない、師団長に注目した。

鯉登師団長は、将兵一人ひとりに、ゆっくりと答礼した。その手には白い手袋がはめられ礼節の気持ちが、また、将兵を見つめるその眼差しには慈愛の心が満ちていた。

ここにきて出陣式を見ていた者は、一木支隊の編成がやや小さいことに不安を覚えた。それもそのはずである。いつも目にする連隊は三個大隊編成だった。それに対し、今、目の前にある一木支隊は「連隊基幹」とされているが、実際は一個大隊基幹と言っても過言ではない。しかし、今まさに大本営直轄になった一木支隊である。大本営に間違いなどないはずだ、黙って一木支隊を見送ろう、というのが当時のほとんどの兵隊の考えだったに違いない。

続いて師団長訓示が行なわれ、出陣式は終わった。各部隊が兵舎に戻った後、兵隊たちは車座になって、いつものように笑顔で無駄口をたたいた。彼らは数日後に出征することなど、忘れたかのように一日一日を過ごしていくのだった。

それから二、三日が過ぎた。しかし一木支隊の兵隊たちは営内で休養を命じられたままだった。彼らが唯一したことと言えば、南国特有の風土病に備え、予防注射を接種されたぐらいだった。また夕食に加え、夏みかんや酒、つまみが出される日もあった。一木支隊の兵隊たちは、旭川の他の部隊から羨望の眼差しで見られることが多くなってきた。

しかし彼らは五月十三日、突然、「明日出征する」と告げられた。瞬く間に兵舎にも緊張の波が押し寄せた。いつもなら消灯ラッパが鳴ると、自然と眠りにつくのに、この日だけは夜が更けても何となくザワつき、ぐっすり眠っている者などいなかった。旭川での最後の夜を多くの兵隊は眠れぬまま過ごすのだった。

一木支隊出陣

五月十四日になった。この日、一木支隊は二組に分かれて行動することになっていた。まず第一陣は午前四時に起床、自分たちの兵舎を入念に清掃してから朝食。朝食終了後、午前六時に一木支隊長の訓示を受け出発。近文練兵場の引込線まで前進し、そこで客車に乗り込む。

この引込線は師団が新編される際、大量の建設資材を運搬するために敷設された。ただし、地元の郷土研究家は、そうではなく別の理由から鉄道が敷かれたと推測する。それは「上川離宮構想（北京《ほっきょう》設置構想ともいう）」によるものだという。

上川離宮構想とは、北海道の開拓判官を務めた岩村通俊や、北海道庁長官、初代第七師団長を歴任した永山武四郎などが、旭川（現在の上川神社があるところ）に夏の離宮を誘致するよう明治政府へ建議したことを指す。その最大の理由は、北辺の地に対し、中央にもっと強い関心を持ってもらうためだった。一旦は、明治政府も離宮建設を決定した。このため、夏の遷都には鉄道が必要になった、と彼らは結論付ける。また第七師団についても上川離宮を守護するために新編されたと論ずる向きさえある。ちなみに構想が実現されなかったのは、札幌や小樽からの強い反発があり、日清戦争も勃発したため、財政的な理由から計画が中止になったとされる。しかし、その真相は明らかにされていない。さらに言うなら中止を裏付ける公文書等も存在しないのだ。

一方、一木支隊のほとんどを占める第二陣は、いつものように午前六時起床。朝食後、清掃。爾後、一木支隊長の訓示を受け午後一時出発、北海道護国神社に参拝した後、旭川駅まで行軍。午後三時四十五分発の鉄道で旭川を後にすることになっていた。

第一陣は異状なく出発した。それからしばらく経った午前十時、突然雨が降り始めた。折からの寒さも加わり、軍都は憂鬱な気持ちに包まれた。十二時半、第二陣に対し、一木支隊長が訓示を始めると、雨が一層激しくなり、天空に雷光が走った。支隊長は、その音にも負けないぐらい大きな声で訓示を続けた。

「一木支隊はただいまより征途につく。寒さに強い兵隊は、暑さにも強いといわれている。諸君、鍛えに鍛えた我々北鎮健児の意気を今こそ発揮しようではないか！　雷光は戦勝の瑞兆である。誠に幸先よしというべし。各隊、旭川駅に向け出発！」

各部隊は一斉に動き出した。

訓示を終えた一木支隊長は、見送りに来てくれた人々のもとへ行き、丁寧な謝辞を述べながら進んでいった。彼らは、男は紋付羽織袴、女は着物姿が多かった。数こそ少ないが、鮮やかな色彩を帯びた着物は、単色調になりがちな軍の出立によく映えた。

一木支隊は営門を出て大きな練兵場を斜めに横断し、まず北海道護国神社に参拝、必勝祈願をすませた。予定どおりの行動だ。ただし、いつも練兵場を直角に曲がっている将兵にとって、斜めに渡るのは、この時が初めてのことだった。

その後、一木支隊は師団通り（現在の平和通り）沿いに行軍を再開し、すぐに旭橋を渡った。旭橋は昭和七（一九三二）年に完成し、石狩川と牛朱別川《うしゅべつがわ》に架かる「ブレーストリブ・キャンチレバー・タイドアーチ」と呼ばれる構造でできていた。日本国内で同じ形式の橋と言えば、昭和六（一九三一）年に竣工した「白鬚橋（東京市、当時）」が有名だ。なお、完成当時の色は、フェイサイド・グリーンだったが、昭和十

北海道護国神社に参拝する一木支隊。右端で背中を見せているのが支隊長の一木清直

七年、グリーン・グレーへと変更された。戦時世相を反映するためだった、と言われている。

将兵たちは旭橋を渡る時、各指揮官の号令にあわせ、上方に掲げられた橋額に敬礼するのが慣例だった。橋額には、第十二代第七師団長佐藤子之助中将の筆による「誠」を中心に、軍人勅諭に由来する「信義」「礼儀」「忠節」「武勇」「質素」の五つの言葉が、旭日のように配されていた。

橋を渡ると、ほどなくして一木支隊は旭川駅に着いた。駅のホームは閑散としていた。防諜のため、今日、支隊が出発することは一般市民には知らされていなかった。多くの兵隊たちにとって、物足りなさを感じながらの出征になった。しかし、そのような事情があるとは知らず、駅のホームでたまたま兄を見つけ、声をかけた妹が憲兵隊に拘束されるという一幕もあった。

この後、一木支隊は宇品まで鉄道と船舶による輸送を繰り返すことになる。ただし、一木支隊長は部隊と別の行動をとっていた。支隊長は旭川駅を十四時過ぎに出発、数年前に開通したばかりの急行列車を乗り継ぎ、東京方面へ向かうのだった。そして上野駅に着いたのは五月十六日の午前五時半を少し回った頃だった。

最後に見た父の背中

一木支隊長にとって人生で一番幸せな時間と言えば、歩兵学校の教官時代、千葉の登戸（「のぶと」と読む）にある自宅で家族と一緒に過ごす穏やかな日々だったのではないだろうか。長女淑子は父、清直との思い出を次のように語る。

父が千葉にいた頃、朝になると若い兵隊さんが馬を連れ、父を迎えにきました。私が「お馬さん、おはよう！」と声をかけると、馬は長い顔を近づけ、優しい瞳を向けてくれました。私は玄関先で眼を輝かせ、「お父様、今日も乗っていい」

とせがむと、父は白髪混じりの頭をかきながら、手綱を持つ若い兵隊に「いつも、すまないなぁ」とお願いするのでした。

十分か十五分ぐらいでしょう。自宅付近を一回りして私が帰ってくると、母が人参を渡してくれました。私はそれを「はい、ご褒美」と言って、馬にあげるのでした。玄関の前で父が目を細めながら、その様子をずっと見守っていました。

これが我が家の毎朝の日課でした。


今回の出征では、一木支隊長は先ず市ヶ谷へ赴くことになっていた。大本営で命令を受領するためだ。その際、しばらく会うことがかなわなかった妻子に元気な顔を見せるため、一時帰宅が許されたのだった。

「父のイメージに一番近い」と長女が語る一木の写真

一木支隊長が現在の家に引っ越したのは、昭和八（一九三三）年、今村連隊長の副官を下番し、千葉の歩兵学校に赴任する時のことだった。この時、今村大佐（当時）は、と言うと、新設されたばかりの陸軍習志野学校の幹事へ異動することになっていた。

その家は海が見える高台にあった。福島の山林王の別荘としてつかわれていたものだ。初めて訪れた時、一木支隊長は、その土地がすっかり気に入り、「ここに住もう」と心に決めた。山々に囲まれて育った一木支隊長にとって、海の側に住むことは特別の意味があったのかもしれない。長女淑子は回想する。

千葉に引っ越してきてからの父は、犬を飼い海岸を散歩したり、母が奏でる琴に合わせ尺八を吹き、時には蓄音機でクラシック音楽を聴いたりして充実した毎日を過ごしているようでした。父の一番のお気に入りは大きな鳥かごで飼うカナリヤたちでした。父は朝な夕なカナリヤたちの声に聞き入っていました。

また我が家は父の職場の部下や学校の教え子、果ては親戚までと、来客が絶えることはありませんでした。新年など、あまりの忙しさで母が家事に大わらわでいると、「ワシがやる」と言って、父が床の間の花を生けることもありました。

父は演習に参加するため、たった数日間、不在にする時でさえ家に手紙を書かないことはありませんでした。特に子供たちへ葉書を書くときなどは、大きな文字に絵が添えられ、幼い子でも分かるように工夫されていました。私は、その絵に父の深い愛情を感じました。

また刀研屋など、女の子が全く興味を持ちそうもない場所にまで連れ回すほど、父は私たちのことを可愛がってくれました。父と一緒にいる時間は短かったですが、もしかすると、父は一生分の愛情を私たちにかけてくれたのではないでしょうか。

一木支隊長にとって家族と過ごす時間は何よりも大切だった。しかし、旭川へは単身で赴任した。それは急な異動命令だったことも一理ある。実際、前任の連隊長は一木支隊長の陸軍士官学校の一期先輩だったが、一日でも早い内地での勤務を熱望し、支隊長の前職、つまり歩兵学校材料廠長を、その後、約三年も務めるのだった。一説によると、精神性の病いのせいで激務である連隊長に堪えられなくなり内地へ戻された、とも言われている。しかし一木支隊長が単身赴任した最大の理由は、支隊長が病弱な夫人の極寒の地での生活に不安を感じたからである。

その代わり、夏休みになると夫人が子供たちを連れ、旭川へ静養を兼ね訪ねてきた。その際も支隊長は、日光、松島、平泉などの観光名所を夫人に伝え、「子供たちの見聞を広めさせることに気を遣い旭川へ来るよう」と助言するほどの念の入れようだった。もちろん家族が旭川へ到着すると、一木支隊長は家族を様々な観光地へ連れて行った。中でも子供たちにとって印象深かったのは、アイヌ村を訪れた時のことだった。そこで淑子は、全身刺青をしたアイヌの男にジロリと睨まれ、一木支隊長の後ろに思わず隠れた。その時の父の頼もしさをいつまでも忘れることはなかった。

千葉の自宅へ帰った一木支隊長は、いつもと変わらない時間を過ごした。この間、一宮実業学校へも出征の挨拶のために訪れている。同校では、一木支隊長の武運長久を祈り、生徒全員で閲兵式を行ない、騎乗の支隊長を見送った。当時、生徒だった卒業生の一人は、「一木支隊長が戦地へ赴くので馬に乗って、お別れに来たため、校庭で生徒が皆閲兵分列をやってお別れをしたことが、私の印象には強烈に残っています」と記憶している。

出征当日の朝になった。

支隊長は身支度を手伝う夫人に優しく声をかけた。

「また留守をよろしく頼む。滋子と兵衛はまだ小さいから大変だと思うが……」

「大丈夫ですよ。それより、あとのことは任せていただき、安心してご奉公に励まれてください」

「わかった。ありがとう。今度こそ、天子様のために思う存分働いてくる」

一木支隊長は、天皇のことを「天子様」と呼んでいた。

「はいっ。いつものお守りです」

支隊長は夫人から「お守り」と言われ、一枚の写真を渡された。桃の節句に合わせ、美しい雛飾りの前で撮られたものだ。和服を着て笑顔を見せる一家団欒の様子が映っている。

一木支隊長は、それを左胸のポケットへ大事そうにしまうと、そばでジッとしていた淑子に大きな笑顔を見せ、普段と変わらない様子で話しかけた。

「今度は南の島へ行くことになった。三ヵ月もしたらすぐ帰ってくるから」

一木支隊長はそう言い残し、近所の床屋へでも行くかのように家を出て行った。ただ淑子は小さくなる一木支隊長の背中をいつまでも見つめていた。淑子が見た父の最後の姿だった。この後、一木支隊長は大本営に向かったのである。

一木支隊、宇品へ

大本営で一木支隊長に命令を説明したのは、作戦課作戦班長の辻政信中佐だった。

しかし辻参謀は、陸軍がミッドウェー作戦に部隊を派遣する意義や具体的な作戦要領、支隊が作戦するのに必要な敵情についてさえ、何も示すことはなかった。それでも命令を受領した一木支隊長は、その後、多くの参謀たちから激励を受け、一路、宇品へ向かった。道中、行動を共にするのは、大本営陸軍部第二部第六課（いわゆる「南方班」）から派遣された山内豊秋少佐だった。山内少佐は、戦国時代の雄、初代土佐藩主山内一豊の血筋をひく華族出身だった。一木支隊長と山内少佐は旧知の仲だった。二人は歩兵学校教導連隊で一緒に勤務した際、気心が知れる間柄になっていた。山内少佐は一木支隊長のことを「実兵指揮の神様」と呼ぶほど心酔していた。また山内少佐は、一木支隊の参謀として勤務することも命じられていた。後に彼は、この時のことを「鎧袖一触」の気持ちで一杯だったと振り返る。

五月十八日、支隊長が不在する中、一木支隊は計画どおり、宇品へ着いた。八十時間を超える大移動だった。その行程を確認すると、当時の鉄道輸送の一端を垣間見ることができる。まず十四日、午後三時四十五分に旭川駅を出発した第二陣は、翌朝午前十時に函館駅へ到着、第一陣と合一した。

その後、午前十一時三十分に函館港で乗船し、午後四時三十分に青森港へ着いた。そこで小休憩をとった後、午後九時に青森駅を出発、盛岡駅へ翌日の午前六時に到着した。そのまま乗車を続け、仙台駅に着いたのは、午前十一時四十分のことだった。仙台では比較的ゆっくりとした時間を過ごすことができた。

一木支隊は夕食を済ませた頃、再び乗車し、十七日零時二十分に東京へ着いた。東京に着いたといっても、鎧戸越しの窓から夜の景色を眺めるだけで、そのまま出発した。多くの兵隊は、初めて見る東京の街に「東京って、こんなに暗いんだ。思ったより地味だな」などと囁き合ったという。当時、東京では灯火管制が行なわれていた。そのことも東京を暗いと思わせた理由だっただろう。その後、静岡に午前五時、京都には午後一時三十分、姫路を午後四時に通過し、目的地の宇品へ着いたのは、十八日零時五十分だったと記録されている。

ここで一木支隊は、海軍第二艦隊司令長官近藤信竹中将の指揮下に入った。近藤中将は「大艦巨砲主義」の熱心な信者であり、海軍には珍しい親独派の将官として知られていた。近藤中将が率いる第二艦隊はミッドウェー島の攻略部隊であり、その隷下には第二連合特別陸戦隊やミッドウェーを攻略した後、活躍するはずの設営隊も含まれていた。しかし、それは一木支隊では将校たちしか知らないことだった。

やがて支隊長も合流した。一木支隊長はまず第二艦隊司令部へ赴き、所定の調整を行なった。次に連合艦隊司令部へ着任の挨拶のため、山内少佐を引き連れ、戦艦「大和」へ向かった。この時、配属されたばかりの船舶工兵隊の高速艇（甲）で行くことになった。高速艇は陸軍には珍しく、飛行機のエンジンを積んだかと思われるほどスマートだった。二人はそれに乗り、とても良い気分に浸るのだった。

・

大和が連合艦隊の旗艦になったのは、僅か三ヵ月前のことだった。二人は、その大和で司令長官山本五十六大将に申告を済ませ、上甲板では暫く宇垣纏参謀長と談笑した。その後も大和に興味を持った支隊長と山内少佐は後甲板まで歩いた。山内少佐から「ここから見る大和は、まるで『たらい』みたいですね」と言われ、一木支隊長も、初めて目にする巨大戦艦の大きさに驚いていたという。

我が国の技術の粋を集めた最新鋭艦「大和」、その全長は二百六十メートル、最大幅は三十八・九メートルであり、基準排水量は六万四千トンだった。もちろん当時最大である。また最大速力は二十七ノット、乗員数は約二千五百名だった。装備する主砲は、四十五口径四十六センチ三連装砲が三基、副砲は五十五口径十五・五センチ三連装砲が四基だ。この建造費は当時の国家予算一般会計歳出（いわゆる決算ベース）の約四・三パーセントを占める巨額のものだった。

一木支隊を乗せてミッドウェー海域へ進む輸送船団

南洋に向けて出港

その夜、小雨が降る中、一木支隊は「善洋丸」と「南海丸」に乗り込み、宇品を出港するのだった。途中、両船は速射砲中隊を乗せるため、門司へ寄港した。速射砲中隊は集合時間に間に合わなかったため、急遽、門司で乗船させることに決したのだった。「善洋丸」は昭和十二年竣工、六千四百四十一総トンで東海汽船が所有する船だ。船体には黒、濃淡の灰色、白の直線的な迷彩が施されていた。一方「南海丸」は昭和八年竣工、八千四百九総トン、海軍佐世保鎮守府が大阪汽船から徴用していた。

宇品で兵隊たちが南海丸に乗船すると、支那事変の時とは違い、内装が見事なことに驚いた。南海丸は、もともと米国へ蚕の生糸を輸出するために使用されていた。内装にも十分な意匠がこらさていた。しかし多くの兵隊は、喜んだのも束の間、船底の応急的に設置された棚で寝ると知らされ落胆した。しかも船には空調の設備もなく、これから南洋へ行くのに心細くなった。

「ノモンハンの時は、敵の戦車があったから怖かった。ミッドウェーは戦車がないから怖くはなかった。ただ海を行くのだけは怖かった」

ノモンハン事件にも従軍した兵隊の一人は、そのように回想している。

だが嬉しいこともあった。それは兵隊たちが乗る船には、パパイヤ、マンゴー、キウィなどの南国の果実がたくさん積まれていたことだ。船はジャワから帰ったばかりだった。彼らが初めて口にする異国の味に感激したことは想像に難くない。

しかし、この時になっても、一木支隊のほとんどの兵隊たちには、これからどこへ行くのか、その行先さえも知らされていなかった。なぜ一木支隊は旭川を遠く離れ、大海原を進むことになったのであろうか。

日米開戦、予想以上の戦果をあげる

昭和十六（一九四一）年十二月八日、日本海軍は、米海軍太平洋艦隊の本拠地、真珠湾への奇襲に成功した。戦果は「戦艦八隻」撃沈と大々的に報じられた。人々は「日本海海戦の再来だ」などと言って狂喜した。「東條さんを拝みに行くんだ。やっぱり大日本帝国の指導者は、東條さんのような軍人じゃなきゃダメだ。東條様々だ！」と言う声も聞かれた。おかしなことに、戦争が始まり、皆が祭りのように浮かれていた。軍人だけではなかった。高級官吏や一流企業に勤める商社マンもそうだ。それまで長く続いた暗い時代の鬱憤《うっぷん》を晴らすかのようだ。戦争によって国運を開く、それが当時の「常識」だった。

この時、日本が描く戦争の勝利とは、どのような形だったのか。それは本書一冊で書けるほど単純でないのは誰にでも想像がつく。それでも敢えて言及するなら、次のようなことが挙げられるだろう。

まず日本の脅威認識は、陸軍と海軍とでは異なっていた。陸軍は中国進出を継続すれば伝統的に露国が最大の脅威になると感じていた。一方、海軍では、日英同盟の恩恵を認識していた者が多かった。そのため、東洋艦隊を擁する英国ではなく米国が主な脅威となるのは自然のことだった。そして、その脅威は日本が日露戦争の仲介を米国に託したにもかかわらず、仲介の条件として米国が期待した中国大陸に対する門戸開放を日本が拒んだことでさらに拡大した。日露戦争直後から始まった日本と米国との角逐は避けられないものと認識され、もはや日米決戦は時間の問題だった。それを示すかのように大正時代末期には、日本海軍は日本海海戦の再現を期し、艦隊決戦のため秘かに南洋諸島の基地化、特に飛行場の設置に努め、侵攻してくる敵艦隊を空中や水中から漸減しつつ迎撃し、これに決戦を求めて一挙に撃滅することを策していた。また陸軍の作戦という視点から考察すると、陸軍は策源地を内側に設定する「内線作戦」を準備した。これを成功させる重要な鍵は機動力である。求心的に攻撃を仕掛けてくる敵に対し、よく応戦するためには、それを可能にするだけの海運力が必要だった。しかし、我が国では戦争準備の端緒から輸送船問題が生起した。陸軍と海軍、あるいは軍需・民需の間で輸送船を奪い合う形になった。その理由は明確だ。もともと海軍は太平洋へ戦力を集中しようとするのに対し、陸軍では極力陸軍の派遣を避け、その正面には無関心だったからだ。陸軍は、何かあれば南海支隊（勢力は数個大隊程度）を派遣できるように準備しておく、それが大正時代から決められていた唯一のことだった。つまり国民に物心両面での総力の結束を強制する一方、肝心の陸海軍が作戦環境の変化に対応できず、一つになれなかった。戦争の柱となる軍事戦略が妥協の産物であったのだ。

日米開戦から数ヵ月が過ぎた頃、日本の陸海軍とも順調、いや予想していた以上に戦果を上げていた。まず真珠湾攻撃に続き、マレー沖海戦では、英海軍の東洋艦隊と戦い、戦艦「プリンス・オブ・ウェールズ」と巡洋戦艦「レパルス」を沈め、劇的な勝利をおさめた。次にグアム島、ペナン島、ウェーク島、香港島を難なく攻略し、マニラを無血で占領した。その後も日本軍の勢いは止まらず、クアラルンプール、ラバウルの占領にも成功した。さらにタイからビルマの侵攻を開始し、たちまちマレー半島ジョホールバルまで占領した。圧巻はシンガポール陥落による英豪軍の降伏並びに米軍のフィリピンからの駆逐だった。そして五月四日、英領ビルマのアキャブの占領とビルマの制圧を完了し、南方作戦がほぼ完遂した。まさに日本軍は、これまで破竹の勢いだった。

そして次の作戦指導上の焦点は海軍が全力で挑むミッドウェー作戦に移った。この作戦の目的は、日本軍がミッドウェー島を攻略すれば、米艦隊、特に空母機動部隊は当該正面に出撃せずにはいられなくなる。これを囮《おとり》として誘き出し、連合艦隊は、それらを捕捉撃滅する、というものだった。

ミッドウェー作戦において、連合艦隊がミッドウェー島を奇襲することは難しいものではなく、反撃してくる米艦隊の撃滅も、連合艦隊の戦力から見て容易であると見積っていた。さらに、同島が米国領土であり、戦略的にも重要な地点である（米国の対日戦争指導計画、いわゆる「オレンジ・プラン」では、米艦隊主力の中継点としてミッドウェー島が挙げられていた。そこで再補給しなければ、それ以降の西進に支障をきたすとされていた）ので、連合艦隊が同島を攻略すれば、米国は政略あるいは軍事戦略の必要性から全力を挙げて反撃に出てくることは必至である。よって日本海軍は、その時こそ米空母を撃滅できると判断した。すなわちミッドウェー占領は邀撃《ようげき》作戦達成の補助手段であり、これにより敵艦隊の出撃を促進し、日米艦隊決戦を生起させようとしたのだ。

それと同時に連合艦隊は、同島を攻略することにより、日本本土に対して行動する米潜水艦の行動を封殺し、さらに同島へ飛行哨戒力を推進することで米空母の機動を困難にすることも可能だと考えた。このような思惑でミッドウェー作戦が実施されることになった。

ミッドウェー作戦は「勝って当たり前」という驕り

霞が関に建つ赤レンガ造りの大本営海軍部の一室では、参謀たちが大声を上げ、互いに自分の意見をぶつけあっていた。参謀たちの主張を要約すれば、次こそ海軍が真珠湾で取り逃がした空母を叩き、米国にとどめを刺す、つまりミッドウェーで勝ち、次はハワイだと脅せば、米国が女々しく講和を求めてくるに違いないというものだった。ミッドウェー作戦に投入する総戦力は、航空母艦六、戦艦十一、重巡洋艦十、軽巡洋艦六、駆逐艦五十三、参加兵力は延べ十万名を数えた。

「まさに帝国の興亡、この一戦にありだ。海軍の総力を挙げての戦いだ。陸軍が大陸でチマチマと戦っている間に、我が海軍こそ対米戦の勝利を掴むぞ」

これが多くの参謀たちの考えだった。

当時の大本営の雰囲気は、後に井上成美海軍大将が述懐するように、「陸海軍相争い余力を以って米英に当たる」、そのものだった。戦争が始まった後でも、陸軍は陸軍、海軍は海軍と、自分の手の内を相手に見せることなどなかった。戦争方針についても、陸軍が「長期持久（自給）」を重視したのに対し、海軍では、先述の趣旨から「速戦即決」をモットーとしていた。つまり、敵に持久の余裕など与えず、本格的反攻を仕掛けてくる前に、叩けるものは叩き、我が有利なうちに戦争を終結させるという考えだった。これから行なわれるミッドウェー作戦も、この考えに沿うものだった。

しかし海軍がミッドウェー作戦を急ぐ理由は他にもあった。それは、日本軍の想定をはるかに超えた米軍の「東京空襲」に起因した。

東京空襲は、昭和十七年四月十八日、ジミー・ドゥーリットル米陸軍中佐をはじめとする勇敢なパイロットたちによって行なわれた。彼らは西太平洋上の空母「ホーネット」から爆撃機を発進させ、東京を空襲した。当時の日本人で米国がこのような大胆な行動をとると考えた者は誰もいなかった。

東京空襲は、昭和天皇が在所される帝都が敵の手で穢されたことを意味した。しかも、また、いつ東京が空襲されるかわからなかった。この空襲が市民に与える影響は大きかったが、海軍に与える影響はさらに大きかった。昭和十五（一九四〇）年、当時の首相近衛文麿から日米戦争の見込みを問われた山本五十六連合艦隊司令長官は、「それは是非やれと言われれば、初めの半年や一年の間は随分暴れてご覧にいれる。然しながら二年三年となれば全く確信は持てぬ」と発言していたほどだった。それが開戦から僅か五ヵ月、しかも「海軍の庭」と豪語していた西太平洋から行なわれた空襲は、海軍の面目を丸潰れにする形となった。これにより山本大将が一日でも早いミッドウェー作戦の必要性を感じたのは当然の成り行きだった。

一方、大本営海軍部もミッドウェー作戦がアリューシャンの作戦とともに、我が本土に対する敵の長距離爆撃を封ずるために必要だと認識するようになった。それらは我が国に対し、ちょうど両手を突き出す形になっているからだ。

大本営海軍部と連合艦隊司令部は、真珠湾攻撃ではなかなか両者の主張がまとまることはなかった。しかしミッドウェー作戦では、当初、「米海軍のミッドウェー島から発進する大型機による哨戒に対し、我は索敵力が劣っている」という意見や「ミッドウェーを攻略しても劣勢な米艦隊は反撃してこないのではないか」と反対の声も聞かれたものの、ミッドウェー作戦にアリューシャンでの作戦を含めることで双方の意見がまとまった。

この件について、大本営海軍部第一作戦部長福留繁は、「アリューシャンが米国領であるため、ミッドウェー方面への米艦隊の出撃を強要する補助手段となるだろうとの含みもあった」と回想する。しかし、その実情は海軍部のイニシアチブで作戦が計画されたわけではなく、勝利の「勢い」も手伝い、連合艦隊司令部の意向が最優先にされたと言うべきであろう。しかも、この時の反対意見は、勝利に自信がない、というものではなかった。この「勝って当たり前」という驕りが、作戦準備の段階から海軍には随所に見られた。

ちなみにアリューシャンへは、一木支隊と同じ第七師団から北海支隊が派遣された。北海支隊は五月五日に戦闘序列が発令され、歩兵第二十六連隊（北部第二部隊）及び工兵第七連隊（北部第七部隊）から抽出された独立歩兵第三〇一大隊および独立工兵第三〇一中隊で編成された。その勢力は支隊長穂積松年少佐以下、一個大隊基幹であり、大湊で独立工兵第二十八連隊と船舶工兵の一部を編合後、千百四十三名になった。一木支隊と同時に軍装検査を行なっていたのは彼らだった。また穂積少佐は、かつて支那駐屯歩兵第一連隊に所属し、そこでは一木支隊長の直属部下、つまり大隊長と中隊長という関係だった。

一木支隊はミッドウェー作戦に参加する唯一の陸軍部隊

この頃、陸軍の総本山とも言うべき大本営陸軍部は市ヶ谷台にあった。それは昭和十六年十二月に移転するまで三宅坂にあった。長い間、「参謀本部」と呼ばれてきた旧館は、正面に有栖川宮の凛々しい騎乗姿の銅像を配し、あたりを睥睨《へいげい》する豪奢な石造りの洋館だった。ここ市ヶ谷台のクリーム色をした新庁舎の一室でも、机の上に山積みとなった書類に埋もれながら男たちが激論を交わしている。彼らが話しているのは、陸軍が海軍のミッドウェー作戦を、ただ指をくわえ見ていると、西太平洋のみならず、今次大戦の主導権を海軍に握られてしまうというものだった。彼らは焦っていた。海軍は海軍だけで抜け駆けしようとしていると言う者もいた。

しかし陸軍参謀の腹の中には、「陸軍も海軍に貢献してるはずだ。イギリス相手にマレーで戦い、あっという間にシンガポールを陥落させたんだ」という自負心がある。さらに「フィリピン占領も海軍に多大な恩恵を与えたはずだ。長期持久態勢があと少しで完整する今こそ、新たな手を打っておくことが陸軍にとっても肝心なんだ」と考える者も少なくなかった。

もともと陸軍は、太平洋の作戦に消極的だった。開戦後、その傾向がさらに強まった。その理由は、次のとおりだ。三月十九日、杉山参謀総長は、対支積極施策により支那の単独屈伏を図る必要性を天皇に上奏した。参謀総長には、天皇は、これに対して大きな関心を示されたように感じられた。そのため、対支大進攻作戦が陸軍として最優先されるべきものと考えたのだ。

そんな折、東京空襲でそれまでの考えを変えた第一作戦部長田中新一少将が海軍部に直接掛け合い、陸軍も次の作戦に参加することを了承させた。田中少将は、米空母に対する作戦は海軍の担任なので、当然、その機動についての関心は薄かった。ところが、東京空襲を受けて、関心はにわかに高まった。当時、陸海軍協定では、本土の防空はほぼ陸軍が担任していたことも大きな要因だった。こうして田中少将は海軍が企図する作戦の重要性を認識するに至った。

また海軍は海軍で、陸軍にもこの地域への関心を高め、海軍の作戦を支援してもらいたい、というのが本音だった。しかし、中には「陸軍の出る幕はない、ミッドウェー攻略の分け前が欲しいだけだろうが、そうはいかんぞ。陸軍は腹の中で何を考えているのかわかったもんじゃない」などと言う海軍参謀もいた。

実際、陸軍にはラバウルの恨みがある。海軍はラバウル攻略を陸軍にさせておきながら、その後は引き揚げて海軍に任せろ、と言っていた。陸軍は陸軍で、そんな海軍の言うことを信じる気にはなれなかった。

このように、海軍が太平洋は海軍の縄張りと言わんばかりの態度を示したので、陸軍は太平洋でも陸軍の必要性を海軍に認めさせることが先決だと考え、海軍陸戦隊とは異なる陸軍部隊の存在を示す必要性を感じた。そこで思いついたのが、軍旗を奉ずる部隊を参加させる、つまり占領した島に歩兵連隊を上陸させるのが「一番手っ取り早い」という考えだった。なぜなら「絵になる」からだった。そんな単純な動機だった。戦えば勝つのが当たり前。エリート街道を一心に突き進んできた大本営の参謀として、現実の戦争を自分の目で見る機会はほとんどなかった。

続いて上陸部隊の検討がなされた。それは、すぐに決まった。ほとんどの陸軍部隊が参加した関東軍特種演習にも動員せず、自らの訓練に専念させてきた第七師団に白羽の矢が立った。しかも杉山元参謀総長は、前の第七師団長国崎登中将に一つの示唆を与えていたのである。

昭和十五（一九四〇）年の十月、第七師団長が宮中で軍状を上奏した後、参謀総長を訪問し、旭川帰還の挨拶をした時のことだ。その際、参謀総長は、「南方作戦をやるようになるかもしれない、第七師団は本腰を入れて上陸訓練をやってくれ」と言ったのだ。しかし、杉山参謀総長が南方で上陸作戦を行なう地域として想定していたのは、当時、まだ構想すらなかったミッドウェーなどではなく、フィリピンでのことだった。

続いて第七師団なら、歩兵学校で長く教官や教導大隊長などを務めた一木大佐がいるということになり、参謀たちの意見は歩兵第二十八連隊を派遣することでまとまった。さらに一木大佐は田中部長の覚えもめでたかった。田中部長も一木大佐の盧溝橋事件での活躍を知っていたからだ。まさにうってつけだった。陸軍の参謀たちは、「海軍にも、これが陸軍だってところを見せつけてやれるぞ」と喜んで話すのだった。

この話を打診された第七師団長も自分の部下たちが陸軍を代表して作戦に参加することを大変名誉なことだと思った。こうして一木支隊はミッドウェー作戦に参加する唯一の陸軍部隊になった。昭和十七年五月五日、動員令に続き、一木支隊編成に関する大本営陸軍命令が正式に発せられた。

第二章

□なぜ一木支隊長は彷徨したのか？

サイパン島で待機する一木支隊

サイパン島では暑い一日が終わり、ようやくあたりが暗くなると、涼しい風が吹き始める。名も知らない樹木がザワザワと音をたてる。草のにおいが旭川の大地を思い出させる。兵隊たちは夕涼みのため、思い思いに海岸に寝そべり煙草を口にくわえた。煙草には菊の紋章が入っている。いわゆる「恩賜の煙草」だ。もちろん、煙草をのむ時は紋章が燃えないように反対側へ火を点けなくてはならない。

五月二十七日夕、兵隊たちは「明日、出撃する」と言われ、なんとなく落ち着かなかった。数人でかたまり、帰還した後のことを話す者、故郷に残してきた家族の話をする者、みな様々だった。しかし、しばらくすると、訓練の疲れと心地良い波の音が眠りを誘い、一人また一人と兵舎の中へ消えていった。残ったのは煙草の匂いだけだった。

一木支隊が、ここサイパン島へ着いたのは五月二十五日のことだった。宇品を出航して約一週間、海の上にいたことになる。一木支隊長は、輸送船団がサイパン島へ近づいたと見るや、いきなり「上陸訓練」を命じた。将兵は輸送船から大発動艇に移乗してサンゴ礁に達着、そのまま海へ飛び込み、ずぶ濡れになりながら礁上を渡渉し、喚声をあげて上陸した。その後、南西部の町チャランカ（現在のチャラン・カノア）まで支隊は行軍し、ひとまず海岸近くの兵舎に入った。兵舎の天井一面にヤモリがくっつき、「キキ、キキ」と不気味な声を発していた。あまり嬉しくない歓迎だった。

チャランカには日本企業が運営する製糖工場があり、日本人も多く住んでいた。五年ほど前には、南興神社も町の鎮守として創建され、ここはもうすっかり「日本」になっていた。ただし、日本人が多い分、日本軍に対する関心も高まり、一木支隊の行動も人々の口に上ることが多くなった。それは連合国側のスパイに作戦情報を提供するようなものだった。さらにサイパン島近海には米海軍の潜水艦がたびたび出没するので、作戦部隊の行動がすべて筒抜けになっていることは、もはや常識だった。ミッドウェー作戦に万全を期し、「企図秘匿」という観点から見た場合、サイパン島は甚だ不適当の場所だった。しかし、トラック島へ行くには時間がかかり、ここで戦闘予行する他に海軍には選択肢がなかった。

また何も知らされず宇品を出港した一木支隊だったが、兵隊たちは出港した次の日から、将校らが海軍士官と一緒に図上演習をしている姿を目にした。それで自分たちがミッドウェー戦に参加することを知った。一木支隊が待機するサイパン島は、濃い緑の森に覆われ、群青色の海に囲まれていた。そして何より注目すべきはミッドウェーと地形が似ていたことだ。「企図秘匿」に難あり、といえども、ミッドウェーもサンゴ礁に囲まれていたため、ここサイパン島が出撃準備拠点に選ばれたのだ。

サイパン島での一木支隊は、三日間、海軍と一体となり、上陸訓練を繰り返した。サンゴ礁は腰ぐらいの深さで陸岸まで数百メートルも続いていた。サンゴ礁を通過する手順は、計画では次のとおり定められていた。まず完全武装のまま、輸送船から上陸用舟艇に乗り換える。次いで「九五式折畳舟」と呼ばれる二分割組立構造の木造船に乗る。そして最後は徒歩により渡渉するといった具合だ。

一木支隊は、この折畳舟を四十隻装備していた。ただし、大隊砲や連隊砲、それに速射砲でさえ、上陸する時は樽や木材などの浮きをつけ、海中から揚陸させるしか方法がなかった。「いいか、手際良く動け。敵前上陸だ。ボヤボヤしてたら、陸だけじゃなく、海と空の両方から狙われるぞ！」

一木支隊長は、島嶼作戦が時間との勝負と思っている。そのため素早く上陸することを何よりも優先させた。なので決められた時間に上陸できなければ、何度でも訓練を繰り返した。将兵全員の自信がつくまで基礎動作を徹底するのだった。

ミッドウェーへ

出航の前日、すなわち五月二十七日は「海軍記念日」だった。一木支隊の将兵は海岸で皇居遥拝を行ない、必勝を祈願した。しかし、いざ出撃という段になって一木支隊の指揮関係をめぐる陸海軍の認識のズレが明らかになった。これは容易に解決できる問題ではなく、第二艦隊司令部で行なわれた作戦会議の席上においても激しく紛糾する場面が生起した。つまり、陸軍あるいは一木支隊長の認識では、一木支隊と太田実大佐が率いる海軍第二連合特別陸戦隊の指揮関係はあくまで並列であったのに対し、海軍あるいは第二艦隊司令部のそれは、一木支隊は第二連合特別陸戦隊の指揮下にあると譲らなかった。もちろん、大本営から派遣されている山内少佐だけで事態を収拾させることはできない。山内少佐の回想である。

支隊を海軍に配属するに当たって、風習の差異から紛議を起こさないように、わざわざ海軍案を修正して、五月五日「一木支隊ハ海軍部隊ト協力シ、ミッドウエー諸島ノ攻略ニ任スヘシ。一木支隊長ハ集合点ニ集合以降、作戦ニ関シ第二艦隊司令長官ノ指揮ヲ受クヘシ」と命令され、作戦要領として「一木支隊ハ第二艦隊司令長官ノ指揮下ニ於テ海軍部隊ト連携、ミッドウエー島奇襲上陸シ迅速之ヲ攻略ス」「支隊ハ全力ヲ以テイースタン島ヲ攻略ス」「海軍陸戦隊ハ……サンド島……攻略ス」云々と示された。

陸軍は第二艦隊司令長官の直轄になり、イースタン島（ミッドウェーの主島）の単独攻略を行なうと思っていた。よって陸海協定が行なわれる際も、この趣旨に相違ないと確信していた。しかし集合地のサイパンで第二艦隊司令長官から「一木支隊は陸戦隊長の指揮下に入り、陸戦隊長がミッドウェーの両島（イースタン島とサンド島のこと）を占領せよ」と命じられた。更に海軍の設営部隊等が陸軍部隊に同行し、占領とともに一切の物件を接収すると通達された。このため支隊長は受領してきた命令と違う、と強く異議を申し立てた。

作戦の直前であり、両者納得の上で気持ちよく戦場へ向かわねばならぬと考えた。そのためには現地で激論するより、協定の当事者である中央に裁定を求めるべきだと思い、中央に成り行きを報告して指示を受けることにした。

大本営では、これまでの経緯を受け、再度、陸海軍部が調整に入った。その結果、海軍がすでにミッドウェー作戦を発令していることを考慮し、特別陸戦隊の指揮下に一木支隊が入ることを認める一方、陸戦部隊の混淆を避けるため、特別陸戦隊は一木支隊の戦闘には干渉しない、ということに決した。イースタン島を攻略するつもりでいた一木支隊長は多少の役不足を感じつつも、これに納得したようだった。そして翌日早朝には予定どおり、一木支隊はサイパン島からミッドウェーへ向かい出撃することになった。

このように日本軍では、陸軍と海軍が協同する場合、事前に協定を締結し、それに基づき現地部隊の作戦・戦闘を律するしかなかった。よって状況に即応するよりも、それぞれが事前に決めた優先事項に捉われることもあった。その上、作戦計画は複雑になり融通性に欠けることも多く、必ずしも効率的な戦いを期待するのは難しかった。

サイパン島を出航してしばらくすると、兵隊たちはこれまで見たこともない光景に息を呑んだ。ミッドウェーへ向かうのは一木支隊が乗る輸送船団だけではなかった。約四十隻からなる大船団と護衛のための駆逐艦が一緒だった。それでもサイパン島近海に敵の潜水艦が航行中との報告があり、用心に用心を重ね、島を一周回ってから出撃した。

ただ、どれだけ大船団が組まれても、船が進めば進むほど、兵隊たちの緊張は高まってくる。そんな兵隊たちの気持ちが一木支隊長にはよくわかる。東進する輸送船が日付変更線を通過し、船中で時刻規正が行なわれたときなどは、すかさず大きな声を張り上げた。

「みんな、日付変更線のお陰で、時間がちょくちょく変わり、飯の回数も増えるぞ。良かったなぁ。しっかり食べるんだぞ」

兵隊たちに豪放磊落な態度で接し、常に笑顔を絶やさなかった。

「目標占領までは銃剣突撃にて一挙に突入、それだけで勝てるからな。心配無用！」

特に、一木支隊長は若い兵隊を見つけると、一人ずつ声をかけ、明るく振る舞った。

また船内の思い思いの場所では下士官を中心として、数人の兵隊たちが集まっていた。

「いいか、小銃弾五発、糧食二日分のみ携行、発砲は目標を占領してからだぞ！」
将校から命令を下達された下士官は、兵たちにミッドウェーの地形地物や目標となる建造物、施設等を暗記させるとともに、何度も戦闘要領を徹底し、彼らの不安を取り除くように努めた。それは下士官や兵だけの問題ではなかった。中には初陣の不安を部下に気づかれないよう、士官室に閉じ篭もり、陸軍大学校受験に向けて一心不乱に勉強している若い将校の姿もあった。

途中、六月四日の午後二時頃、米軍の爆撃機三編隊、計九機が飛来した。海軍陸戦隊の乗る大型豪華客船も狙われたが、ほとんど損傷はなかった。また低空で飛ぶ爆撃機も来たが、やはり損害はなかった。勇敢な船長が船橋から半身を乗り出し、必死になって面舵あるいは取舵の急転回を繰り返したため、事なきを得たのだ。夜になって敵は飛行艇による雷撃も行なったが、今度は我が方が高射砲にて反撃し、撃退するのに成功した。

洋上の軍旗祭

サイパン島を出航して八日目、六月五日は、ちょうど軍旗祭の日と重なった。歩兵第二十八連隊では北海道招魂社、昭和十四（一九三九）年からは北海道護国神社の大祭に合わせ、軍旗祭が執り行なわれていた。その日は、営庭を一般開放し、縁日のように出店も並び、みんなで祭りを祝うのが永年の習わしだった。よって、ここ洋上においても軍旗祭が行なわれることになった。

輸送船上で行われた洋上の軍旗祭。左手前で背中を見せているのが一木支隊長

この日の朝、連隊旗手伊藤少尉は、軍旗護衛下士官、兵に対し、歩兵第二十八連隊の歴代連隊旗手に伝わる「軍旗護衛の心得」を語っていた。これは大正初期に書かれた書物、『嗚呼第七師団軍旗』が基になったと言われる。第七師団長（あるいは師団長経験者）が「閑雲野鶴生」という仮名を遣い記したものだ。その趣旨は次のとおりだった。

明治七年、明治大帝から近衛歩兵第一連隊に軍旗が親授された。軍旗親授の始まりだった。それ以来、軍旗は神聖なものとされてきた。歩兵第二十八連隊の軍旗は日露戦争では二百三高地の激戦に参加し、ノモンハンでは一度ならず幾度も危機を乗り越えてきた。軍旗は、言うまでもなく、天皇を仰ぎ「陛下の大御心」を賜ったもので、国民のこれに対する尊崇の念は、天皇を仰ぎみるのと全く変わらない。竿頭に戴ける菊花は皇室の御紋章で、錦旗即ち天皇旗の御紋章を模したものだ。よって軍旗は軍隊の精神そのものであり、連隊の核心だけでなく、国民全体の核心として戴くべきものだ。万が一でも逆らう者があれば、世界、その国を問わず、我が朝敵であると同時に、陛下の大御心に逆らうものとして、軍隊は常に生殺与奪の権限を与られている。

また伊藤少尉は、捧持帯に付けている長さ十センチ程度の筒を見せ、ゆっくりと次のように語った。

「自分は万が一、軍旗を奉焼しなくてはならない時のために、エレクトロン焼夷剤をここに携行している。ノモンハンの時の連隊旗手からご教示いただいた。これさえあれば、どんな状況にあっても、軍旗が敵の手におちることなど絶対にない。みなもそのような時がきたら一緒に死んでくれ」

それに対し、軍旗護衛下士官中井銀吉軍曹は、顔を紅潮させている伊藤少尉の気持ちを少しでも鎮めようと、ノモンハンでの体験談を語り始めた。

「今回はそのような心配はご無用かと思われます。戦場では死ぬことなど考えてはいけません。生き残ることが何よりも大事です。私は今までたくさんの中尉殿、少尉殿に仕えてきました。その中には、功を焦り、勇気をみせようと不用意な行動をとったばかりに落命された方もいらっしゃいます。戦場では一人の勇敢な行動など要りません。攻撃する場合も、いきなり動き回るのではなく、まずは用便を済ませ、煙草を一服し、それから敵をよく見極め、みんなで力を合わせ、突撃を行なうことが大事です。軍旗小隊も同じです。いや、さらに慎重を期さなくてはなりません」

今まで黙っていた倉兼英樹軍曹も伊藤少尉を優しく見つめ、諭すように言葉をかけた。

「万が一、危機が迫った時は、軍旗を三つに分け、少尉殿は本体だけを腹に巻き、その他は大郷勉兵長らが別々に持ち、危機を脱することになっています。少尉殿は、我々護衛下士官が命に代えてお守りします」

「おお、そうだったな。みんな、ありがとう。自分は、すっかり舞い上がっていたようだ。これからも頼むぞ！」

「はいっ！」

伊藤少尉は、彼ら一人ひとりの顔をじっくりと見つめた。

軍旗祭の舞台は絵画のように美しかった。晴れ渡った青い空、見渡す限り濃紺の海、そして船が立てる一筋の白い波が舞台に花を添えた。軍旗祭へ参加するため、歩兵第二十八連隊主力が善洋丸の甲板に整列した。時を同じくして、連隊の残余と配属部隊は南海丸の甲板に整列した。その中で一番高いところに位置するのが、軍旗を捧持する連隊旗手と軍旗護衛下士官、兵たちだった。

軍旗祭開始の合図は、善洋丸の汽笛だった。善洋丸が汽笛を鳴らすと、南海丸が右舷に近づき、そのまま両船は併走した。もう一度汽笛が鳴ると、一木支隊長の号令で軍旗に対する敬礼が行なわれた。ラッパ手による「足曳」が勢いよく吹奏された。南海丸の甲板でも将兵たちが敬礼しているのが見えた。

〈「軍旗、南海を征く！」。これで見出しは決まりだな〉

一木支隊の雄姿を見て、従軍記者の頭に記事の構想が浮かんだ。記者は陸軍の活躍を世に知らしめるため、一木支隊と行動を共にしていた。また、その全てを同行カメラマンが撮影していた。そして、ちょうど宣戦一周年を迎えた昭和十七年十二月八日、読売報知新聞では、軍旗祭の模様が写真付きの記事となり一面を飾った。しかし、この時、一木支隊は既に全滅している。そのため写真には、撮られた日付や場所、軍旗祭を催した部隊や指揮官の名前なども公表されることはなかった。

こうしてささやかではあるが、戦地での軍旗祭は終わった。その後、皇居遥拝が行なわれ、一木支隊の武運長久を全員で祈った。そして最後に支隊長が訓示した。

「我々が攻略するミッドウェーはサンゴ礁に囲まれた小さな平坦の島である。その島には米軍がおり、上陸は困難を極めることになるだろう。が、島には食糧が豊富にある。さっさと攻略を済ませ、ルーズベルト給養にたっぷりあずかろうではないか。諸君、健闘を祈る！」

「おぉ！」

将兵たちから大きな歓声が上がった。

その翌日午前十時を過ぎた頃、激しいスコールが船を襲った。船上は滝のように洗われた。突然、兵隊たちが騒ぎだした。それはスコールのせいなどではなかった。生還したある兵隊は、その時のことを鮮明に覚えている。

「おい、見ろ！　護衛している駆逐艦がみんな速度を上げて進んでいくぞ」

「なのに、俺たちの船は反転している」

兵隊たちはみんな不思議そうな顔をしている。

「これはただごとじゃないな。どうしたんだ？」

「大変だ！　あれを見ろ」

誰かが叫んだ。みんな元の進行方向を見た。

「黒い煙が空を覆ってる。艦が燃えてるらしい」

「飛行機もたくさん飛んでる」

「いったい、何があったんだ？」


将校たちも不安を感じていた。

初めは敵の通信施設や飛行場が使用不能になった、地上の被害甚大といった、敵が混乱する情報ばかり伝えられた。しかし次には「『飛龍』大火災」「『三隅』被爆」などの日本軍の悲報が伝えられた。

船団全体が西へ転回した際、山内少佐は近くにいた陸戦隊司令に声をかけた。

「何があったのですか」

「艦隊は決戦中……」

陸戦隊司令は声を震わせていた。

この時、すでに一木支隊の運命を変える事態が生起していたのである。

ミッドウェー作戦敗北の情報操作の余波

「信じられないことが起きた！　海軍部は、まるで通夜のようだったぞ」

陸軍部作戦課の井本熊男中佐が部屋へ飛び込んできた。六月六日、井本中佐はミッドウェー作戦の戦果を確認しようと、大本営海軍部の様子を見に行ったのだった。

この日、アリューシャン列島においては、空母「龍驤」から発進した海軍第四航空戦隊の零式艦上戦闘機がウナラスカ島ダッチハーバーの米海軍基地を空襲し、施設や兵舎などを炎上させる戦果を上げていた。このダッチハーバーのことは海軍部より通報があったが、ミッドウェーに関しては何の連絡もなかった。心配になった井本中佐は海軍部へ行き、作戦室の様子を窺《うかが》った。そこでは海軍首脳部が全員集まって図上を凝視していた。傍から見ても、その場の空気は重く深く沈んでいるのがわかった。

井本中佐が作戦室に入るのを躊躇していると、海軍部作戦課の山本祐二中佐が井本中佐を見つけ、入口まで近づいてきた。そこで井本中佐が「どうだ？」と尋ねたところ、山本中佐は「どうもうまく行かない」と小声で答え、それ以上は何も言わなかった。顔は青ざめたままだった。帝国海軍が日米開戦以来、初めてとなる敗北を喫したのだった。

ミッドウェー作戦の翌日正午、陸軍部の作戦課長服部卓四郎大佐と主だった作戦参謀は海軍部作戦課から来部を求められた。陸軍の参謀が集まると、海軍部作戦課の山本中佐がミッドウェー作戦の戦況について説明し始めた。そこで陸軍の参謀たちは海軍が大敗し、連合艦隊は戦場を離脱、ハワイ西方一千マイルに集結中だと聞かされた。ミッドウェー作戦では帝国海軍が誇る最新鋭空母「飛龍」を含む「赤城」「加賀」「蒼龍」の主力空母四隻も沈没した。それだけではなかった、約三百機にのぼる航空機も失ったのだった。

陸軍部作戦課に戻った参謀たちは互いの顔を見合わせた。しかし、辻中佐だけは机をたたきながら、「海軍の奴ら、全く志気沈退している。元気をつけてやらなきゃ、いかん」などと、一人気炎を吐いていた。

やがて参謀たちの視線は服部作戦課長に集中した。

「他の部署や陸軍省にも知らさなくてよいのでしょうか」

そんな声も聞かれた。

「その必要はない。弱腰の情報屋の言うことをいちいち聞いていたら、勝てる戦争も勝てなくなる。例え海軍のせいでも、作戦が失敗したなど絶対に言えない。大本営への信頼が揺るぎ、部隊の士気が下がるだけだ」

服部作戦課長はそれだけ言うと、静かに目を閉じた。

事実、ミッドウェー作戦の敗北は、一部の高級軍人や作戦参謀のみに知らされた。大本営陸軍部では総長、次長、各部長及び作戦課の参謀だけであり、陸軍省では大臣、次官、そして軍務局長に限られた。英米情報担当部員にも正確な情報は知らされなかった。作戦の策定に携わる彼らに対し、本当の敵の損害ばかりか、我の「大損害」を知らさなければ、正しい情勢判断などできるはずがない。組織の面子、あるいはプライドにこだわった秘密主義が爾後の作戦に重大な影響を与えていくのだった。

また、海軍は海軍で、ミッドウェー作戦での戦果を次のように発表した。

米海軍の空母「ホーネット」「エンタープライズ」を撃沈、敵飛行機百二十機を撃墜。対する日本海軍の損害は、空母一隻及び重巡洋艦一隻沈没、空母一隻大破、未帰還機三十五機。

これは、もはや報道統制ではなく、情報操作に他ならない。海軍がここまで事実を隠したのは、軍人だけではなく、国民全体の士気が下がるのを防ぐためだった、とする。しかし、実のところは敗北の責任を明らかにしないための措置ではなかったか。不信感は残る。それ以降も海軍は指揮官の交代も行なわず、情報操作のみを繰り返していくからだ。それは陸軍とて同じことだった。

ただし、例え適切な情報が伝えられたとしても、陸軍が海軍の敗北をどれだけ真剣に受け止められたかは疑問だった。なぜなら、後日、海軍部作戦課がミッドウェー作戦での被害状況を説明した時、陸軍部の参謀から「それで、『FS作戦』はいつから始められるんですか?」などと悠長な質問が出されるほどだった。「FS作戦」とは、日本海軍がオーストラリアを孤立させるため、米豪連絡線上に位置するフィジー、サモア、ニューカレドニア諸島等を攻略する作戦である。フィジー、サモアの頭文字をとって「FS作戦」と呼ばれていた。

ついでに言うと、「FS作戦」は大本営海軍部、すなわち海軍軍令部が熱心に進める作戦であり、連合艦隊司令部ではあまり乗り気ではなかった。軍令部は島嶼占領により米豪遮断の効果を期待し、戦争の早期終結に資すると考えていた。しかし、連合艦隊司令部では島嶼占領より敵艦隊の撃破を最優先にしていたため、この作戦には消極的だったのである。

海軍は初黒星からほどなく、ミッドウェー島攻略作戦、通称「ＭＩ作戦」を中止しなければならなかった。このことを真摯に受け止めれば、陸軍も南太平洋方面での作戦構想を再検討すべきだった。例を挙げれば、自発的に防勢へ転移することなどだ。しかし陸軍は、それまで太平洋では日米海軍単独での対決が起きるものと考え、米軍の力を知ろうともせず極端に軽視し、太平洋における作戦の知識も準備も不十分だった。

それに対し、海軍では太平洋での作戦が膠着状態に陥ったことで、大上段に構えた積極論、すなわち「速戦即決」を唱える者は影を潜めた。しかし、当初の大方針を変更する者までは現れなかった。よって海軍と競い合っていた陸軍も、海軍に手を差し伸べることなどしなかった。ミッドウェーでの敗戦は海軍の問題だと決めつけたのだ。

それどころか、むしろ陸軍ではミッドウェー作戦の敗北を受け、南方作戦の完遂と相俟って、陸海軍の主導権争いに決着がつき、この戦争における主要な役割が終わったと考える者さえ出てきた。つまり彼らは、あとは海軍が何とかするだろう、と見ていたのだ。そのため、昭和十七年四、五月頃には既に軍容刷新（南方の兵力整理のこと）の方針は、ほとんど平時のものになっていた。また、それを敢えて変更しようとする動きも見られなかった。

こうして可能性は度外視されたまま、陸軍では計画中の各作戦についても従来の方針が踏襲されていくことになった。ではミッドウェー作戦の後、一木支隊には、どのような運命が待ち受けていたのであろうか。

置き去りにされた一木支隊はグアム島へ

午前十時過ぎ、ミッドウェー沖では、一木支隊を護衛していた駆逐艦が、艦艇及び艦載機の乗員救助の要請を受け、ミッドウェー作戦海域へ急行することになった。そのため支隊を乗せた輸送船団は、裸同然で航海を続けなくてはならなかった。その間、何の情報も入らなかったが、反転から一時間が経過した頃、ようやく一木支隊長に「ミッドウェー作戦において、我の形勢不利、よって作戦は中止する」という報せが届いた。また、大スコールのお陰で敵機の襲撃を回避できたことも知らされた。さらに、あれほど一木支隊を指揮下へ入れたがっていた海軍なのに、特別陸戦隊を乗せた優速船のみがスピードに利し、とっとと逃げていたことも分かった。一木支隊は何も聞かされず、置き去りにされていたのだ。

その後、一木支隊を乗せた輸送船団は、まず南鳥島へ舵をとることになった。しかし、その途中、南鳥島では一木支隊を展開させるだけの地積がなく、十分な飲料水も確保できないと分かり、当時「大宮島」と呼ばれていたグアム島へ行先が変更された。グアム島へ行くのも、すんなりと決まったわけではなかった。六月六日の夜、大本営陸軍部は、海軍部から「連合艦隊は引揚げることに決定した。一木支隊はどこに回航すればよいか」と打診された。その時、海軍部は内地、具体的には瀬戸内に帰還する命令を起案していた。それにもかかわらず、六月七日になり、陸軍部は「検討の結果、敗戦の秘匿のため、当初グアム島へ位置させる」と海軍部へ通報したのだった。

一木支隊は、それから七日間、敵から攻撃されることなく洋上を進み、南海の島へ上陸した。事情を知る将校たちには緘口令が布かれたが、数日も経たず、反転した経緯、すなわち海軍がミッドウェー作戦で敗北したことを、ほとんどの兵隊が知るところとなった。

一木支隊はグアム島に上陸すると、まず島の中心地にあるアガナ兵舎を目指した。アガナ兵舎は港近くの段丘に立っていた。大きな屋根が特徴の風通しが良い建物だった。グアム島は、日中は暑く、ジメジメと蒸す日も多かったが、夕方になると涼しくなり、快適な生活を送ることができた。一木支隊の将兵は、そこで暫しの間、平穏な日々を過ごすことになる。

グアム島では夕方、太陽が海に沈み、空が朱色に染まると、多くの兵隊が港で釣り糸を垂らして過ごした。ここではカツオがよく採れたという。しかし、何の情報も入ってこないし、手紙の返事すらこなかった。

これまで一木支隊の参謀として支隊長を献身的に補佐してきた山内少佐も帰京を命じられた。山内少佐は資料収集のため、グアムからトラック島、クェゼリン島に立ち寄り、ラバウル、ツラギを経由してサイパン、ダバオ、台湾そして東京へと帰朝した。その間、ツラギからニューヘブリデス諸島の上空も偵察した。またラバウルでは、ガダルカナルへ向かう海軍設営隊を見送った。その中には同郷の岡村徳猪（後の徳長）少佐もいた。彼と山内少佐は、山内少佐がまだ陸軍士官学校の生徒の時、横須賀にあった空母「赤城」を見学したのがきっかけで知り合いになっていた。当時、岡村少佐は赤城に配属されていた。

グアム島における一木支隊の訓練は通常の「戦闘訓練」に加え、「水泳」や「体操」などもあり、ほぼ三日に一度の割合で行なわれた。また整備や当直など、各種の作業や勤務も旭川と同じように割り当てられた。部隊の士気を高め、団結を強めるために中隊対抗の各種競技会も設けられた。さらに相撲大会や演芸大会、水泳大会、大宴会、映画鑑賞などの厚生活動も積極的に行なわれ、将兵の士気が鼓舞された。中でも工兵中隊による手品芸に人気は集中した。他に相撲大会に優勝すると、その部隊は賞品の生野菜を山分けできた。これは兵隊たちにとって大変嬉しいことだった。グアムではトウキビが主食だったため、生野菜は貴重品だった。こういう時に活躍するのは、重機関銃中隊や大隊砲小隊の兵隊たちだった。普段から重い装備を運ばなくてはならないため、大きな体と力自慢の者が多かった。

また兵隊たちは、兵舎は米軍が使っていたもので、米軍が残してくれた食糧、特にビールや肉、果物の缶詰を喜んで口に入れた。倉庫には食べきれないぐらいの食糧があると聞かされ、「ここは天国だ！」などと軽口をたたく者もいたという。外部との接触は絶たれたままだったが、グアム島では、ほとんどの兵隊が満足し、「戦争っていいもんだな」と喜んでいた。そんな兵隊たちの「優雅な生活」が長く続くことはなかった。突然の郷土への帰還命令で終わりを告げるのだった。

一木支隊に突然の帰還命令、一転グアム島待機

八月七日、一木支隊は宇品へ向け出航することになった。グアム島を発つ前、兵隊たちに休みが与えられた。兵隊たちは小隊ごとに街へくりだした。そこは多くの人が行き交い、活気に溢れていた。特に目立ったのは大宮神社だった。スペイン人が建てた教会を改築したものだ。その周りでは、たくさんの土産屋が軒を並べ、兵隊たちを待ちかまえていた。土産物としては、貝殻のついたハンドバックやサンゴの首飾り、鮮やかな布で作られた巾着などの人気が高かったという。

こうして一木支隊の兵隊たちは、長い遠征を無事終えて、グアム島で買った土産物を抱え、喜んで帰国の途についた――。

そのはずだった。しかし、次の日の朝、一服しようと甲板に上った一人の兵隊が事態の異変に気づいた。

「何か変だぞ。この船、止まってるぞ」

その声で他の兵隊も目を覚ました。何が起きたのか、と寝ぼけ眼であたりを見回した兵隊も甲板に上がった。そこで見たものは恋人岬であり、重油タンクの焼けたものだった。これで兵隊たちは間違いなくグアム島にいると確信した。

「何か起きたぞ、これ。きっと新たな出撃命令か、何かあるんだぞ」

誰かが声を出した、その時、突然、呼集ラッパが船内に鳴り響いた。

何の前触れもなく、大本営より一木支隊に対し、参謀総長指示が発令された。

「直ちにグアム島へ引き返し乗船のまま待機、使用予定東部ニューギニア」

それは、一木支隊が宇品に向け航行中のことだった。

続いて一木支隊長は、輸送船「ぼすとん丸」の船長から一通の電文を受け取った。

発信者大本営陸軍参謀次長依命となっていた。

「一木支隊の第七師団への復帰を見合わせ、次の作戦を準備するため、グアム島に引き返し待機せよ」

一木支隊長は、この電文を読んで神仏に感謝し叫んだ。

「これこそ正に天祐だ！」

一木支隊長は、指揮官として何もしないで帰還するのを心苦しく思っていた。また、一旦帰還と決まり、将兵の気が抜けているのを察した。直ちに気を引き締めなくてはならないと考えた。

「これで、あの時の汚名を返上することができる！」

続けて独り言を口にした。しかし、その意味をわかる者はいなかった。

一方、旭川には、この命令・指示が伝えられることはなかった。そのため、一木支隊が消息不明になった、と人々が心配する事態になっていた。事の発端は、八月八日、一通の電報が第七師団司令部に届けられたことから始まる。それは一木支隊の帰還を報せるものだった。

歩兵第二十八連隊の留守隊副官は、その報せを受け、連隊の慣習に従い、一木支隊の帰還と軍旗を出迎えるために函館まで進出した。しかし数日待っても何の音沙汰もない。そこで第七師団司令部に問い合わせたが、結果は同じだった。停車場司令部にも鉄道輸送計画を確認してもらったが、その回答は、一木支隊の鉄道輸送計画はない、というものだった。

さらに状況を確認してもらうと、一木支隊を乗せた輸送船は宇品港にも到着していない。第七師団司令部が受領した電報では一木支隊のグアム島出発は七日とされていた。もしや、海難事故、それとも敵に沈められたのか、様々な憶測を呼ぶことになった。

そんな事態になっていようとは露さえ知らない一木支隊の将兵たちは、その頃、グアム島へ引き返し、八日、「パラオへ転進せよ」と内報されていた。しかし、ここでも行先が変更され、九日の夜、支隊長は「トラック島に到り、第十七軍司令官の隷下に入れ」と新たな命令を受領した。

背嚢に入れた土産物は没収された。無情にも海へ捨てる部隊もあった。中には大粒の涙を流し、悲嘆にくれる兵隊もいた。兵隊たちは、配られた便箋に手紙を書け、と言われ、泣いていた兵隊も戦友に慰められながら家族に手紙を書いていたという。

しかし、その一方で楽観的な態度をとる者も少なくなかった。

「良かったな、何もしないで帰ったら他のヤツに笑われるとこだったぞ」

「そうだ、そうだ。同じ北海道第七師団の北海支隊は、アリューシャン列島のアッツ島、キスカ島の無血上陸に成功したというのに……」

一木支隊の将兵たちは、グアム島で北海支隊の活躍を知らされていた。

「そうだ。このまま帰ったら、後ろめたかったな」

「どこへ行くかは知らないが、とっとと行って、大きな手柄を立てて帰ろうや」

「家を出る時、家族にも頑張ってこい、と励まされたんだ。今度こそ良い機会だ」

むしろ、これこそ、ほとんどの兵隊の気持ちだったのではないだろうか。

旭川を出征して以来、一木支隊のたどった道のりを思い起こすと、まず旭川から宇品を経てサイパン島へ。次にサイパン島からミッドウェー、イースタン島へ。その前進中に、ミッドウェー作戦の思わぬ敗北で南鳥島へ。また途中で針路変更を余儀なくされ、グアム島へ。そこで約二ヵ月を過ごした後、旭川へ帰還するように命令を受け出航したが、再びグアム島に舞い戻った。次はパラオ島へ向かうことになったが、また変更、トラック島へ行くことになった。

この先、どこへ行くのか。将兵たちは、どこでもいいから早く行って、戦場で手柄をたてて郷里に凱旋したいという気持ちになっていた。一木支隊は、なぜ嵐に翻弄される木の葉のように、南海を彷徨《さまよ》うことになったのだろうか。

「海軍がはじめた戦争なら、海軍に責任をとらせりゃいいんだ」

大本営ではミッドウェー作戦の敗北以来、陸海軍の双方が相手の動きを探り合うような状況が続いていた。そんな中、八月七日、「ガダルカナルの飛行場が敵にとられた」という情報がもたらされた。大本営陸軍部の参謀たちは慌てて地球儀の周りに集まり、その名前を探したが無駄だった。ほとんどの者が「ガダルカナル」が島の名前だということさえ知らなかった。しかし、そんな彼らでもガダルカナルのすぐそばにある「ツラギ」については、ソロモン諸島の政庁があるところで飛行艇の基地にもなっていることは知っていた。

またガダルカナルの飛行場のことを海軍部から聞かされていた参謀もいた。それは六月の陸海軍部の研究会でのことであり、いきなり海軍部から伝えられた。その時、海軍部は米豪遮断に必要な航空戦力を推進するため、ソロモン諸島で新たな飛行場を設営する、と言っていた。それがガダルカナルだった。その後、七月の研究会では、「飛行場を設営中」になり、「完成は八月上旬」と補足された。ただし、ほとんどの陸軍参謀、特に作戦課の者は、それが重要な話ではないと認識し、服部作戦課長にも報告しなかった。なので、ガダルカナルが敵にとられた、と言われても、「海軍がはじめた戦争なら、海軍に責任をとらせりゃいいんだ」というのが、陸軍参謀たちの本音だった。

それから遡ること二ヵ月半。昭和十七年五月二十五日、海軍第二十五航空戦隊の飛行艇（二式大艇）一機がソロモン諸島の上空を飛んでいた。第二十五航空戦隊は、第十一航空艦隊（司令官は塚原二四三中将）の隷下部隊として、昭和十七年四月一日に新編され、ツラギを拠点としてソロモン諸島周辺で哨戒・偵察活動に従事していた。ツラギは、ガダルカナル島ルンガ岬の北東対岸に位置するフロリダ島の南端の小島だ。

飛行艇には、ラバウルの第二十五航空戦隊及び外南洋部隊第八根拠地隊の参謀たちが乗っていた。第八根拠地隊は、海軍の占領地などに置かれた臨時の海軍基地を防衛・管理するための部隊である。海軍の活動範囲が広がるにつれ、測量、港務、通信、さらに艦隊の補給や修理、必要に応じて患者の診療等も所管するようになっていた。

この時、飛行艇には数名の技術者も同行していた。飛行場適地を空から探すためだ。彼らは、事前調査で当たりをつけていたガダルカナル島の上をしばらく飛行すると、島の北西部に飛行場の条件を満たす台地を確認した。

この報告を受けた第二十五航空戦隊司令官山田定義少将は、六月一日、第十一航空艦隊参謀長酒巻宗孝少将宛てに、この調査結果を伝えるとともに、急ぎ飛行場の設営にとりかかるよう、意見具申した。その理由は次のとおりだ。

一、ビスマルク方面基地航空作戦の現状を鑑みれば、陸攻機、戦闘機を同基地に進出させる、またはビスマルク方面配備兵力の中継基地として使用することにより、珊瑚海方面に対する攻撃偵察距離を延伸することができる。それに加え、戦闘機を進出させれば、ツラギにおける対空威力が強化できる。

二、ニューヘブリデス諸島に対する陸攻機の攻撃が可能となり、次期作戦に際し、基地航空部隊の助勢も期待できる。その上、巨視的な見地に立てば、ビスマルク方面よりニューヘブリデス諸島、ニューカレドニアにいたる基地航空機の移動集中のきっかけをつくることができる。

これは第十一航空艦隊が日本軍の南方作戦での完遂を受け、新たに南東（ソロモン・ニューギニア）方面へ戦域を拡大しようと、手探りを始めた矢先のことだった。この現地部隊からの意見具申を受け取った第十一航空艦隊は、飛行場設営の必要性を認め、連合艦隊司令部へ報告した。そして連合艦隊司令部は、参謀長宇垣少将の名で「次期作戦の関係上、八月上旬までにガダルカナル島に飛行場をつくれ」と要請したのである。こうしてガダルカナル島がにわかに注目されることになった。しかし、それはあくまで海軍に限ったことだった。では、ガダルカナルとは、どのような島であったか。

参謀たちも知らなかったガダルカナル島

太平洋戦争で未曾有の激戦地となるガダルカナル島は、オーストラリア北東のソロモン諸島に位置する。島の大きさは、東西約百四十キロ、南北約五十キロで四国の約三分の一しかない。それでもソロモン諸島最大の島だ。東京からの距離は五千キロを超え、策源地ラバウルからの距離は約千キロ、ちょうど東京と大阪の往復、あるいは東京から宗谷岬までの片道に相当した。また山地が多く深いジャングルに覆われ、湿度は高い。湿った土と腐敗した植物は独特な匂いを放ち、それはときに二、三十キロ沖まで漂うことがあった。

原住民のほとんどはメラネシア人だった。太平洋戦争が始まった頃、ソロモン諸島では約十万人のメラネシア人が住んでいた。彼らの土地に対する執着心は強く、狭隘な地域毎に閉鎖社会を形成していた。また約百種類の言語または方言を使っていたため、隣の部族同士でも互いの言葉を理解できないほどだった。共通語は「ピジン」と呼ばれる英語の派生語であり、その語彙は約六百種類にのぼった。彼らはいかなる国家意識も共有せず、自分の部族の血縁や祖先、聖地にのみ献身の義務を有していた。

ソロモン諸島は、連合軍にとってはニューヘブリデス諸島、フィジー諸島とともに米豪の連絡線上、重要な補給経路であり、日本への反攻に欠かせない地域だった。それに対し、日本軍にとってオーストラリア進出の道筋に当たるソロモン諸島の価値が陸軍と海軍とでは異なっていた。なぜなら海軍はソロモン諸島への進出だけでなく、オーストラリア侵攻も視野に入れ、その価値を考察していたのに対し、陸軍はそこま

ま

での戦線拡大を躊躇していた。

先述のとおり、陸軍は中国大陸での作戦と「対ソ重視」を最優先に考えていた。またミッドウェー作戦の結果を受けてFS作戦が延期された後は、不敗態勢なかんずく対支戦略に支障がない範囲で積極作戦に賛同する、というのが陸軍の姿勢だった。つまり陸軍は、太平洋正面に対する早期決戦構想が挫折したので作戦指導上の関心が重慶またはインド洋に向かっていた。このため海軍は陸軍との協同を端から期待することなく、単独でツラギを奪取し、ガダルカナル島の飛行場を設営することにした。

飛行場の設営に当たったのは、第十一設営隊門前鼎大佐以下千三百五十名と、第十三設営隊岡村徳長少佐以下千百二十一名、そして第八十四警備隊及び呉第三特別陸戦隊の一部、二百四十七名であり、いずれも多くの年配者を含んでいた。彼らは一木支隊と同じ、第二艦隊隷下の輸送船団でガダルカナルへ派遣されていた。もともと設営隊はニューカレドニアに前進する予定だったが、出港直前にミッドウェー敗戦の余波を受け、急遽、ガダルカナル島へ行くことになった。

ここガダルカナル島では、第十一設営隊が滑走路を、第十三設営隊が誘導路や川にかかる橋梁、通信施設の構築をそれぞれ担当した。また設営が主任務だったので、武器はほとんど装備しなかった。小銃または拳銃を持つ者は第十一設営隊で約百八十名、第十三設営隊では約百名に過ぎなかった。

設営隊員たちにとって、ガダルカナルは初めての熱帯の地だった。何もかも珍しいものばかりだった。沼地では大きなワニを銃で仕留め、「ワニ鍋だ！ハンドバックだ！」などと大騒ぎをすることもあった。また野牛狩りにも出かけた。やがて貴重な食糧となる大トカゲを追いかけ、捕獲に成功し、飼育を楽しんでいる者もいた。後に彼らを苦しめることになるスコールも、その頃は「気分爽快なり」などと、はしゃぐ余裕もあった。

工期も順調に進んだ。彼らの献身的な作業の甲斐もあり、八月六日、ようやく長さ八百メートル、幅六十メートルの滑走路を持つ飛行場が概成した。滑走路の東側には二百から三百平方メートルの埋立地を利用した戦闘機用掩体六ヵ所、兵舎、倉庫などもあった。

この日の夜は、祝い酒ととびっきり上等な食事が振舞われた。通常なら午後八時には消灯するのに、この日だけは午後十時まで延灯が許可された。明日には艦載機が初めて着陸すると伝えられ、設営隊員たちは浮かれていたのだ。「海軍一の変人」と異名を誇る岡村少佐などは、いつもの捻じり鉢巻姿で「もうあらかたできたから、つべこべ言わず、戦闘機を早くガダルカナルへ持ってこい、と酒巻（参謀長）に伝えろ！」と海軍兵学校の四期先輩の少将を呼び捨てにし、何度も第十一航空艦隊司令部へ要請していたほどだ。明日やっと、これが叶うので、少佐もすこぶる機嫌が良かった。

酒も入り、連日の工事の疲れから多くの者は、いつしか眠りについていた。その時、設営隊では不思議なことが起きていた。

夕方から断続的な雨が降り、もやがかかった。それが晴れたとき、飛行場設営のために徴用した現住民と近くに住む彼らの家族が、突然、姿を消していたのだった。設営隊の中には、そのことに気づく者もいたが、深く気にとめる者はいなかった。測量を担当していた設営隊員の回想である。

朝、自分の配下の六人の原住民も起こさなくてはと思い、彼らの幕舎を覗いたところ、驚いたことに、もぬけのからでした。私は変だなと思いました。今までこんなことはありませんでした。しかし、飛行場設営中には原住民で悪いのがいて、野原に放火したり、こちらで雇っている原住民に嫌がらせをしたりするのがいましたから、その悪い奴らに脅かされて逃げたのかもしれないと思いました。まあ飛行場も完成したことですし、また必要になれば探して来ればよいと自分に言いきかせました。

米軍、ガダルカナル島に無血上陸

八月七日早朝、第十三設営隊は最後の仕上げをするため、いつもより早めに起床した。朝食を済ませ、岡村隊長の訓示を聴いた後、意気揚々と作業現場に向かい出発した。設営隊が動き出した、ちょうどその時だった。いきなり砲爆音が耳をつんざいた。設営隊の皆は驚き、周囲を見回した。そして海岸付近に目が釘付けになった。そこには所狭しとたくさんの艦艇や大船団が姿を見せ、真っ黒だった。砲爆音がなければ、設営隊は日本海軍が来たと勘違いしていただろう。

しかし、実際は違った。今まさに敵が上陸作戦を開始したのだ。それは全く予想していないことだった。それでも第十三設営隊は隊列を組んでいたため、比較的円滑に防空壕へ避難することができた。一方、第十一設営隊は、どうだったか。「起床ラッパが鳴る前に米軍から砲撃を加えられたので、バラバラになりジャングルへ逃げ込むのがやっとだった」と記述する文献も見受けられる。しかし第十一設営隊の生還者は、次のように語る。

八月七日未明、設営隊本部の前でいつものとおり、朝の体操を行なった。それが終わった、ちょうどその時、まだ薄暗い上空で米軍の小型機が照明弾を落とした。それが閃くと同時に、いきなり沖合から艦砲射撃が始まった。隊本部の炊事場の明かりを狙ったもので、初弾から命中したため、そこに居合わせた全員が驚いてしまった。

ガダルカナル島に上陸する米海兵隊

いずれにせよ、このような状況で、ガダルカナルは米軍に無血上陸を許す結果となった。しかし第八十四警備隊の一部は、この後、飛行場まで後退し、その西に流れるマタニカウ川で応急の防御陣地を築き、大きな犠牲を払いながら抵抗を続けた。

一方、鈴木正明中佐を指揮官とする第八十四警備隊主力と第十四設営隊の一部からなるツラギ所在の混成部隊は、「敵兵力は大なり。最後の一兵迄守る。武運長久を祈る」と送信し、その後、「至近弾あり、電信室を死守する」という無線を最後に通信が途絶え、約二百人の戦死者を出すまで勇敢に戦った。降伏したのは僅か三人だった。ツラギに進出していた第二十五航空戦隊隷下の横浜海軍航空隊も駐機場で全機を破壊され、司令宮崎重敏海軍大佐以下、総員が玉砕している。

戦史叢書では、「ガダルカナル島所在の部隊に対しては、ツラギ方面所在部隊のような勇戦敢闘を期待するのは無理であった。（略）第十一及び第十三設営隊の大部は兵器を持たぬ工員であり、第八十四警備隊ガダルカナル島派遣隊の兵力では、至るところ上陸可能なルンガ岬付近海岸を守備することは不可能であった」と記述されている。

しかし現代から考察すれば、それはただ単に現地部隊の武器の有無の問題ではなく、「作用・反作用」の自然の摂理を忘れ、自ら勢力を伸ばした空間において、「制海権・制空権」という理論上の概念にとらわれ、敵の反撃を全く予想せず、島嶼作戦における陸上戦力の重要性を正しく認識できなかった結果だった、と気づくはずだ。だが当時は、そのように考えた者などいなかった。

それはFS作戦にも見られた傾向である。大本営ではFS作戦を次のように計画していた。

機動部隊は七月一日発進

南海支隊は六月末、ラバウルを出発、七月八日ニューカレドニアに進駐

第十七軍主力は七月上旬トラック島を出発、七月十八日フィジーに進駐

歩兵第四十一連隊及び海軍陸戦隊は七月中旬トラック島を出発、七月二十一日ツイラ（サモア諸島東部）に進駐

大本営は計画を立てた時、この方面の敵情をよくわかっていなかった。それにもかかわらず、日本軍が制海権及び制空権を持っていると信じて疑わなかった。しかし日本軍による米豪遮断が行なわれたら米軍は極めて不利な態勢に陥ることになる。ここを安閑として放置するはずはないと考えるべきだった。事実、六月末頃の兵力は、ニューカレドニアでは米陸軍一個師団、オーストラリア兵二百名、仏兵三千七百名、計二万七千名を数えた。これは進駐予定の南海支隊の約七倍の兵力だ。またフィジーには米陸軍一個師団、ニュージーランド兵八千名、計二万三千名の兵力がいた。これは第十七軍主力の三倍だ。さらにサモアでは米海兵隊一個師団の半分、一万名がおり、これは

ここも歩兵第四十一連隊の三倍の兵力だった。加えて、敵の武器装備の火力は、おのおの右倍数の二倍以上に相当した。

「まことに呑気な話で、各島ともにほとんど敵の強い抵抗を予期しておらず、『進駐』という観念であった。仮に上陸したとしても結果は一木支隊のガダルカナル島攻撃に類するものだったかもしれない。（中略）寒気を催すの感がある」

戦後、ある作戦参謀は述懐している。

米軍反攻の狼煙

一方、米軍の動きはどうだったか。

一九四二年三月五日、アーネスト・ジョセフ・キング米艦隊司令長官（当時）は、大統領官邸において太平洋正面における情勢認識を語った。日本軍がガダルカナル島へ上陸する二ヵ月も前のことだった。その時、キング海軍大将は、ハワイの防衛とオーストラリア及びニュージーランドに対する支援、そして今後、ニューヘブリデス諸島から北西へ進出するにはガダルカナル島を占領し、ラバウルに展開する日本軍を撃退する必要があると主張した。

この主張は米国首脳陣に認められた。よって米軍ではガダルカナル島が太平洋戦域

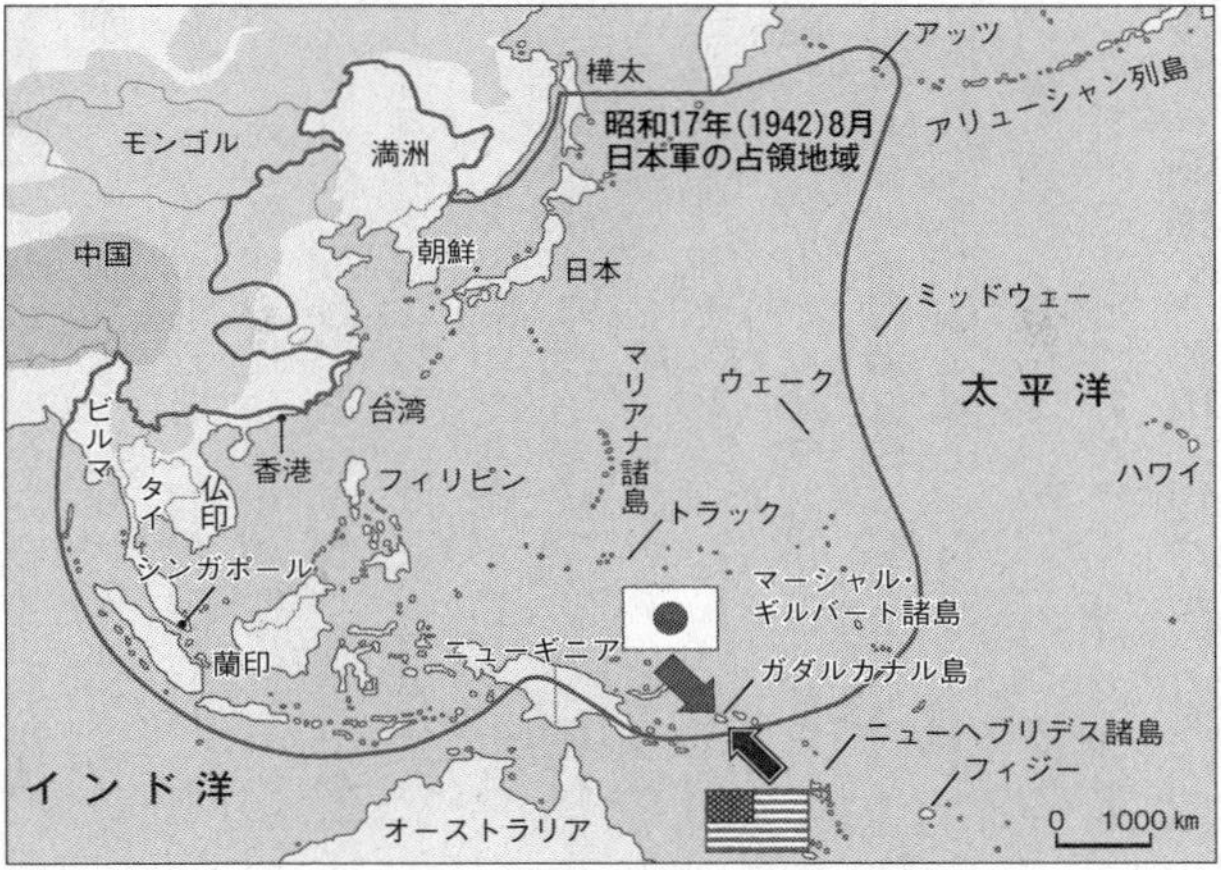

太平洋戦域の全般状況（昭和17年８月）

における連合軍の反攻拠点であり、これを確保しなければならないという明確な目的が戦略レベルから第一線部隊まで確立されたことになる。

また、この目的を達成するため、米軍は新たな試みである実質的な「統合作戦」を遂行し、陸軍、海軍、海兵隊、航空部隊による戦闘力の集中を企図した。具体的には、まず達成すべき目標として飛行場の確保を掲げた。次に陸海空戦力の統合発揮を促進するため、水陸両用部隊を編成した。それが第六十二任務部隊だった。任務部隊とは、与えられた任務を効率的に遂行するため、必要な機能を保有する部隊で編成される編組部隊のことをいう。さらに海兵隊は編成したばかりの師団を初めて実戦へ投入した。海兵隊では、それまで旅団が最大の編制部隊であり、先任旅団長が全体の指揮を執り、各旅団長経由で部隊を運用していた。しかし大規模な作戦で海空部隊を包含し、迅速かつ柔軟な統合運用を行なうには師団編成の方が適していた。師団自らが作戦機能と作戦を支援する機能を持っているからだ。また複数の旅団司令部で調整するよりも、単一の師団司令部で統制する方が状況に適合した戦闘力の発揮も容易になる。それは他軍種にとっても調整先が少なくて済むので都合が良かった。

さらに米軍は現地部隊の作戦・戦闘を容易にするため、目標の近くの島に地歩を築き、その島から航空支援ができる態勢を確立した。ガダルカナルの戦いでは、それがニューヘブリデス島とエファテ島だった。米軍では、それまで各種の航空支援基地が南太平洋の広い地域に散在していた。これを集約して多数の航空機を一元的に運用するため、米軍は最新の装備を含む両島の飛行場整備を最優先にした。これは航空機の多寡の問題だけに収まらない。日本軍が優勢と言われる中、基地から発進する航空機の飛行距離（日本軍の場合はラバウルとガダルカナルの間）はほぼ同じでも無線傍受やレーダーの活用による情報の優越と相まって米軍が状況の変化へ柔軟に対応し、航空優勢を確保する要因になったからだ。

加えて米軍では、軍種の壁を越えた指揮官同士の協同の精神も発揮された。反攻直前になり、ガダルカナル島はロバート・リー・ゴームレー海軍中将が指揮する南部太平洋方面軍の担任区域に含まれることになった。この時、戦力不足を感じたゴームレーは、隣接する南西太平洋方面軍司令官ダグラス・マッカーサー陸軍大将と会談し、指揮官自らが実情を訴えることで、マッカーサー大将から任務（攻撃目標の一つにガダルカナル島も含まれていた）遂行に必要な協力は惜しまない、という約束を取り付けたのだった。このように米軍は綿密に作戦基盤を確立してから現地部隊をガダルカナル島へ投入した。また、それを補強するように、二十日にはルンガ飛行場（後の「ヘンダーソン飛行場」）へ航空機を進出させ、迅速な戦力投入に努めたのである。

ヴァンデグリフト海兵隊少将

その他にも米海兵隊はオーストラリアと連携することで現地の状況を海軍や航空部隊に通報する一方、海軍からは暗号解読により得た日本軍の動向を知ることができた。またエスピリットサント島、ニューカレドニア島から発進した爆撃機による索敵を行なうことで日本軍の上陸部隊の行動などについても情報提供を受けていた。これらが米軍の戦闘力の集中発揮を促進する要因となった。これまで見てきたとおり、ガダルカナル戦を効果的に行ない、戦闘力を集中するため、陸軍、海軍、海兵隊、航空部隊はできる限りの協力を行なったのだ。

そして米軍は、この新たな作戦の発動を太平洋艦隊司令長官チェスター・ウィリアム・ニミッツ海軍大将に命令した。作戦名は「ウォッチタワー（望楼）」である。ウォッチタワー作戦の概要は、最終目的を「ニューブリテン島、ニューアイルランド島、ニューギニア方面の攻略並びに占領」と定め、それを達成するため、第一段階作戦（第一任務）の目標を「サンタクルーズ諸島、ガダルカナル島、ツラギ島の占領」とし、ニミッツ海軍大将の担任とした。また第二段階（第二任務）及び第三段階作戦（第三任務）の目標は、それぞれ、「中・北部ソロモンの占領とニューギニア北東岸の奪回並びにニューブリテン島（ラバウル）の奪回」とし、南西太平洋方面連合軍司令官マッカーサー陸軍大将の担任とした。

さらにニミッツは南太平洋海域司令官兼南太平洋軍司令官ゴームレー海軍中将を通じ、第一海兵師団長アレクサンダー・アーチャー・ヴァンデグリフト海兵隊少将をツラギ・ガダルカナル攻撃作戦指揮官に任命、攻撃開始が八月一日に予定されていることとを伝達した。ただし、この日付は、後日、準備不足を理由にヴァンデグリフトのゴームレーへの意見具申が認められ、八月七日に延期された。

米軍は、太平洋における本格的反攻の狼煙をあげたのだ。しかし、それは日本軍には見えない狼煙だった。

米軍の反攻時期を甘く見た大本営

八月七日、米軍のガダルカナル上陸を受け、大本営では陸海軍部作戦課による対策研究会が開かれた。しかし焦点となった敵情、つまり米軍の本格的反攻の時期については、従来の見積が修正されることはなかった。参加者の間では依然、「米軍の反攻は昭和十八年中期以降」とする情勢判断が支配的だった。よって、この米軍の上陸も本格的な反攻という認識を持たれることはなかった。

海軍部の参謀たちは、真珠湾攻撃の戦果を至当に評価すれば、米軍の工業力がいかに優れていても、一年以上は反攻などできないはず、と決めつけていた。それが珊瑚海海戦での「勝利」も手伝い、「敵に多大な損害を与えている」ため、さらに強固なものとなっていた。珊瑚海海戦は、史上初の航空母艦同士の決戦であり、実際は連合軍（米国とオーストラリア）の損害が空母一隻沈没、一隻大破、日本軍の損害は空母一隻大破、軽空母一隻沈没だった。航空機の損害も日本海軍の方が多かった。海からのポートモレスビー攻略という作戦目的を放棄する要因にもなる戦いだった。

大本営陸軍部では、海軍がミッドウェー作戦で善戦したと信じ、この時になってもミッドウェー作戦の敗北がもたらす深刻な影響を理解している者は少なかった。海軍部も、それを敢えて訂正しなかった。それどころか、海軍部でさえも希望的観測に基づく発言が繰り返された。つまり、米海軍が今、艦隊決戦を行なうだけの勢力があるのか、と疑うものや、今回のような島嶼作戦で本格的な反攻などとは言えないだろう、というものだった。当時はまだ艦隊決戦こそが太平洋戦争の雌雄を決する、すなわち「艦隊決戦思想」の信奉者が圧倒的に多かった。

これまでにも述べてきたが、海軍は日露戦争以降、何年もの間、「大艦巨砲主義」、すなわち戦艦を主力とする艦隊と艦隊が砲撃戦を行ない、勝敗を決することで海軍力の強弱、ひいては戦争そのものの勝敗を決めると信じ、巨砲を装備した新鋭戦艦の建造競争を展開してきた。

米海軍士官で戦略家でもあるアルフレッド・セイヤー・マハンは、自らの著書『海上権力史論』において、「戦争の勝敗は、戦艦を中心とする艦隊が一気に敵を殲滅する海戦で決する」と書いている。彼の思想は米海軍だけではなく、英海軍、日本海軍にも大きな影響を与えた。ちなみに我が国で、この『海上権力史論』を最初に翻訳したのは秋山真之海軍中将である。

米海軍が主導権を握り立案した「オレンジ・プラン」もそうだった。西海岸で出撃準備を行ない、ハワイへ集結、日本海軍からの攻撃に対処しつつ、日本近海まで前進し、そこで艦隊決戦を行ない、それに勝利した後、日本の海上交通路を遮断、後は外交処理で日本を屈服させる、というものだった。

また、日本海軍が策定した対米軍事戦略も侵攻する米艦隊を補助艦をもって逐次漸減し、主力艦で決戦（「邀撃作戦」あるいは「小笠原決戦」と呼ばれることもあった）を行なう、というものであり、図らずも両者の思惑は概ね一致していた。そして日米英仏伊などが「ロンドン条約」「ワシントン条約」などの軍縮会議で主力艦、補助艦の制限を加えてきたのも、来るべき戦いに勝つためだった。日米両国は国家の威信をかけ、建艦競争にしのぎを削ってきたのである。

このように「大艦巨砲主義」は日本海軍だけが固執したものではなかった。米海軍が先見性を持っていたかというと、そうではなかった。フランクリン・D・ルーズベルト大統領の下、陸軍長官として政務に尽くしたヘンリー・L・スティムソンは、戦後の回想録で、「海軍省は論理の領域から薄暗い宗教的世界に引きこもるように思えた。そこではネプチューンが神で、マハンは彼の預言者であり、合衆国海軍は唯一の真の教会だった」と述べている。

さらに、第二次世界大戦が始まり、欧州では航空機の活躍が目覚ましいと証明されていたにもかかわらず、米軍は太平洋正面では航空機より艦艇に充当する国家予算を優先していたのだった。

話を大本営陸海軍部作戦課による対策研究会に戻す。

「ツラギの現地部隊は、『敵兵力は大』と報告しています」

若い参謀が現地部隊の報告をあげ、米軍の本格的反攻ではないか、と疑問を呈した。

「僅か二百数十名の現地部隊だぞ。敵が五百ぐらいでも、兵力大と報告するんじゃないか。そんな言葉、無視していいだろう」

彼の指摘は全く取り合ってもらえなかった。

やがて発言する者もいなくなった。海軍部の山本参謀が、研究会を総括するために立ち上がった。

「では、敵の本格的反攻が早まる気配は感じられるも、今回の上陸は偵察の範疇を出ない、という結論でいいですね」

「あぁ、ちょっと待ってくれ」

陸軍部作戦課長服部大佐が手を上げた。

「もし仮に、敵の上陸が本格的なものであったとしても、米軍全般の反攻態勢が未だ整備されていない状況から判断し、我が陸海軍部隊をもってする両島の奪回はさして難事ではない。しかし、ガダルカナルの飛行場が敵に使用されるならば、日本軍の爾後の作戦は甚大な影響を受けることになる。よって奪回作戦は即決を旨として急速に行なう必要がある、と付け加えてくれ」

「それでは、この不測事態へ対処するため、陸軍部隊を派遣してくれるのですか」

「状況により、陸軍部隊の派遣を検討したい」

服部作戦課長は、大きく頷いた。

この時、多くの陸軍参謀の脳裏に浮かんだのは、一木支隊のことだった。一木支隊はグアム島で控置されたままだった。支隊は防諜上の考慮もあり、再び大本営直轄となって現任務のまま練成に任じていたのである。


慎重論を押し切って一木支隊のガダルカナル投入を決定

研究会が終了した後、作戦課長服部大佐は、一木支隊のガダルカナル派遣を第一作戦部長田中少将に進言した。それに対し、田中部長は次のように応えた。

「陸軍も、相当の戦力を失い未だ十分に戦力を回復していない海軍の事情を察するべきである。また、どんな敵でも一度上陸されたとなると、海軍だけでの失地回復は難しいだろう。まっ、支那、印度の本格作戦を控えている今、海軍に貸しをつくるのは、決して陸軍にとって悪いことではない」

「一木支隊はミッドウェー作戦の敗北を知っています。このまま帰国させるより、どこかの南方作戦へ投入する方が良い、という意見も多くありました」

「そうだな。このままでは、いかんな。渡りに船というところか。一木大佐なら何とかうまくやってくれるだろう。しかし、大局を見誤ってはいかんぞ。あくまでこれは支作戦正面における支作戦でしかない。支那正面こそが最重要である。また、この方面でも主作戦はポートモレスビーの攻略だ。ガダルカナルは、海軍への義理を果たす程度にやればよい。いいな」

「はい、心得ております」

大本営陸軍部の方針は決まった。

陸軍は、このように副次的な目的から始まったガダルカナルの作戦に十分な兵力を配当することはなかった。これに対し、連合艦隊はガダルカナル島の奪回には少なくとも川口支隊（歩兵第三十五旅団基幹）の投入が必要と考えていた。しかし陸軍から一木支隊で対応可能と言われ、不安を感じるのだった。

翌八月八日にも陸海軍連絡研究会が開催された。ここで確認されたことは、ソロモン諸島への陸軍部隊の投入の是非だった。この時すでに、派遣するなら一木支隊、というのが前提となっていた。また九日の朝も今度は陸軍省軍務局において、局長佐藤賢了少将が臨席する中、白熱した議論が交わされた。

軍事課から出された意見は、状況不明の中、陸軍部隊の投入は、補給及び増援の困難な遠い絶海の孤島に陸上の決戦を生起させるかもしれない、しかも、この場合、ノモンハン事件の再現を見るようなことはないか、という懸念だった。

軍事課長西浦進大佐も、大本営陸軍部の参謀たちを見回し、口を開いた。

「要点、ガダルカナルは確かに奪還したいところだ。しかし、一度、一木支隊を投じて失敗したときはどうなる？」

「どうなる、と言われますと？」

井本中佐が応ずると、西浦軍事課長は畳みかけるように話した。

「その後の我が船舶及び兵団の損耗を考えてみると、この争奪に力を入れるべきか、あるいは一歩退いて領有確実な地点の防衛強化に尽くすべきか、と言うことだ」

「それは、……。一に状況によりまして……」

西浦軍事課長は、他の参謀が口を出すのを遮った。

「昔からの我が陸軍の伝統によれば、一度、殊に軍旗を奉ずる一木支隊を投入してしまうと、否が応でも退引きならぬところまで行ってしまうのではないか。つまり一木支隊の戦闘加入は、今後の作戦指導を著しく硬化させるのではないか、と言うことだ。『殷鑑遠からず』のことわざが示すとおり、ノモンハン事件がこれを証明している」

西浦軍事課長は、こうして再検討の必要性を訴えた。

蛇足だが、ここで言う「殷鑑遠からず」の意味は、戒めとなる手本は古いものや遠くのものを探さなくても、ごく身近にある、という例えである。

しかし服部作戦課長は、これらの慎重論を退け、一木支隊の派遣を押し切った。

「いくら話していても埒《らち》が開かん。島嶼作戦は遭遇戦と同じだ。先制が大事だ。敵情不明な場合でも、初動において遅疑逡巡することなく、戦力を直ちに投入するのが常套だ！　飛行場が敵にとられた今、我の損害を怖れ、ガダルカナルへ部隊を派遣しないで何とする！　現に東條陸軍大臣も一木支隊の派遣を了承されているんだぞ」

服部作戦課長は大声を出し、それが陸軍のためであると力説した。しかし、その偽らざる思いは、「統帥大権を侵す気か！　作戦は陸軍省がとやかく言うべきものではない、大本営陸軍部すなわち参謀本部が実質的に決めるものだ。しかも既に海軍へ陸軍部隊を投入すると回答した手前、今更できないとは口が裂けても言えない」というものだった。

また、たまたまであったが、その日、宮中での立ち話で、まず永野軍令部総長から杉山参謀総長へ、次に参謀総長からが東條陸軍大臣へ一木支隊の派遣を知らせ、大臣の了承を得ていたのも事実だった。これは軍務局の参謀にとっては寝耳に水だった。

その後、西浦軍事課長が、日曜日にもかかわらず、玉川の私邸にいた陸軍大臣に電話口まで出てもらい、確認したところ、「昨日、宮中で杉山参謀長から一木支隊投入の話があり、同意してしまった」との回答を得た。西浦軍事課長のみならず、軍務局の参謀は、「万事休す」という認識に至った。

加えて、もともと陸軍では、米軍が「精強」だという認識がない。これも派遣可否の検討に大いに影響した。米軍の兵力が大きくとも、質で勝る日本軍が勝って当たり前という理屈がまかり通っていたのだ。

服部作戦課長の発言に後押しされ、様子を見ていた他の参謀たちも口を開いた。

「第一次世界大戦を見た観戦武官も、米陸軍は世界最弱、怖れに足らずと報告しているではないか。そんな弱い軍隊が何年経とうと強くなるわけがない」

「だいたい、精神が弛んだ米軍ごときに何を怖気づいている。それでも帝国陸軍の軍人か！」

「そうだ、そうだ。陸大の図上演習でも質量ともに優る米軍へ我が陸軍は寡兵で挑み、烏合の衆たる米軍に常勝だった」

「実際、フィリピンでも我先に逃げ帰ったのは、米軍だったぞ！」

例え敵の兵力や装備が上でも勝てるんだ、という意見が大勢を占めるようになった。派遣に否定的な発言をしていた者の勢いは衰える一方だった。

そして陸軍の企図は、一木支隊の派遣で一致を見た。

派遣が決まった以上、その後は現地部隊の士気に配慮し、都合の良い情報を積極的に伝え、都合の悪い情報は徹底的に無視していくのだった。この日の大本営陸海軍部の連絡研究会の時もそうだった。海軍情報部から「ガダルカナル島に上陸した米軍は一個師団、人員約一万五千名なり」と伝えられたのに、陸軍部は、その情報をソロモン方面の作戦を担任する第十七軍には提供しなかった。

それとは対称的に海軍の第一次ソロモン海戦の勝利は即座に伝達された。海軍部が詳細は不明としながらも、「敵大型巡洋艦少なくとも四隻沈没を含む大勝利」と発表したため、ソロモンにおける制海権は帝国海軍が完全に握っていると認識したからだ。実際は、第一次ソロモン海戦で勝利した第八艦隊が、第一目標である無防備の米軍輸送船団を攻撃せずに取り逃したため、爾後のガダルカナルの戦いに重大な影響を及ぼすことになるのだが、この時、そこまでの認識はなかった。

輸送船団への攻撃が行なわれなかった理由は、海軍全般の風潮として、輸送船団に対する攻撃を考慮（評価）せず、というものがあり、作戦を命じた山本連合艦隊司令長官の意図が十分に理解されなかったとも言われている。また、それを助長したものとして、永野軍令部総長の第八艦隊司令長官三川軍一中将に対する発言があった。永野軍令部総長は、「無理な注文かもしれんが日本は工業力が少ないから、極力艦を毀《こわ》さないようにして貰いたい」と伝えていた。

ガダルカナル島を囮にした「第二のミッドウェー作戦」が一木支隊の運命を決めた

研究会は終わった。大本営陸軍部は決定に従い、まず一木支隊をトラック島へ行かせ、第十七軍の隷下に入れる措置をとった。次に第十七軍を増強するため、フィリピン島の第十四軍に隷属換えを発令していた青葉支隊（支隊長第二歩兵団長那須弓雄少将、歩兵第四連隊基幹）と第五師団歩兵第四十一連隊基幹（連隊長矢沢清美大佐）の同軍への復帰を命じた。しかし、ここでも敵情が更新されることはなかった。

また八月十一日には、第二十五航空戦隊の零戦六機がラバウルを午前七時に発進し、ガダルカナル島の強行偵察を行なった。この時の報告は、「高度二百メートルまで下降中、ルンガ河口岸、設営隊が構築した模擬飛行場付近において猛烈なる機関銃射撃を受けた」だった。それにもかかわらず、八月十二日の第八根拠地隊首席参謀松永敬介中佐の報告では、「ガダルカナル島飛行場付近に若干の敵兵が認められたものの、その動作は委縮して元気なく、また海岸付近の舟艇は頻繁に運航しているが、敵の主力は既に撤退したか、撤退しているものと感じられる。残存敵兵および舟艇は取り残されたものと認められる」と総括されていた。

明らかに二つの偵察報告には食い違いがある。このように情報が「改竄《かいざん》」された背景には、海軍が陸軍部隊の派遣を要請しているという海軍側の事情があったと推察すべきであろう。つまり海軍は、海軍の警備隊が米軍と交戦する中、少しでも早く陸軍部隊を派遣してもらうため、我に有利な情報を流したと見るのが順当だ。普通に考えれば、自分の代わりに火中の栗を拾う者へ、「火の勢いが強いぞ」などと言う者はいないはずだ。

しかし、ここで視点を変えると、海軍はミッドウェーで相当の戦力を失ったため、ガダルカナル島を「第二のミッドウェー」と見做し、同島を「囮」に空母を誘い出し、一挙に撃滅を企図したとは考えられないだろうか。杉山参謀総長は、ミッドウェー作戦の結果を知らされた時、「永野君（軍令部総長）の二年は半年で終わった。これからは変わった方法で戦いを続けなければならない」と語っていた。ここでいう二年は、開戦前、海軍が二年間は戦いえるが、その後のことは予断を許さない、と連絡会議で発言していたことを指す。しかし、新たな方法が陸海軍部で話し合われることはなかった。むしろ連合艦隊では、八月七日のソロモン諸島方面の敵の来攻、上陸部隊を揚げたことは、敵空母を捕捉撃滅する好機であると判断していたと思われる。

その後も敵情について見直されることはなかった。八月十三日午前八時に、伊号第百二十三潜水艦から「ルンガ岬付近一帯にわたり、敵兵数百、大発約十、水陸両用戦車のごときもの約三十散在しているのを確認した」とガダルカナル島の敵情を知らせる報告があった。それに続き、午前九時にも「ルンガ岬北方七千メートルに浮上、敵密集部隊並びに艇に対し、約八分間砲撃したところ、ルンガ岬西側緑屋根付近より、概ね八センチ高角砲、小口径野砲数門の反撃を受けたが、我の被害なし。敵は水陸両用戦車のごときものにて、コリ岬付近を交通しているが、特に大兵力の移動は確認できない」と新たな情報が寄せられた。

これらの潜水艦による偵察は海上からのものであり、海岸付近に限定される。だが、この有力な情報を基にルンガ飛行場付近の詳細な敵情が見積られることもなかった。

当の大本営陸軍部でも、同じような状況だった。

海軍がガダルカナルに上陸した敵を一個師団規模と見積もっていることに対し、陸軍では「海軍はそう見積もって、陸軍から少しでも多くの部隊を派遣してもらいたいのだろう」と考えたり、「どんなに海軍の気が緩んでいたとしても、そんな大部隊の海上輸送に気づかぬはずがない」と決めつけていた。しかし実際は、八月五日と六日の両日、哨戒任務についていた横浜海軍航空隊所属の飛行艇三機が雲上を飛び、スコール雲下を低速で航行していた米軍の大船団を見逃していた。陸軍の参謀たちは、海軍からもたらされた現地の情報を曲解していたのだ。それに海軍も陸軍部隊が出てくれるなら、余計なことを言わなくとも必要なことは陸軍で何とかするだろうという姿勢に、いつしか転じていた。陸海軍とも、当事者意識が欠如していたのだった。

八月十三日、「情勢に応ずる東部ニューギニア、ソロモン諸島方面作戦に関する陸海軍中央協定」が策定され、連合艦隊司令長官及び第十七軍司令官に指示された。その要旨は次のとおりである。

一　作戦方針
　ポートモレスビー攻略作戦を既定計画に基づき速やかに遂行すると共に、ソロモン海戦の戦果を利用し陸海軍協同して速やかにソロモン諸島の要地を奪回する。

二　使用兵力
　陸軍　第十七軍（南海支隊、歩兵第四十一連隊、一木支隊、歩兵第三十五旅団、青葉支隊等、歩兵約十三個大隊基幹）
　海軍　第八艦隊及び第十一航空艦隊の大部を基幹とする南東方面部隊並びに第二艦隊及び第三艦隊の大部を基幹とする連合艦隊主力部隊

三　作戦要領
（一）ポートモレスビー攻略作戦は既定計画に基づき速やかに之を遂行する。
（二）速やかに出発し得る第十七軍の一部をして海軍と協同しガダルカナル島所在の敵を撃滅して同島の要地特に飛行場を奪回する。

又努めて速やかにツラギを攻略奪回する。

(三) 前諸項の作戦間又は其の要地攻略後東部ニューギニアの戡定作戦(ラビ、サマライの攻略作戦)を実施する。

そして翌日、第十七軍に対し、「従来の任務遂行の外、ソロモン諸島の要地を奪回すべし」という大本営陸軍命令が発令された。なお、ここで使用される「戡定作戦」とは、戦闘に勝利した後、その勝利を確実にするために行なう作戦を意味する。一般に、残敵を掃討もしくは駆逐し、占領を確実にする時などに使用された。

この中央協定は東部ニューギニアの作戦とソロモン方面の奪回作戦を併行的に実施することを示すものだった。さらに注目すべきは、ソロモン方面の奪回作戦は第十七軍が担任することになった、という事実だ。しかも、その一部をもって速やかにガダルカナル島の奪回が命じられたのだ。ここにきて第十七軍が大本営陸軍部に代わり、一木支隊の運命を決めるキャスティングボートを握ることになった。これまで見てきたとおり、一木支隊は支隊を取り巻く作戦環境が変化するたびに、その都度、運用が変わっていくのだった。

第三章

□なぜ一木支隊長は厳しい条件を受容したのか？

翻弄される第十七軍

第十七軍は、昭和十七年五月十八日、「FS作戦」を担任するために新編された。大本営直属の軍だ。別名は「沖兵団」である。それを指揮する軍司令官百武《ひゃくたけ》晴吉中将は、ポーランド留学の経験を持ち、これまでに第十八師団長、通信兵監などを歴任したエリート軍人だ。丸メガネをかけ、やや小柄でほっそりとした体つきからは、線の細さや、ともすると、ひ弱なイメージを与えるかもしれない。しかし、その頭脳は明晰かつ緻密、一文字に結んだ大きな唇には意志の強さを思わせ、筋の通らないことは断固として拒絶する芯の強さを心の奥に秘めていた。

第十七軍司令官・
百武晴吉中将

その百武軍司令官とともに二見秋三郎参謀長ら第十七軍の主要幹部が東京から特急列車に乗り、任地ダバオへ向け出発したのは、ミッドウェー作戦から二日後のことだった。

彼らは東京を出立する際、FS作戦の前提条件だったミッドウェー作戦の成否について何も知らされていなかった。そのため福岡では理由も明かされずに足止めされた。ただし、その後は予定どおり空路で台北、マニラを経由し、六月十五日には目的地へ着くことができた。

その間、マニラにおいて、当初の任務である「FS作戦」の延期を下令され、「MO作戦（陸路によるポートモレスビー攻略）」を新たに命じられていた。六月九日のことだった。東部ニューギニア南岸に位置するポートモレスビーは、連合軍のオーストラリアから唯一の反攻拠点になるため、注目され始めていた。もし、ここに連合軍の勢力が拡大されれば、日本軍は側背に脅威を受けることになる。それを防ぐためにポートモレスビーの攻略が検討されたのだ。また、それはラバウルの安全のためにも必要な処置だった。

そして七月十一日、大本営陸軍命令により「第十七軍司令官のニューカレドニア、フィジー、サモア諸島各要地攻略の任務を解除する」と正式に伝えられた。こうして第十七軍の任務は、ポートモレスビーの攻略に集約されていった。つまり第十七軍は、この時点ではソロモン方面に対しては、何の作戦責任も有していなかった。

その後、陸軍ではポートモレスビーの攻略が具体的に検討されることとなった。「リ号」研究である。ここで研究という形で任務が付与されたのには理由がある。大本営は、陸海軍での現地協定を円滑にし、状況不明な作戦環境でも、うまく戦えるように現地部隊へ自主裁量の余地を与えるためだったと主張する。しかし実際は、大本営陸軍部には、作戦地域の状況も敵情も不明な中、作戦を命じることなど、できなかったはずだ。このため「研究」という形をとり、作戦がうまくいかなかった時の責任逃れを図ったと考えることもできる。

もともと大本営は、第十七軍のリ号研究の成果を確認してから、作戦を実行に移す腹積もりだった。しかし、七月十五日、大本営参謀辻中佐がダバオの第十七軍司令部を訪れた際、「本件陛下の御軫念《ごしんねん》も格別である。そこで大本営は『リ号』研究の結果を待たず、この大命によって第十七軍に対し、モレスビー攻略を命ぜられたものである。（中略）今や『リ号』は研究にあらずして実行である」と述べ、大本営が陸路攻略を決定したことを伝えた。これを受けて第十七軍は、十八日に「攻略命令」を下達した。

ところが、七月二十五日に服部作戦課長から第十七軍に、リ号研究の成果について確認する電報が送られ、辻中佐の命令偽装が露呈した。東京でも、辻参謀が独断でやったことがわかった。しかし、辻中佐の独断は追認され、処分を受けることもなかった。また作戦が中止されることもなかった。

井本中佐も、次のように回想する。

明らかに辻中佐の独断であったとみている。しかし、その独断は別に問題なく認められた。人により若干の抵抗を感じたと思う。私自身も、こんなことをして果たして良いものかと懸念したが、別に進んで不可なるを論ずるだけの自信がなかった。

辻参謀の独断にも正当性があったと思う。実際問題として、リ号研究の判決を出すことは極めて難しいことである。地形の困難だけであるならまだしも、日増しに強化される敵情が加わる。さらに補給の困難性を伴う。それらが絡み合って、困難は困難であるが、これは戦争である。攻略作戦の能否を責任をもって判決することは至難である。当時の日本軍の偵察者として、「できません」という答えを出すことは不可能ではなかったか。困難な作戦を多く経験している決断力があり意思の強い辻参謀としては、「大本営がリ号研究などというあいまいな任務を与えたのが誤りである、この状況では断乎として攻略に向かう以外に方法はないのだ」と考えたとしても無理はない。

また辻中佐と第十七軍作戦担当の高級参謀松本博中佐は陸軍中央幼年学校、陸軍士官学校の同期（第三十六期）であり、気心も知れていた。以下は、松本中佐に対する辻中佐の言である。

（松本中佐は）九州健児が持つ特性をそのままむき出しに持っている。無口で不愛想な男であるが、情誼にもろく、いくさに強い性格である。この友は、どんなに苦しくても悲鳴をあげないだけに、大本営としては、彼の書く電報案には言外の真相を洞察しなければならなかった。与えられた任務を、ただ黙ってそのまま実行し、そのまま死んでゆく男である。

辻中佐が、松本中佐をいかに高く買っていたかがわかる。そういった意味で辻中佐が、本来できなくとも「やります」と返答しなくてはならない松本中佐の立場を慮《おもんばか》り、事に当たったと考えるべきではないだろうか。

このような状況で、百武司令官や二見参謀長だけでなく、大本営陸軍部及び第十七軍司令部の参謀でさえも、ポートモレスビー攻略を心から信じることは難しいと感じていた。そして不安は的中し、ポートモレスビーの攻略は十一月まで続き、不成功に終わるのだった。

司令官も参謀長も知らなかったガダルカナルの情勢

話をガダルカナルに戻す。

八月七日、ラバウルの第十七軍司令部では、午前九時より隷下部隊である南海支隊の支隊長堀井富太郎少将をはじめ、主だった将校に対し、ポートモレスビー攻略の図上演習を行なう予定だった。

しかし早朝、宿舎でまだ寝ていた二見参謀長は、第八艦隊首席参謀神重徳大佐の来訪によって、突然、眠りから覚まされた。

〈今まで全ての用件を電話で済ませてきた二人なのに、直接宿舎へ、しかも寝ているところを訪ねてくる。これは余程のことだ〉

二見参謀長は、そう感じた。

神参謀は挨拶もそこそこに、「悪いニュースですが……」と前置きしてから話し出した。

「今朝、ツラギ、ガダルカナル方面に、空母を含む敵水上部隊が来襲しました。詳細な状況は不明です」

二見参謀長は神参謀の顔を見つめたまま動けなかった。しかし、つとめて平静をよそおった。

「ほほう、敵も相当なことをやるなぁ。それで、海軍はどうするんだ？」

「現在、海軍が保有する四十数機の航空機全力を即出動させます。また艦隊も出動させます」

神参謀は大きな声で答えた。しばらく沈黙が続いた。二見参謀長は目を閉じた。数分間だったたろう。しかし神参謀にとって、それはもっと長い時間に感じられた。二見参謀長はゆっくり目をあけた。

「もし兵力が足りなければ、協力する。しっかり頼んだぞ」

参謀長は力強い声で言った。こうして二人の短い会談が終った。その内容の重大性に比べると、あまりにも呆気《あっけ》ないものだった。

七時半を過ぎた頃、海軍参謀大前敏一中佐が続報を伝えに来た。その顔は紅潮していた。

「敵の勢力は、空母一、戦艦一、巡洋艦四、駆逐艦十五の他、輸送船二十五です。爾後、所要陸軍兵力に関し、改めて協議させてください」

それだけ言うと、急いで帰っていった。

〈輸送船二十五！　何かの間違いだろう！〉

二見参謀長が、この報告を聞いて一番衝撃を受けたのは、輸送船の数だった。

また、大前中佐が来訪し、輸送船二十五隻に、さらに二、三隻が加えられた。

「おい、それなら約一個師団になるじゃないか！」

二見参謀長は、その企図は全く分からなかったが、敵が単なる水上部隊ではなく、ソロモン諸島への上陸を目的とした攻略部隊であると考えた。

それに対し、同席した松本中佐は、そんなことあるわけがない、と言いたげな目を二見参謀長に向けて答えた。

「米軍の乗船区分は贅沢にとられています。よって、せいぜい歩兵一個連隊基幹ではないかと見積もられます」

しかし二見参謀長は、その言葉に納得しなかった。

「我が司令部からも航空偵察を行なうように手配しろ」

松本参謀に指示を出した。

だが、松本参謀は表情を変えることなく、上官の指示を断った。

「それにはおよびません。作戦担任区域外の話です。必要があれば敵情は逐次、大本営より通報されることになっています」

松本参謀は大本営から、敵はソロモン諸島から撤退する公算が大であり、新たな任務が付与されるまで、第十七軍で情報を入手する必要はない、と伝えられたばかりだった。これには何か作為が感じられた。

もともと二見参謀長は、「ツラギ」という名前の港町があることは知っていたが、この日までガダルカナルのことは全く知らなかった。ましてや海軍が飛行場をつくっていることなど、予想だにしなかった。これは百武軍司令官も同じだった。第十七軍司令部で、そのことを知っていたのは松本参謀だけだった。

松本参謀が、それを報告しなかったのは、目下の急務がポートモレスビーの攻略であり、大事を前にした上官に「細々としたこと」を報告し、思考環境を混乱させるのは好ましくない、ましてや自軍の責任外の話であるため、そのうち報告すればよい、と高を括っていたからだった。もちろん、その本音は、口うるさい参謀長に報告して余計な仕事を増やされたらたまらない、という気持ちだった。しかし、松本参謀の予測に反し、こちらから報告する前に、第八艦隊から第十七軍に対し、ツラギ奪回のための陸軍部隊の派遣が求められたのだ。

第十七軍司令官百武中将は、米軍のガダルカナル上陸の報に接し、現任務に加え、海軍への増援が急務だとすぐに認識した。二人の兄がともに海軍大将だったこともあり、「陸海軍の対立」には否定的な見方をしていた。しかし部隊の派遣については、派遣したくても直ちに派遣できる兵力がなかった。

南海支隊はポートモレスビー攻略のため、ニューギニアで使用すると決定していた。このため次善の策としてできることといえば、パラオにある川口支隊を急遽ラバウルに招致するぐらいだった。

この他にも第十七軍の手駒として歩兵第四十一連隊があった。しかも、それは八月五日にダバオを出発して海上輸送中であり、十五日頃にはラバウルに到着する予定だった。しかし、第十七軍としては、この歩兵第四十一連隊を南海支隊主力に続き、東部ニューギニアに上陸させる計画を立てていた。よって、今、進めている計画を変更してまで、隷下部隊をガダルカナルへ転用させる考えはなかった。

一時は陸軍部隊の派遣を期待した海軍だったが、このような理由で第十七軍から部隊の派遣を断られたため、ラバウルの海軍特別陸戦隊をもってガダルカナルの奪回を試みるのだった。しかし、敵の航空機がソロモン諸島上空で待ちかまえているとの情報がもたらされ、さらに陸戦隊を乗せた輸送船が米海軍の潜水艦に沈められてしまい、作戦を中止せざるを得ない状況に陥った。

この時、二見参謀長は、もし第十七軍がソロモン方面まで担任することになるなら、任務拡大を理由に兵力不足を大本営に訴え、まずは第十四軍に派遣している青葉支隊の復帰を要請しようと考えていた。しかし、その矢先、大本営から青葉支隊の復帰ばかりか、一木支隊の編入まで知らされたのである。

大本営は、第十七軍に一木支隊を使ってソロモン方面の作戦を担任させることを既に決めており、先手を打って兵力を増強し、二見参謀長を丸めこむつもりだった。なぜなら二見参謀長は参謀本部で動員班長を務めるなど、動員の専門家として長く勤務した人物だった。よって部隊の編成・装備に関しては徹底的に精通していたのであり、勝つためにはどれぐらいの部隊が必要か、といった戦力比などはたちどころに計算できた。そして何よりも、参謀長は大本営でも融通がきかない「気難し屋」として有名な存在だった。

それと同時に松本参謀には、一木支隊の編入が大本営の服部作戦課長の発意であり、大本営が第十七軍の面子を立て、要請される前に青葉支隊の復帰と一木支隊を増援したことを知らせた。

〈ここまでしてもらったら、ソロモンでは戦えません、ではすまされない〉

松本参謀は観念するより他はなかった。

それにもかかわらず、二見参謀長は頭をやや右に傾け、口を曲げながらあたりを見回し、言い放った。

「それ見ろ、大本営が気をきかせてちゃんとやってくれたぞ。要求するまでもなかった。ただソロモンまで担任するなら、もっと兵力がいるな」

この増援を当然のことのように受け止めている様子だった。

その言葉を聞いた後方主任参謀の越次一雄少佐は、汚いものでも見たかのように顔を背けた。

「弱音を吐かずにすんでよかった。与えられた兵力でいかに効率よく任務を達成するかが参謀の腕なのに……。第一線の軍が兵力の増強を要請することなど、心情としてできない」

二見参謀長には聞こえないように、小さな声で悪様《あしざま》に呟いた。

以上の経緯をたどり、八月十日、第十七軍司令部は一木支隊編入に関する大命を受けた。また青葉支隊の復帰については十五日頃になると伝えられた。よって第十七軍では当初、一木支隊のガダルカナル島派遣に関する研究のみが進められることになった。

ガダルカナル島放棄論と一木支隊即時派遣論

松本参謀は、大本営から聞いたソロモン方面に関するこれまでの研究成果や、第十七軍と大本営とのやりとりを二見参謀長に報告した。それを聞いた二見参謀長は、ガダルカナル島の敵情を大本営のようには楽観視しなかった。

二見参謀長の意見は明快だった。

「飛行場が敵に利用されることは必至。第一次ソロモン海戦で勝ったとはいえ、上空からの掩護がなく、海軍との協同も十分に期待できない中、一木支隊のような小兵力を派遣しても意味がない。歩兵第三十五旅団と合一し、我が空母二隻の間接護衛によりガダルカナル島を奪回するのが適当である。今は島に残留する海軍設営隊を救出するだけで、島を放置したらよい。軍としては、まずはポートモレスビー攻略に集中するのが筋である」

続いて松本、越次両参謀に語った。

「確かに海軍に対する徳義と積極先制の見地から、即時、一木支隊を派遣したいところであるが、その先遣には不安がある。もちろん準備を進めることに異存はないが……」

いわゆる「ガダルカナル島放棄論」である。ガダルカナル島奪回の条件をめぐり、中央では「時間」を優先するのに対し、二見参謀長は「態勢」を重視したことになる。

この発言は二人の参謀をびっくりさせた。彼らは、大本営の意向に反するなんて信じられない、何のために一木支隊の増援を受けたんだ、直ちに一木支隊をガダルカナル島へ派遣すべきだ、という意見で一致していた。しかし、さらに参謀たちを驚かせたのは、百武軍司令官も二見参謀長の意見に同意したことだ。この時、百武司令官と二見参謀長の頭の中にあったのは、「リ号」研究に見られるような、参謀たちの独断による浅慮な意思決定が重大な過ちをもたらす、という警戒心だった。

それに対し、一木支隊の派遣に固執する参謀の考えは極めて単純だった。大本営から、できるだけ早く一木支隊を派遣せよ、と催促されたため、敵がまだガダルカナル島の飛行場へ航空機を進出させていないのを確実と見るや、一刻も速く兵力を先遣し、敵が飛行場を使用するのを封殺するつもりでいた。つまり、小部隊だけでも飛行場へ地上から攻撃を加え、敵の自由にさせないことが必要だと考えたのだ。

さらに、いたずらに時機を遷延すれば、敵が地上兵力の増強または有力な飛行隊を進出させ、地歩を固めてしまい、爾後のガダルカナル島上陸は極めて困難になると見積もった。

しかし、その本音は、「そうなったら大本営になんと言い訳をすればいいんだ。上官だけではなく、説得できなかった俺たちが大本営からお叱りを受けることになるぞ！」というものではなかったか。

そして松本中佐と越次少佐の二人は腹を決めた。

「現在、ガダルカナル島のルンガ岬にしか敵はいません。タイボ岬付近の上陸なら容易なはずです。しかし、このまま傍観していたら、敵が地上兵力を増やし、海岸を固めるおそれだってあります」

「海軍からの最新の情報では、敵は撤退しているらしい。少しでも早く一木支隊を派遣し、大本営に我々の誠意を見せなくてはならない」

「さっき海軍と掛け合ったところ、軽巡洋艦一、駆逐艦六、哨戒艇四は使用可能だそうです」

「では一木支隊を駆逐艦で行く組と輸送船団で行く組に分けよう」

「ポートモレスビーをとる前に『さざいな』係累は、さっさと取り除くことにしましょう」

「そうだ。それがいい」

結局、一木支隊のことを親身に心配する第十七軍の参謀はいなかった。

しかも、この時、ガダルカナル島へ一木支隊の輸送を要請された海軍は、一木支隊を護衛するために必要な艦艇の配当さえ渋った。敵空母が出現した場合に備え、戦力の温存に努めたのだ。このため、一木支隊のガダルカナル島輸送の直接護衛を命じられた第二水雷戦隊のうち、トラック島へ入泊したのは旗艦の軽巡洋艦「神通」と駆逐艦「陽炎」の二隻だけという有様だった。そこで、トラック島まで一木支隊を護衛してきた駆逐艦五隻と哨戒艇四隻が急遽、第二水雷戦隊へ編入されることになった。

松本中佐と越次少佐の会話は続く。

「駆逐艦一隻に最大百五十名は乗れるらしいから、第一梯団は九百名で決まりだな」

「それなら例え二組に分かれても半分です。敵兵力がたいしたことなければ、各個撃破される心配もないでしょう。万が一の場合でも、歩兵第三十五旅団が十日もすれば上陸する予定ですから、一木支隊第一梯団あるいは第二梯団がガダルカナル島の一角を占拠し、持久を策するのは難しい話ではないはずです」

「おいっ、ちょっと待て。駆逐艦だけでは支隊の重火力を運べないんじゃないか」

「確かに、重火力は輸送船で運ぶしかないですが」

「まっ、大した問題ではないだろう。敵は少数らしい」

「それで、二見参謀長が納得するとは思えませんが……」

「そうだ。二見参謀長は石頭だから、直接、我々が軍司令官殿に参謀案を具申しよう」


このようにして、参謀が導き出した推論を基に、百武軍司令官に翻意を促したのである。驚くことに、第十七軍の参謀は、必要性からではなく可能性からガダルカナル島へ投入する兵力を決めたのだ。しかも自分たちから敵情を入手する努力もせずに、である。何のことはない。参謀たちは自らが所属する第十七軍ではなく、大本営の意向を優先させたに過ぎなかった。

大本営の作為を疑う百武軍司令官

しかし第十七軍の実情、つまり寄せ集めと言っても過言ではない軍の本当の兵力を知る百武軍司令官は、二人の参謀が説く楽観論に肯首しなかった。第十七軍の任務の大きさに比べ、未だ兵力が不足していると感じていた。しかも軍から格別な報告を上げていないにもかかわらず、大本営が米軍のガダルカナル撤退の公算が大きいと見積もっていることに、何か作為を感じずにはいられなかった。海軍からの希望的観測が報告され、それが大きく影響しているのではないか、と疑念を抱くほどだった。

そこで百武軍司令官は、二見参謀長を第十一航空艦隊参謀長である酒巻少将のもとまで行かせ、率直な意見を聴かせることにした。折しも第十一航空艦隊司令部は米軍のガダルカナル上陸を受け、テニアン島からラバウルへ進出してきたところだった。百武軍司令官の命を受けた二見参謀長が酒巻少将を訪問したのは、十三日の朝のことだった。第十一航空艦隊司令部は簡単な木造づくりにトタンの屋根でできていた。いかにも急ごしらえ、という感じだった。二見参謀長は案内された部屋へ入り、テーブルについた。酒巻少将は既に着席していた。酒巻少将はずんぐりむっくりした体つきで首も太く顔も丸みを帯びていた。しかし、その体型が醸し出す雰囲気とは異なり、眼光は鋭い。

　部屋には大きな南太平洋の地図がかけられていた。地図の上では、ラバウルとガダルカナルは目と鼻の先のように見える。二見参謀長が地図から目を離した時、水兵が紅茶を運んできた。その優雅な香りは心を落ち着かせた。二人はしばらく、それを味わうと、おもむろに話し出した。

「酒巻少将、海軍が掌握しているガダルカナルの最新の情報について、ご教示いただけますか？」

「何でも陸軍もガダルカナルの奪回を検討中だとか。我が帝国海軍も予備の輸送船さえあれば、陸戦隊だけで奪回するものを……。いいや、この度は大変な世話をおかけします」

　酒巻少将は立ち上がり、二見参謀長に深々と頭を下げた。

「いいえ。お気になさらんでください」

「ありがとうございます。では、私の知る最新の情報について述べさせていただきます。まず、ガダルカナルの海軍監視哨はみんな現存しています。敵は手に入れた飛行場を整備するでもなく、我の航空機が高度五百メートルまで下降しても何の対応もとりません。ガダルカナルはいたって平静と言えます」

「そうですか。では単刀直入におききしますが、敵はガダルカナルへ居残るつもりとお考えですか？」

「そこはまだ何とも申せません。ただし敵の巡洋艦の大部は、我が帝国海軍との戦で潰滅し、制海権は我にあります。よって爾後の増援と補給は困難でしょう。それに敵は毎朝、ガダルカナルへ偵察に来るそうですが、もしガダルカナルを占拠しているようなら無線連絡でことは足りるはずです。わざわざ来る必要はありません。そう言った意味で、敵がガダルカナルへ居残る可能性は低いのではないでしょうか」

「なるほど……」

「それ以外にも、これまで飛来した戦闘機は水上機ではなく陸上機だったそうです。よってガダルカナル島の飛行場を実際、視認して着陸しなくてはなりません。しかし敵は飛行場を整備していないので着陸もできないはずです。たとえ空母で近づこうとしても、我が帝国海軍の哨戒圏の中にあり、我に利があります。現に我が第二十五航空戦隊は、敵の航空機二十数機を撃墜するなど、大きな戦果を上げています」

「では、やはり敵はガダルカナルで決戦を挑むことなど、考えていないようですな」

「私の考えも同じです」

「わかりました。これで安心して陸軍も部隊を派遣することができます」

「そうですか……。では、よろしくお願いします」
二人は立ち上がると姿勢を正し、陸軍、海軍、それぞれの形で挙手の敬礼を行ない、その場を後にした。

二見参謀長、一木支隊の派遣を決意

酒巻参謀長の意見を聴いた二見参謀長は、遂に一木支隊の派遣を決意した。しかし、その目的は、あくまで「敵情偵察」に限定する、というものだった。二見参謀長は午前九時、軍司令部に帰還し、百武軍司令官と参謀たちにその旨を伝えた。百武軍司令官も参謀長と同様な危惧を抱いていたが、一木支隊の派遣を敵情偵察に限定するという条件で同意した。

しかし松本参謀が、この決定を大本営に報告したところ、大本営では第十七軍に対する怒りが爆発し、中傷まがいの批判まで飛び出す始末だった。

「馬鹿な！　まったく全般の状況が分かっていない。陸海軍中央協定の案文では『ガダルカナル島所在の敵を撃滅して同島の要地特に飛行場を奪回せよ』となっているんだぞ」

「軍旗を奉ずる一木支隊をたかだか敵情偵察のために用いることなど、言語道断だ！」

「第十七軍司令部は、何を怖れて臆病風に吹かれてるんだ!」

「二見参謀長は、もともと歩兵科だったが、ほとんど航空科で勤務した人だ。だから、歩兵連隊の運用なんかできないのだ」

大本営の参謀たちは、第十七軍司令部、中でも二見参謀長を新たな手を使って納得させなくてはならないと感じた。その新たな手こそ、陸軍参謀次長名の電報だった。大本営の参謀たちが参謀次長田辺盛武陸軍中将に泣きつき、承諾をもらったものだ。その内容は次のとおりだった。

ソロモン諸島要地奪回作戦の規模は一に敵情により、第十七軍司令官が決定するものとし、中央としては、要すれば第三十五旅団と青葉支隊などを使用できるように船舶の配当を考慮している。しかし現状においては、むしろ戦機を重視し、できれば一木支隊と海軍陸戦隊のみで速やかに奪回するのが良いと考える意見が多い。

この電報が意味するところは、遂に大本営はしびれを切らせ、第十七軍に対し、「一木支隊だけで速やかにガダルカナル島を奪回しろ」と明確な意志を見せ付けたことに他ならない。

第十七軍司令官百武中将は参謀次長の電報を受け、十三日午後三時、一木支隊長に命令を下達した。

一　敵兵力は不明だが不活発である。本日まで飛行場を使用した形跡はない。

二　軍は敵の占拠未完に乗じ、海軍と協同して速やかにソロモン方面の敵を撃滅し、要地を奪回確保する。

三　一木支隊は海軍と協同してガダルカナル飛行場を奪回確保せよ。やむを得ない場合、ガダルカナル島の一角を占領して後続隊の来着を待て。

このため、先遣隊約九百名を編成し、とりあえず駆逐艦六隻に分乗してガダルカナル島に向かい前進せよ。

この作戦は、正式に「キ号作戦」と名付けられた。

第十七軍は、同日午後五時、今度は大本営に対し、「キ号作戦」の概要を「ソロモン諸島方面に上陸した敵兵力は約五、六千名と推定される。軍は海軍と協同して速やかに同方面の敵を撃滅せんとする。このため、一木支隊をもって敵の占拠未完の期に突入させる」と報告した。

ここにきて第十七軍は、大本営から求められていた「答え」を出したのだ。しかし第十七軍司令官は、大本営から尻をたたかれる形になり、従来の考えを本当に捨てたのであろうか。つまり戦機に投じて、海軍陸戦隊と一緒に一木支隊をガダルカナル島へ突入させれば、飛行場の奪回が可能であると本気で考え、翻意したのだろうか。

第十七軍は、敵の兵力について、大本営には「敵兵力は約五、六千名と推定される」と報告しているが、命令では、兵力は「敵情不明だが不活発」とする。また任務についても、大本営に対しては「敵を撃滅」するため一木支隊を突入させると言っているが、命令では「飛行場の奪回」のみではなく、「やむを得ない場合、一角を占領して後続隊の来着を待て」と付け足している。これは、どうしたわけか。

第十七軍が確信を持てないまま命令を下達したことは間違いない。ただし、ここで着目すべきは、参謀長二見少将が一木支隊長の陸軍士官学校の同期であり、支隊長の性格を知りぬいていたことである。大本営への報告と比べ、命令が曖昧になったのは、そのことと無関係ではなかった。二見参謀長は責任感の強い一木支隊長に過大な任務を与えることは、支隊長を窮地に追いやることになると感じていた。

二見参謀長は百武軍司令官にも、このことを報告していた。百武軍司令官も二見参謀長の懸念に理解を示した。そこで大本営も納得するような命令を下達する一方、二人の胸中を伝えるために、「ここラバウルで直接会って話したい」と一木支隊長を召喚する二見参謀長の申し出にも同意していた。特に一木支隊を二組に分けて投入することになったため、当初、第一梯団は敵情偵察に任じ、爾後、第二梯団と力を合わせ、敵飛行場の奪回あるいはガダルカナル島の一角を占領さえすればよい、と伝えたかった。もちろん、この召喚は、表向きは編入されたばかりの一木支隊をラバウルで確実に掌握するためであり、統率上の考慮に基づくものとされた。

しかし、ここで運命の歯車が狂った。一木支隊長の召喚は実現しなかったのだ。現地における陸海軍協定が策定される段になり、「陸軍部隊の輸送は努めて敵の哨戒圏を避ける」という海軍の意見が採用され、一木支隊はトラック島からガダルカナル島へ直行することになったからだ。

それでも百武軍司令官と二見参謀長は、一木支隊長に真意を伝えなくてはならない、と強く感じていた。それが一木支隊の命運を左右することになるからだ。そして、その大役を任せられたのが松本参謀だった。百武軍司令官は、松本参謀を通じ、一木支隊長へ判明している実の敵情と、命令の真の趣旨を理解させ、無理をさせずにガダルカナルカナル島での任務を遂行させるつもりだった。

過少に見積もられた敵情を信じるしかなかった一木支隊長

八月十二日午後六時三十分、一木支隊はトラック島に到着した。翌日から兵隊たちは輸送船に武器、装具、弾薬、石炭、食糧などを積載した。十五日の昼、彼らが一息ついて食事をとっていると、呼集ラッパが鳴り響いた。兵隊たちはラッパが吹かれている埠頭の中央に向かって走り出した。ほとんどの兵隊は怪訝《けげん》な顔をして集まってくる。今日は一日中、物資を積載するはずだった。埠頭の中央へ行くと、今度は「船の中に集まれ」と指示が出された。輸送船の中に兵隊たちは集合した。

「全員、注目!」

若い将校が前へ出た。それまでザワつき、何事があったのか、と話していた兵隊たちは口を閉じ、将校に注目した。

「これから名前を呼ばれる者は、前へ出るように……」

その将校は大きな声を出し、一人ずつ名前を呼んだ。ちょうど半分ぐらいのところで、名前を呼ぶ声が止まった。

「……以上。爾後、一木支隊は二手に分かれて前進することになった。名前が呼ばれた者は第一梯団となり、一木支隊長殿と駆逐艦でガダルカナル島へ先発し、敵前上陸を行なう。その他の者も、明日早朝、出撃するので、上官の指示をよく聴くように！」

さらに兵隊たちは、それまで分かった敵情を知らされ、顔を見合わせた。

「海軍が、そのガダルカナルとかいう島に飛行場をつくってたんだな。そこへ米軍が壊しに来た、っていうわけか」

「どうせ飛行場を壊しに来るような敵なら大したヤツらじゃないだろう」

「俺たちだけでやっつけてしまおう」

第一梯団の兵隊たちは、子供のようなあどけない笑顔を見せた。

中には解散後も、その場に残り、先発で行く戦友たちに「元気でな。絶対に死ぬなよ」などと何度も声をかけ、別れを惜しむ兵の姿も見られた。後発は第二梯団となり、輸送船で前進する。また先発の駆逐艦に載せられない連隊砲や速射砲などの支隊の主要装備も一緒に積載すると知らされた。

この時、第二梯団の兵隊たちは次のように噂していた。

「上陸する島は、ジャングルの島で道も悪いらしい」

「そっか。それじゃ、砲はとても運べないな」

「邪魔っていうわけか」

「第一梯団のヤツらが島をとっても、輸送船に乗っけたままにするらしい」

「じゃあ、俺たちの出番はないな……」

その夜、陸海協定作戦会議が開かれた。陸軍では一木支隊長以下、主要幹部と第十七軍司令部の参謀が軽巡洋艦「神通」に召集された。海軍からは第二水雷戦隊の各艦艇長と第八艦隊司令部の参謀が集合した。第二水雷戦隊は駆逐艦「陽炎」を除き、臨時に編入された艦艇ばかりだったため、司令官田中頼三少将は、そこで初めて自分が指揮する艦艇長を掌握するような状況だった。

会議に先立ち、ガダルカナル島の航空写真や敵情が記されたガリ版の印刷物が配布された。ただし、配られたものの中に地図はなかった。あるのは川と飛行場がフリーハンドで書かれた簡単な要図だけだった。飛行場を設営していた海軍すら同じ状況だった。ただし、海軍は海図を持っていた。そのため一木支隊長も海軍からガダルカナル島周辺の海図を入手していた。その海図は二三〇二号「南太平洋・附マライタ島中部」と呼ばれる英海軍が作成したものだった。一木支隊長は、海軍からそれを受領してからというもの、作戦室の壁に貼って寸暇を惜しんで眺めていたという。

会議が始まると、第十七軍の松本参謀が開口一番、大きな声で発言した。

「本作戦は、できるだけ速やかに遂行することが肝心です。いろいろと準備に時間がかかると思われますが、大本営からの要請もあり、くれぐれも迅速を心がけてください。よろしくお願いします」

その言葉の意味を噛み締めるかのように、そこにいる誰もが頷いた。

そして数時間に及ぶ会議の結果、本作戦の基本方針は、「タイボ岬上陸後、態勢を整え、遅くとも上陸第二日目の夜、銃剣突撃をもって一挙に飛行場へ突入する」とされた。よって携行弾薬は一人当たり二百五十発、糧食は七日分と決められ、とりあえず、先発として出撃する第一梯団の編成が確認された。また第十七軍からは、「支隊の重火力を分離して欲しい」と要求された。これは支隊長もトラック島に来るまで知らされていないことだった。そのため駆逐艦と輸送船を一緒に行かせるか、それとも別々に行かせるか、海軍側を交えて話し合いがもたれた。

しかし結局は松本参謀の会議冒頭の発言もあり、第十七軍の計画どおり、別々に前進することになった。また海軍陸戦隊も途中から第二梯団と合流し、ガダルカナル島へ向かうことになった。さらに重火力は輸送船で運ぶものとし、駆逐艦に乗せる者は、海軍からの要請で移動中の戦闘も予期し、一隻当たり約百五十名に限定することが再度確認された。

「敵は、最悪の場合、一個師団、約一万はいるかもしれません」

実は、その前日、松本参謀は一木支隊長の部屋を訪ね、二人っきりで話し合う場を設けていた。そこで百武軍司令官でさえも明確な任務付与ができなかった理由を一木支隊長に伝えようとしたのである。

「本作戦は『速やかに』行なうべきでありますが、その実は第一梯団単独での飛行場奪回に固執するという意味ではなく、状況により重火力を有する第二梯団あるいは後続の歩兵第三十五旅団と力を合わせ、任務を達成すればよいのです」

松本参謀は懇切に説明した。しかし過少に見積もられた敵情を信じ、逸る気持ちを抑えるのがやっとな一木支隊長に、百武軍司令官あるいは二見参謀長の真の思いを十分に理解させることなど、できるはずもなかった。

そもそも松本参謀は、大本営への恭順を示すために一木支隊を二組に分け、駆逐艦六隻でルカナル島へ上陸させる計画を発案した一人だった。しかし、ここにきて一木支隊長の意気込みを目の当たりにし、自分の考えが間違っていたのではないかと不安を感じた。そのため、視線を下げたまま言葉を発した。

「敵情は細部不明ですが、最悪の場合、一個師団、約一万はいるかもしれません」

軍司令部の持っている情報を付け加えた。それは、一木支隊長には最後まで伝えるつもりのない言葉だった。

〈なにっ！　一個師団、一万だと……。そんなわけはない。我々の総兵力は約二千しかない。二見がそんな無謀な作戦をたてるわけがない〉

この言葉を聞いたことで、一木支隊長は第一梯団と前進し、自ら前方指揮に徹することに決めた。通常なら一木支隊には歩兵大隊が編成されているので、大隊長が先遣隊（第一梯団のこと）を引き連れ、上陸を阻む敵の掃討、情報活動などの作戦準備、いわゆる橋頭堡の確保を行なうべきだった。そして支隊長は海上及び航空戦力と協同し、第二梯団と上陸するときに重火力を合一させるのが常套だ。しかし状況が錯綜する中、一木支隊長は情報獲得と戦機を重視したことで先の行動を選択した。それを端的に示す言葉が「行軍即捜索即戦闘」だった。戦史では、この言葉の真意を理解せず、窮地に陥った一木支隊長が何も偵察を行なわず、敵陣に突っ込んだように書かれることが多い。だが実際は、一木支隊長はトラック島で、至短時間で敵を攻撃する可能性についても言及していたのである。

「なーに、もしそうだったら『行軍即捜索即戦闘』でいくまでだ」

一木支隊長は、松本参謀の言葉を信じる素振りすら見せなかった。それどころか、ミッドウェー作戦におけるイースタン島とサンド島のことを引き合いに出し、ガダルカナル島だけではなく、敵がいるツラギ島のことまで話題に挙げた。その意図は松本参謀の心配を軽くするためだったのかもしれない。

「ツラギもうちの部隊で取ってよいか？」

逆に松本参謀の出方を試すように尋ねた。

「それは川口少将が来てからにしてください！」

松本参謀は自分でもびっくりするくらい大きな声を出していた。

また、一木支隊長は松本参謀に対し、次のように話すのだった。

「軍司令官殿のご命令によれば、一木支隊の兵力だけでルンガ飛行場を奪回できると申されているのと同じだ。自分も強襲することにより奪回は可能だと信じている。上陸した米軍は、数は不明だが、現在、海軍警備隊と交戦中と聞いている。よって一木支隊が一丸となって敵の背後を突けば、強襲目的は速やかに達成できる」

「頼もしいご発言ですが、くれぐれも油断しないでください」

「ただ、それを確実にするためには、上陸地点をルンガ飛行場に最も近いテテレからイル川の海岸に設定することが必要だ。海図を見て分かったのだが、上陸即強襲、ルンガ飛行場への突撃も迅速に敢行できる。是非、海軍にも了解を得て、私の意見具申を採用してくれ」

この言葉に、松本参謀は一木支隊長の目を見ながら、ゆっくりと答えた。

「残念ながら、それは難しいです。軍司令部でも、飛行場に最も近く駆逐艦の艦砲射撃もできるルンガ岬に上陸する案が検討されました。しかし、それは米軍が上陸したのと同じところで危険だ、という結論に至りました。なぜなら、米軍も何らかの対抗策を講じていると思われるからです」

「それはそうだが……」

一木支隊長は、ミッドウェー作戦での海軍との協同を思い出し、ここガダルカナルでも海軍との協同ができると期待していた。

ミッドウェー作戦の際、大本営から一木支隊に示された「一木支隊作戦要領」では、「海軍ハ概ネX（上陸第一日ヲX日ト称ス）――二日ヨリ主トシテ航空部隊ヲ以テ敵航空勢力ヲ撃滅スルト共ニ防御施設ヲ破壊シ全島ヲ制圧ス」と記述され、一木支隊に対しては、「海軍護衛ノ下ニ『イースタン』島ニ急襲上陸シ迅速ニ之ヲ攻略ス」と示達していたのだ。つまり一木支隊のミッドウェー作戦の前提は、上陸前の海軍による敵防御施設の破壊だった。もちろん銃剣突撃だけで目標を取れるはずもなく、それと同時に戦闘中は海軍艦艇との協同が不可欠であった。しかしガダルカナルにおいては、海軍の航空部隊及び艦艇による協力は事前に計画されていなかった。

松本参謀は続けて語る。

「またトラック島から直行する場合、ルンガ岬で上陸させるよりタイボ岬沖に進入し、沖合で折畳舟に乗り換えて上陸した方が安全だ、という海軍からの意向が伝えられました。是非、折畳舟での上陸を試してください。さらにタイボ岬には海軍の監視哨があり、敵がいないことも確認できています。しかも海軍から案内人を出す、との申し出がありました。一兵も失うことなく、タイボ岬に上陸し、敵情をよく確認してから慎重に慎重を重ね強襲する、これが百武軍司令官殿のご意図です」

一木支隊長も百武軍司令官の懸念を理解することができた。ただし、松本参謀には聞こえないほど小さな声で独りごとを言った。

「慎重過ぎる。もっと早く突撃できるのに。そもそも、どうなっているんだ、軍司令部は。早く行けと言ったり、慎重にと言ったり……」

〈これでは全て、自分で決めるしかないな〉

一木支隊長は腹を括った。

一木支隊長は任務達成のための条件が次々と厳しくなっていくのを、なぜ受容したのだろうか。『歩兵操典』では「連隊ハ他ノ援助ヲ胸算スルコトナク自力ヲ以テ戦闘ヲ終始ス」と書かれている。一木支隊長はこれまで歩兵学校で学生を相手に範を垂れる立場にいた人物である。その教えの正しさを実戦で証明しなくてはならないと思っていたに違いない。そのため困難な状況でも、それを受け入れ、任務を全うしようと思ったのではないだろうか。

ちなみに折畳舟によるガダルカナル島への上陸は、それまで不可能と考えられていた。なぜなら折畳舟には操船機がなく、サンゴ礁の上ならまだしも、手漕ぎでは上陸するのに時間がかかり、その上、耐波性にも乏しかったからだ。そこで一木支隊長は、折畳舟を三隻ごとに模合い、それを駆逐艦の装備する内火艇で曳航する試験を行ない、対応可能と判断した。

一木支隊、運命の島へ出撃

出撃の日の朝を迎えた。一木支隊長は、見送りに来た松本参謀に不安の様子を見せまいと、目を輝かせ声をかけた。

「ミッドウェーをとるべく旭川を出陣してきたが、作戦が中止となり、このままおめおめと帰れぬと思っていた。やっと、御国のために戦働きができる」

松本参謀の目には、支隊長がこの事態を、ことのほか喜んでいるように見えた。

また一木支隊長は、護衛部隊指揮官田中海軍少将に対しても、海軍からの十分な協力が得られなかったことを恨むどころか、感謝の気持ちを表すために満面の笑みを浮かべ、元気良く報告するのだった。

「この度もよろしくお願いします。帝国陸軍の本領、銃剣突撃が遺憾なく発揮できる絶好の機会を与えられました。上陸二日目の夜、飛行場に突入し、無事任務を完遂します！」

一木支隊長は、そう言って胸を張り、駆逐艦「嵐」に乗り込んだ。支隊長の後には軍旗を捧持する伊藤少尉が続いた。その姿を多くの海軍将兵が畏敬の眼差しで見つめた。

田中少将はミッドウェー作戦に参加するため一木支隊が出撃した時にも、支隊を護衛していた。そのため、一木支隊長とも顔なじみになっていた。田中少将には、一木支隊長が以前にもまして張り切っているように感じられた。しかし、それは一木支隊長に限ったことではなかった。百武軍司令官、二見参謀長の心配をよそに、一木支隊の将校たちも意気軒昂だった。

「米軍などたいしたことない。俺たちが行けば、すぐ逃げるに決まってる」

「そうだ、そうだ。軍司令部の情報でも、米軍は逃げ腰だっていうじゃないか」

「とにかく敵に先を越されないよう、早く行くことが肝心だ」

「早く行って、北鎮部隊のすごいところを見せつけてやろう！」

大きな声を出し、互いに士気を鼓舞するのだった。

これまで、あっちこっちへ転用された上、さんざん待たされた一木支隊である。第一梯団は大急ぎで抜け駆けの功名を狙い、行けば勝てる、そんな気持ちが満ち溢れていた。また第二梯団にいたっては、一度、解かれた緊張を元へ戻すのは至難の業だった。輸送船での移動、しかも第一梯団に遅れること四日でガダルカナル島へ上陸すると言われたため、自然とのんびりした気持になるのも無理がなかった。

こうして十六日の午前五時、一木支隊を乗せた第二水雷戦隊はトラック島から出撃した。戦隊は港外近くまでは一つになって進んだが、一時間もすると、駆逐艦は速度を上げ始めた。そして輸送船団は、みるみるうちに離されていった。第四駆逐隊司令有賀幸作大佐が率いる駆逐艦「嵐」「萩風」「陽炎」「谷風」「浦風」「浜風」は最高二十二ノット、「神通」などが護る輸送船「ぼすとん丸」「大福丸」「金龍丸」は最高九・五ノットで進んでいた。

「明日に差し支えるからいい加減にせい！」

駆逐艦「陽炎」で二人は艦長に叱られて項垂《うなだ》れた。叱られたのは「陽炎」航海長市来俊男中尉と一木支隊の第一中隊第一小隊長舘正二中尉だった。両中尉は艦で顔を合わせるや、年齢が近いこともあって、すっかり意気投合した。そこで前途を祝して酒盛りをはじめたのだが、酒の強さでは誰にも負けない、と自負する二人は、ついつい度を越してしまったのだ。

また艦内の一室では、将棋や碁を楽しむ者もいた。海軍士官たちが記憶に残したのは舘中尉だけではなかった。数日間、一木支隊と一緒に過ごした「萩風」砲術長倉橋友二郎少佐は、同僚の海軍士官たちと一木支隊の印象について、次のように話すのだった。

「陸軍の兵隊は、みんな元気だなぁ。態度も立派だ。それにもうすぐ一勝負というのに堂々としている」

「何でも精鋭で名高い旭川部隊らしいぞ」

「礼儀正しく、動作も機敏で感心、感心。乾パンと精米を入れた軍足を持って、敵を蹴散らすと意気盛んだ」

「軍足一本分の精米で約三日は持ちこたえられるそうだ。新小銃もピカピカで、これなら米軍なんて一捻りだな」

「支隊長も色は黒いが、つやつやした皮膚の元気一杯の方だな」

「それでいて、紳士的な方だ。精強な指揮官と部隊、これならどんな敵もかなうまい」

十七日午前十時三十分頃、一木支隊は無事、赤道を通過した。こうして一木支隊は、運命の糸に手繰り寄せられるように、ガダルカナル島へ向かい前進した。

次の日、正午を過ぎた頃、一木支隊に新たな敵情がもたらされた。駐ソ日本大使館付陸軍武官からの情報とされる。それによると、「ガダルカナルに上陸した敵は兵力約二千で戦意旺盛ならず、ツラギに向かい逐次後退中。また米軍のガダルカナル島上陸の目的は単に飛行場の破壊にある」とのことだった。

これを聞いた一木支隊の将校たちは、自分の見積りを述べた。

「二千と言うことは、多くてもそれに加え、六百か八百ぐらいだろう」

「それじゃあ、ルンガ飛行場は完全に占拠できないな」

「しかも後退中か……。楽勝だな。夜戦の斬り込み攻撃で十分だ」

「余計な装備を持たなくて正解だった。兎にも角にも敵が逃げないように急ぐ必要があるな」

兵力の差が二倍以上あるのに、一木支隊の将校たちの士気は益々高くなっていった。当時の陸軍では、米軍の一個師団に対し、日本軍一個連隊でも駆逐できるという自惚れがあった。

日が沈むと艦内では入浴が許された。海軍からのせめてもの気持ちだった。風呂だけではなく、お汁粉も振る舞われた。翌八月十八日午後四時、一木支隊長は駆逐艦「嵐」の艦上でタイボ岬付近上陸に関する命令を下達した。その日の夜は酒も出された。艦内では陸軍と海軍、そんな区別など、すっかりなくなっていた。共に戦う仲間という意識が高まっていた。最後は水盃を酌み交わし、お互いの健闘を祈った。

定刻どおり、駆逐艦は最高速度に近い三十ノットでタイボ岬へ突入した。一部の将兵は地下足袋をはき、白襷を身につけていた。海軍では「手あき総員、見送りの位置に付け」と号令がかかり、みんな祈るように手を振った。しばらくした後、上陸成功の信号灯が上がった。艦内は湧きかえっていた。

事態の重さを十分に認識していた昭和天皇

この時、ガダルカナルの作戦がもたらす本当の意味を知る者はどれだけいただろうか。日光の御用邸にご滞在中の昭和天皇は、事態の重さを十分にご認識されていたようだった。

八月七日、立秋にあたるこの日、日光では朝から雨が降っていた。昭和天皇は、侍従武官長蓮沼蕃陸軍中将から米軍がガダルカナル島へ上陸したとの戦況を聞かれ、「それは米英の反攻開始ではないか。いま日光などで避暑の日を送っている時ではない。即刻、帰京して憂いをわかち、策を聞かねばならぬ。帰還の用意をせよ」と、東京へのご帰還を仰せられるほどだった。

そもそも日光のご滞在は数週間前、側近たちから天皇に願い出たものだった。宇都宮の陸軍飛行場で行なわれた陸軍特別演習「空地連合演習」、すなわちパレンバンで大戦果を上げた落下傘部隊の訓練を昭和天皇に天覧していただき、そのまま日光の御用邸に入られてご静養されては、というものだった。天皇は太平洋戦争が始まってから益々多忙になり、休日をとるどころではない状況が続いていた。

御用邸は、日光出身の銀行家の別邸を基礎とし、赤坂離宮の一部を移築したものだった。北に日光連山、西と南には田母沢川、大谷川の清流が見える風光明媚なところにあった。しかし天皇はそれらを楽しまれる余裕などなかった。

天皇のお言葉に狼狽した側近たちは、これを永野修身軍令部総長に伝えた。軍令部総長は侍従武官長に状況を説明し、天皇へのとりなしを依頼した。敵のガダルカナル島への上陸が戦局に重大な影響をもたらすのでは、とご懸念を示される昭和天皇に対し、侍従武官長は軍令部総長から聞いたばかりの「統帥部の見解」を上奏することぐらいしかできなかった。それでも侍従武官長の誠実な努力が実り、天皇に暫くご帰還を思いとどまっていただくことができた。統帥部の見解とは、「米軍の上陸は単なる威力偵察」という極めて楽観的な情勢判断に基づくものだった。

「本当に米軍の本格的反攻ではないのだな。作戦は既定計画のとおり行なわれる、ということでよいのだな」

昭和天皇は、何度も米軍の本格的な反攻の可能性について、ご確認された。

そして終いには、「では、くれぐれも注意するように、軍令部総長へ、そう伝えよ」と付け加えられた。

さらに八月十三日には、日光からご帰京されたばかりの昭和天皇に対し、永野軍令部総長と杉山参謀総長が最新の敵情を上奏した。

「ガダルカナル島に上陸した敵の兵力は未詳ですが、行動は活発ではございません。七日、八日、我が方の攻撃により受けた敵の甚大な損害と、十日には既に全艦艇、船舶が引き揚げた状況に鑑み、残留する陸上兵力はさほど大きくないと判断します」

昭和天皇は静かに頷かれた。

「また、ガダルカナル島とツラギ方面における奪回作戦の要領は敵情に左右されるところでありますが、海軍としてはどのような状況であろうとも、連合艦隊の決戦能力の大部を同方面へ集中できるように万全を期しています」

これらの永野軍令部総長の言葉を次いで、杉山参謀総長が付け加えた。

「ソロモン諸島方面の敵情は海軍軍令部総長の申し上げたとおりです。よって第十七軍司令官に対し、奪回を命じられるのが至当かと存じます。ただし第十七軍には、既に東部ニューギニアの作戦を命じており、ソロモンはソロモンで陸海軍が協同して速やかに要地を奪回することが必要と思われます。よって陸海軍で研究したところ、東部ニューギニアとソロモンの作戦を併行的に実施せんと決したところであります」

昭和天皇は、これを聞き、杉山参謀総長の目をまっすぐご覧になり、お尋ねになられた。

「併行して実施するだけの兵力があるのだな」

杉山参謀総長は、すぐさま答えた。

「はっ、ソロモン諸島要地奪回に使用できる兵力として、歩兵一個大隊基幹の一木支隊と歩兵第三十五旅団及び歩兵三個大隊基幹の青葉支隊などがあります。その中で一木支隊は既に昨日トラック島に到着しております。よって残存する兵力が微弱で、一木支隊と海軍陸戦隊のみで奪回できるような状況であれば、十五日（実際は十六日だった）にはトラック島を出発させ、二十二日、あるいは二十三日頃、ガダルカナル島に上陸できるものと考えます」

続けて昭和天皇は問われた。

「もし有力なる敵がソロモン諸島を確保していた場合は、どのように考えるか」

杉山参謀総長は、しばらく考えた後、奉答した。

「その場合、歩兵第三十五旅団なども使用する関係上、作戦開始を二十五日頃とし、ガダルカナル島上陸は今月末、または来月初め頃になると思われます。これについては、決定次第、また改めて上奏したいと考えます」

さらに昭和天皇は、これが米軍の本格的な反攻ではないことを再度、ご確認され、「一木支隊で作戦を遂行できるのだな」と念をおされた。

戦略的視点から考察した場合、このやりとりで東部ニューギニアと並び、ソロモン諸島が南太平洋の第一線と確定したことになる。これまでのプロセスを見れば、戦略レベルの戦いにもかかわらず、周到な準備を行なおうともせず、しかも一木支隊と海軍陸戦隊という戦術レベルの僅かな兵力で何が何でもソロモンへ投入させようとする大本営の場当たり的な対応が見てとれる。

また、杉山参謀長が昭和天皇へ、一木支隊のガダルカナル島上陸予定日を上奏しているがこれを軽易に看過してはならない。なぜなら、それらの日付から杉山参謀総長が、一木支隊が二組に分かれて奪回作戦を遂行するとは思っていなかったことがわかるからだ。天皇へ大局の視点から上奏する東條陸軍大臣とは異なり、杉山参謀総長の報告は微細に至り、天皇も理解するのに苦労していたという。そんな杉山参謀総長の報告に大きな間違いがないと考えるのが至当だろう。

その杉山参謀総長の上奏で、一木支隊のガダルカナル島への上陸予定日は二十二日あるいは二十三日になっていた。これは一木支隊が駆逐艦だけではなく輸送船団と一緒に前進することを想定したものだ。もし仮に別々に前進したとしても、参謀総長の言葉は第二悌団の到着後に戦力発揮することを示しているのだ。

海軍側にも問題があった。永野軍令部総長は天皇に対し、「連合艦隊の決戦能力の大部を同方面へ集中できるように万全を期しています」と上奏している。いかにもガダルカナル島（ツラギ方面）の奪回作戦を全力で支援するかのような口ぶりだ。しかし連合艦隊司令部は先述したとおり、この時、敵空母への備えを優先させていた。現地協定において敵空母が出現した場合、「キ号作戦」を延期または取りやめる旨も特に付されていた。明らかに大本営海軍部と連合艦隊司令部とでは認識の相違がある。このことからもガダルカナル島への陸軍派遣を「第二のミッドウェー」と呼んだとしても不思議はない。連合艦隊にとって、陸軍部隊によるガダルカナル奪回が敵空母を誘出する大きな囮となるからだ。

さらに言うなら、陸海軍中央協定には、一木支隊を二つに分けて駆逐艦で先発させることなど、どこにも書かれていなかった。このように検証していくと、陸軍参謀総長へ直接報告する立場にある大本営陸軍部の第一作戦部長や一木支隊の兵力不足を懸念する第十七軍司令官及び参謀長などによる発意ではなく、その部下の参謀たちが大本営陸軍部の事情を慮った結果により、一木支隊が逐次投入したことが裏付けられる。こうして一木支隊長は厳しい条件が課せられていく中、運命の島へ旅立ったのだ。

第四章

□なぜ一木支隊長は攻撃を続けたのか？

ガダルカナル島に上陸

八月十八日午後九時、一木支隊は舷に下ろした網縄梯子を使い、駆逐艦から折畳舟に乗り移った。折畳舟はトラック島で試験した時と同じ、三隻ごとにつながれ、内火艇で曳航された。満天の星空の下、行く手にうっすらと見える島影は、そこだけ闇が広がり魔界の入口を思わせた。上陸地点のタイボ岬は静まり返っていた。

午後十一時、一木支隊はタイボ岬に上陸した。岬の周りには、マングローブ林がところどころに広がっていた。地面は泥濘化し、足場が悪いところもあった。一木支隊長は各部隊に点呼を命じた。異状はなかった。支隊長は通信掛将校に「一木支隊、無

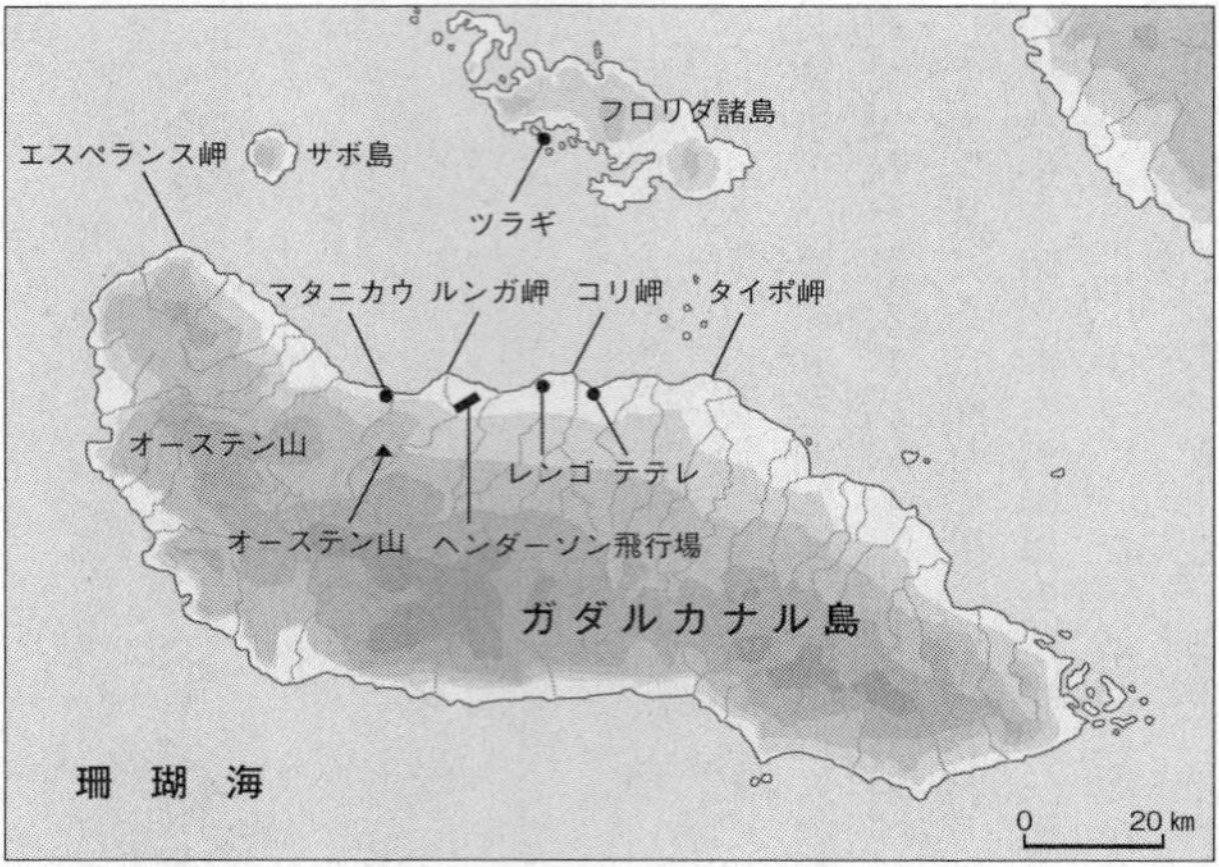

ガダルカナル島

血上陸に成功せり、と送信せよ」と命令した。その声には、少しだけ安堵の気持ちが表れていた。

兵隊たちは、やっぱり敵は逃げたんじゃないか、と安心する反面、ルンガ飛行場まで三十五キロ、その上、越えなくてはならない川がいくつもあり、前途に不安を感じていた。

この時、タイボ岬に上陸した兵力は次のとおりだった。兵員九百十六名、軽機関銃三十六丁、擲弾筒二十四丁、重機関銃八丁、歩兵砲二門、九九式小銃約三百五十丁、個人携行弾薬二百五十発、重機関銃弾薬一銃あたり二千四百発、歩兵砲弾薬一門あたり約五十発、糧食は一人あたり乾パン三袋、精米六合。速度を重視していたため、予備弾薬は携行していなかった。その他、工兵中隊の火焔発射機十八機、対戦車爆破用の吸盤爆雷多数、破壊筒などもあった。

一木支隊長は夜間行軍に備え、軽装を命じた。また各中隊の兵一名を物品監視のため、残すように指示した。火焔発射機の予備油や医薬品が入った行李もここに残置させた。その後、一木支隊は態勢を整えるとタイボ岬を出発した。タイボ岬にいた海軍監視哨員がテテレまで道案内してくれた。この時、ガダルカナル島所在の海軍部隊で編成された守備隊（海軍では「ガ島守備隊」と呼称した）が一木支隊へ協力できる態勢にあった。

一木支隊長は、口にする言葉や部下に見せる態度とは裏腹に、大きな不安を感じていた。それは松本中佐が発した「最悪の場合、一個師団、約一万はいるかもしれません」という言葉の真偽だ。

〈二見がたてた作戦だから間違いはないと思うが……。命令には「一角を保持」という消極的な目標まで示されていた。松本中佐の言葉が本当なのか。また敵がツラギへ後退中なら、それはそれで急がなくてはならない〉

一木支隊長は悩んだことだろう。敵が約二千だとしても、相手は十数日前にガダルカナル島へ上陸している。たとえ士気が低くとも、それなりの戦いを準備しているはずだ。それが一万ともなれば、上陸した日本軍を待ちかまえ一部をもって伏撃を試みるかもしれない。行軍にあっては敵の行動を全力で警戒する必要がある。

　また、ルンガ飛行場の東西に敵が防御を準備しているなら、少なくとも三千人ずつは配兵されていることになる。それでは一木支隊第一梯団の約三倍の数になってしまう。勝つ方策は奇襲しかない。一木支隊長は、敵の弱点を見つけること、つまり敵情解明が作戦の鍵になる、と考えたに違いない。その証拠に計画していなかった将校斥候群の派遣を急遽決めたのだ。そして一木支隊長はタイボ岬出発に先立ち、将校たちに、いつ斥候を派遣すべきか、検討させることにした。

　工兵中隊長の後藤英男中尉が、まず口を開いた。

「詳細な地図もなく、地形と敵情が不明なガダルカナル島で、テテレの先、目標とするルンガまで滞りなく進むには、すぐにでも斥候を先行させた方がよいです」

　これに対し、がっちりした体つきの蔵本信夫大隊長は、四角い顔を上下させながら次のように応じた。蔵本少佐の原隊は、近衛歩兵第一連隊だった。御付武官も経験していたため、大変几帳面な性格だったという。

「いいや、こんな夜に斥候を派遣したら、ジャングルの中を迷うだけだ。いたずらに戦力を失うことになる」

第二中隊長沢田哲郎大尉の主張も、これに近かった。

「敵は三十五キロも向こうにいます。今日ぐらいは攻めてこないでしょう。全員で前進した方がよいのではないでしょう」

それ以降も議論は続いた。しかし、将校たちだけでは意見がまとまりそうになかった。

傍らで黙って聞いていた一木支隊長は決心した。

「では明日、早朝、明るくなり次第、有力な将校斥候群を派遣するとしよう。あと数時間ぐらいは大丈夫だろう。直ちに展開できる接敵行軍の隊形で前進する。敵が攻撃してきたら、それこそ飛んで火にいる夏の虫だ。返り討ちにしてやろう！」

将校たちは一木支隊長の顔を見つめ、黙って頷いた。

当時、陸軍の「バイブル」とも呼べる『作戦要務令』では、攻撃における捜索・偵察の重要性が強調されていた。また『歩兵操典』でも、「（攻撃を行なう場合、）捜索は昼夜連続で行ない、特に薄暮を利用して敵情の変化を偵知すること」と記述されている。一木支隊長は歩兵戦術に熟達していた。よって、その言葉に従えば、明日の朝、将校斥候群を派遣すれば、情報活動の目的が達成されると考えたのは自然なことだった。

後続を待たずに行軍開始

方針が決まり、行軍は開始された。行軍順序は、蔵本大隊の樋口中隊が尖兵中隊、爾後、蔵本大隊主力、支隊本部、機関銃中隊、丸山中隊、工兵中隊の順で、海岸線を前進することになった。

このように、一木支隊長は第二梯団を待たずに攻撃するつもりでいたとわかる。支隊長は当初の計画を変える素振りすら見せなかった。また敵情を知るガ島守備隊や海軍設営隊の残留者と連絡をとろうともしなかった。そのために部隊の前進を遅らせるなど思いもよらないことだった。

いずれも作戦の成否を決める要素、つまり「時間」を意識したためである。そもそも敵が離脱する公算が高いとされているのに、敵前上陸ではなく行軍が必要となり、今度は敵の兵力の見当もつかない。詳細な情報を獲得するために早期の戦場進出が不可欠だった。事実、米軍も日本軍が第一次ソロモン海戦での戦果に乗じてすぐに攻めてくると予測し、防御準備を急いでいた。この時、日米両軍にとって時間が大きな要素であったことに違いはない。

一木支隊が出発した後、森の草木が不自然に動いた。この時、一木支隊のそばには暗闇にひっそりと身を潜め、白い眼だけをギラつかせ、一木支隊の行動を見ている男たちがいた。しかも彼らは最新式の長距離無線機を背中に担いでいた。しかし、一木支隊の将兵で、それに気づく者はいなかった。

午前二時、海岸を歩いていた兵隊たちは、まずベランデ川にぶつかった。先頭より、ゆっくり川へ入った。水は静かに流れていた。みんな腰まで水に漬かって渡った。ほとんどの将兵は武器や弾薬を保護するため、雑嚢に入れた食糧まで濡らしてしまった。川を渡り、また行軍を続けると、右側が一気にひらけ、将兵たちは月の光で明るく照らされた。旭川で見る月より何倍も大きく感じられた。一木支隊はテテレという砂浜に着いた。

一木支隊長は、テテレに着くまで誰を将校斥候群の指揮官にするか悩んでいる様子だった。支隊長は、副官の富樫与吉大尉に意見を求めた。

「副官、将校斥候群の指揮官を第二中隊長の沢田哲郎大尉か支隊本部の渋谷好美大尉に命じようと思うのだが……」

富樫大尉はしばらく考え、自分の考えを述べた。

「どちらも適任だと思います。しかし、ノモンハンで戦った沢田大尉の方が良いのではないでしょうか。渋谷大尉もノモンハンでの実戦経験はありますが、その時に負った頭部外傷の後遺症のことが気にかかります」

その言葉には、いかにも東北、秋田出身らしい実直な性格が表れていた。また丸メガネと鼻下のチョビ髭も優しい性格を物語るようだった。

「そうか。副官の意見は沢田大尉か……。しかし、沢田大尉は、蔵本大隊長に何かあった場合、大隊の指揮を執らなくてはならないぞ」

「なるほど、そのとおりであります。それでは渋谷大尉を指名されますか?」

「そうだな……。やはり、渋谷大尉に命じることにしよう」

こうして将校斥候群の指揮官は渋谷大尉に決まった。また、各部隊から選抜された者が将校斥候群へ派遣を命じられた。みんなきびきびとした動作で支隊本部に集合した。

将校斥候群を派遣

将校斥候群が出発の申告を行なう際、一木支隊長は、一枚の要図と支隊に配布された唯一の航空写真を渋谷大尉に渡した。その要図には支隊長自らが見積もった敵の配備状況が書き加えられていた。

「現在、正確な敵の数や編成装備、敵が所在する地域、前進経路上の重要地形など、詳しいことがわからない状況である。情報をしっかりあげてくれ。頼むぞ、渋谷！」

「渋谷大尉以下、将校斥候群三十八名、支隊長殿のご期待に添えるべく、全力を尽くして偵察して参ります！」

渋谷大尉は大きな声で申告すると、ルンガ飛行場に向け前進を開始した。一木支隊長以下、支隊の将兵は、元気に行軍する将校斥候群を見送った。彼らの姿が見えなくなると、砂浜を進む軽快な足音も次第に小さくなり、やがて何も聞こえなくなった。また静寂が訪れた。

ここで一木支隊長は、大休止をとることにした。敵の目につきやすい昼間の行軍を避けるためだった。また交代で朝食をとるように命じた。兵隊たちは、めいめいの場所に天幕を敷き、濡れた乾パンをかじり始めた。中には、原住民が作っている畑でサツマイモによく似た芋を見つけ、焼いて食べる兵隊もいた。

支隊本部では、一木支隊長が椰子の木陰に座ると、伝令の中元清伍長が握り飯を出した。

「連隊長殿、朝食を持って参りました。召し上がってください」

それには漬物が添えてあり、お茶も出された
「いやぁ、ありがとう……。しかし中元、海軍さんからいただいた握り飯は昨夜、食べてしまったのではないか?」

「はい。実は海軍さんから余分にいただいたのです。どうぞ、召し上がってください」

「うん、そうだったのか、すまないな。いつもありがとう」

一木支隊長は握り飯を、とびっきりのご馳走を食べるように口へ入れた。

富樫大尉は、そのやりとりを黙って見ていた。富樫大尉は昨夜、中元伍長がタイボ岬で乾パンをかじっているのを見た。その時、「中元、なぜ握り飯を食べないんだ?」と尋ねると、中元伍長は「中元は乾パンが好きであります」と答えていた。富樫大尉は、変わったやつだな、と思ったが、今、その理由がわかった。自分の飯まで支隊長に食べてもらおうという中元伍長の献身的な奉仕に胸をうたれた。そばにいる一木支隊長とて気づかぬはずはなかった。中元伍長の行為に感謝し、その気持を無駄にしないよう、知らないふりをして美味しそうに食べているのに違いなかった。

また中元伍長は中元伍長で、一木支隊長のことを実の親のように慕っていた。連隊

長伝令に上番して以来、毎日支隊長の送迎を行なっていたが、支隊長の官舎で支隊長の手料理をご馳走になったり、ビールを飲ませてもらったり、時には風呂まで入れてもらった。その上、何かにつけ励ましの声までかけてもらった。そんな一木支隊長に、いつか恩返しをしたいと同僚に話していたという。

一木支隊長も純粋な気持ちでいる兵隊たちに感謝し、彼らに報いるためにはルンガ飛行場を早期に奪回し、任務を達成すること、そして故郷に無事、凱旋させてやらなくては、と深く肝に銘じたに違いない。

朝食を食べ終わる頃、ガヤガヤと急にあたりが騒がしくなった。聞いたこともない言葉も交じっていた。富樫大尉が確認へ行ったところ、二人の原住民が小さな「日の丸」の旗を持って近づいてきたらしい。富樫大尉は、支隊本部の大島喜一、木下禮一の両通訳を連れ、憲兵らと尋問することにした。それを聞いた一木支隊長は北支での経験を思い出し、「別々にして調べるんだぞ」と声をかけた。

ほどなくして尋問が始まった。しかし富樫大尉には原住民の近づいてきた理由がさっぱりわからなかった。そこで、米軍の動向を聞き出そうと質問を代えてみたが、「米軍のことは知らない」の一点張りだった。

それでも、しばらく尋問を続けると、二人のうち一人、「ブーザ」と名乗る男は、ポツリポツリと口を開いた。

「この先、二つ、大きな川……。一つ目の川、米軍ない……。もう一つの川……。米軍たくさん、いる……」

しかし、その言葉を信用する者などいなかった。

「渡された地図には大きな川が一つしかないぞ。こいつ、嘘をついているに違いない。俺たちの様子をさぐりに来た敵のスパイだ」

尋問に当たった憲兵たちは、そう決めつけ、さらに厳しい尋問を行なった。

報告を受けた一木支隊長も米軍が川岸を利用して防御しているだろうとは予想していたものの、昨夜も大小いくつかの川を越えてきたばかりだ。どれが、どの川なのか、地図を見てもわからなかった。よって、米軍がいる川も将校斥候群の偵察結果を待ち、実際、現地へ行ってみなければわからないと判断するしかなかった。

支隊長の焦燥

正午になった
「何か変わったことはありませんでしたか？」

蔵本大隊長が支隊本部を訪ねてきた。また支隊本部の方でガヤガヤと騒がしい声が聞こえたので様子を見にきたのだ。大きな声で話す、その声の主は先ほどの二人とは違い、原住民が担ぐ立派な台に恭《うやうや》しく載せられた三人のキリスト教宣教師だった。彼らは、「戦闘に原住民を巻き込まないで欲しい、農作物や家畜を荒らさないで欲しい」などと一木支隊へ自分たちの要求を伝えに来たのだ。よって一木支隊長も、わざわざ状況を確認に来た蔵本大隊長に「怪しい宣教師は来たが、渋谷大尉からは何の連絡もないんだ」としか応えられなかった。

一方、その近くでは、富樫大尉が支隊本部無線班に何度も将校斥候群を呼び出させていた。しかし、それでも応答がないため、通信機に不具合はないか点検することになった。

また、しばらく時間が流れた。午後になって陽の光が益々強くなり、あたりを照らす。濃緑色をした草木の匂いも強くなったように感じられる。まわりにはオウムやインコなど、珍しい鳥も飛んでいた。ジャングルにはトカゲやナマケモノもいた。兵隊たちは鮮やかな色彩の鳥や奇形をした動物たちに目を奪われていた。

「それにしても遅い。渋谷大尉が出発してから既に五時間が過ぎた。異状がなければ、異状なしの報告があってしかるべきなのだが……」

一木支隊長は、渋谷大尉からの報告を待ちわびていた。一木支隊長は、つい口調が激しくなった。

「副官!」

「はいっ!」

富樫大尉ばかりでなく、近くにいた兵隊たちもビックリして、つい、一木支隊長の顔を見入ってしまう。

一木支隊長は、兵隊たちの視線を感じ、ややゆっくりとした口調になった。

「渋谷大尉から何の連絡もないかな?」

「はい。ありません。先ほどから無線班が何度も将校斥候群を呼び出していますが、まったく応答しません」

富樫大尉は、一木支隊長の気持ちを考えると、歯切れが悪くなる。

「そうか。なにか変ったことがなければよいのだが……」

「報告することがないので、何も報告してこないのではないかと思われます」

「まあ、それにしても、どこどこ到着、全員異状なし、ぐらいは報告してもらいたいもんだなあ、アハハッ!」

一木支隊長は、自分を納得させるように大笑いした。

「さてと……。中元、支隊の状況を見に行くぞ」

手持無沙汰になった一木支隊長は、そう言って起ち上がると、部隊の巡回を始めた。

一木支隊長は、各部隊を視察する間、不安そうにしている兵隊を見つけると、大きな声を出した。

「みんな、元気か！　ヤンキーは、日曜日は休みだ。そして教会へお参りに行くんだ。あとは一杯飲んで休むだけさ！　我々は、その隙をついて寝首をかくんだ。いいか、突撃するだけで、敵はホールドアップだ！」

そう言って笑うのだった。兵隊たちも一木支隊長に応えるかのように、歯を見せて笑った。

一木支隊長は、兵隊たちの激励を終えて帰ってくると、真っ先に富樫大尉のところへ行った。その様子から、自分では巡回にじっくり時間をかけたつもりだったことがうかがえる。

「副官、何か連絡はあったか？」

「いいえ。ありません」

富樫大尉は気まずそうに答えるだけだった。

「そうか……。では先に、命令ができていたら見せてくれ」

普段、命令は第二梯団を率いる水野鋭士少佐が起案する。しかし今は水野少佐に代わり、富樫大尉が起案することになっていた。

「はい。ただいまお持ちします」

富樫大尉は、支隊本部の一等書記、渋谷義信曹長に浄書させた命令の案文を一木支隊長に見せた。一木支隊長は、それを受け取ると、また椰子の木陰に座った。

富樫大尉が作成した初めての支隊命令、しかも実際に部隊がそれに基づき動くことになる。

富樫大尉は自信など持てなかった。

不安そうに見つめる富樫大尉に一木支隊長は優しく話しかけた。

「うん。なかなか、よくできている。ところで、いくつか質問させてくれ。まず、タイボ岬に残置した火焔発射機の予備油や医薬品を前送するのか？」

「はい。これらは爾後の攻撃に必要なものと判断します」

「うん。確かにそうだ。でも何か手段はあるのか？」

「心配ご無用です。上陸に使用した折畳舟があります。これで夜間、海上輸送しようと思います」

「なるほど、それはいい考えだ。しかし、攻撃に間に合うかな？」

「今からかかれば間に合います。主計の篠原勤中尉と調整しましたが、同じく主計の小笠原辰雄軍曹を指揮官に命じ、これに各部隊から臨時に編成する輸送隊を付けます。今からタイボ岬に引き返し、準備させれば、二十一日早朝には中川（日本軍はイル川のことを「中川」と呼んでいた）へ到着可能です」

「うん、そうか。では、そうしよう。直ちに必要な準備命令を下達せよ。ただし攻撃命令は渋谷大尉の偵察結果を受けて、いつでも修正できるように準備しておくだけでよいからな」

「はい、わかりました。ありがとうございます！」

富樫大尉も安心したように答え、二等書記の岡田定信軍曹を呼んだ。

「各部隊の命令受領者を集合させよ」

富樫大尉は各部隊の命令受領者の集合を確認し、十九日午後一時三十分、ここテテレにおい支隊の攻撃前進に関する準備命令を伝達した。

一　ルンガ方面の敵情に関し、未だ将校斥候群からの報告に接していないため、不明。原住民からは米軍が川岸に集結しているとの供述を得たが、信頼できる情報とは言えない。
二　支隊は、本夕、次の攻撃準備地点「レンゴ」に向かい前進
三　行軍順序
第一大隊（欠第三中隊）
支隊本部
第三中隊
工兵中隊
四　行李輸送隊
篠原主計中尉は、小笠原主計軍曹を隊長とする舟艇行李輸送隊を編成、別に示す物品を二十一日早朝までに中川の本隊へ輸送
五　各部隊
舟艇行李輸送隊の要員として、タイボ岬に所在する物品監視兵を含め、小隊各一名を差し出し、小笠原舟艇行李輸送隊長が指揮
六　合言葉

七　「山」「川」支隊長の位置

支隊本部の先頭を前進

命令受領者たちは、それぞれの部隊長にこれを報告した。

報告を受け、皆が心配したのは、敵情が不明ということだった。第一大隊長蔵本少佐も、それを憂い、少しでも敵情を明らかにしようと、通常なら攻撃主力として温存する第一中隊を尖兵中隊に指名し、「警戒を厳にしつつ、敵情解明に努めよ」と補足の指示まで達した。

また工兵中隊長後藤中尉は支隊の命令に加え、自らの命令も下達し、行軍から攻撃までに予想される工兵中隊の運用を兵隊たちへ徹底した。

「いいか、我が工兵中隊は行軍間、殿《しんがり》部隊として後方を警戒しつつ前進する。攻撃においては、敵陣前の鉄条網の破壊と突入路の確保、火焔発射機による敵掩蓋銃座や火点の覆滅、状況により対戦車戦闘を行なう。重たい装備を携行するが、我慢してくれ。今こそ工兵魂を見せてやれ！」

自分の気持ちも奮い立たせるように檄を飛ばした。

後藤中尉は、昭和十四年、見習士官としてノモンハンの戦闘に参加している。その時、ソ連軍の装備が日本軍より優れていることを知った。

〈一木支隊の装備を見るに、当時のものとほぼ変わらない。いや、それればかりか、主要火力を第二梯団で運んでいる状況だ。米軍がソ連軍より劣っているとは自分には思えない。そうなれば、これから始まる戦闘では、多くの犠牲者が出るかもしれない〉

後藤中尉は心配していた。

一木支隊長は、この時になっても状況が不明なため、敵をどのように攻撃すればよいか、その具体的な要領については決めかねている様子だった。一刻も早く将校斥候群の偵察結果を聞き、それを決定したかったと思われる。ただ一木支隊長は、何の処置も講じていなかったわけではない。上陸前から富樫大尉にガダルカナル島での攻撃要領を検討させていた。それはジャングルでの戦いを想定したものだった。支隊長は、ここで富樫大尉が考えた検討案をひとまず見ることにした。

一木支隊長は富樫大尉から検討案を受け取った。それには何度も書いたり消したりした苦労の痕があった。支隊長は検討案を見て、今まで連隊本部で鍛えてきた水野少佐とは明らかにレベルが異なると感じたことだろう。なぜなら水野少佐と比べ、実兵指揮の経験がほとんどない富樫大尉にジャングルの特性を活かした攻撃要領を「考案」させること自体、無理な話だった。ちなみに陸軍が「対南方戦闘法」いわゆる「密林戦」を本格的に研究し始めたのは昭和十七年に入ってからのことだった。よって攻撃要領も現地現物にあったものとは言い難く、ほぼ定型化したものになっていた。それは、富樫大尉に限ったことではない。ほとんどの兵隊たちは北支やノモンハンでの実戦経験しかない。もちろん訓練も、上陸訓練を除けば、それしかやってこなかった。よって、基本的には今まで練成してきたとおりの攻撃要領でいくしかなかった。

今まで練成してきた攻撃要領とは、昭和十一（一九三六）年改定の『歩兵操典』に基づくものだった。陸軍では、俗に「二夜三日攻撃」と称される、この夜間演習ばかりが繰り返されていた。それは隠密を旨とする斬り込み戦法だった。一木支隊長は北支で戦った後、その経験を活かし、歩兵学校で教育に専念する傍ら、第一次世界大戦での教訓を抽出し、近代的な歩兵戦闘についても研究していた。しかし一般には、欧州とは異なり、こんな太平洋の孤島で機械力主体の近代戦など起こるはずもない、米軍相手に戦う場合も北支の戦闘と同様、白兵戦が主体になるであろう、というのが当時の「常識」だった。

一木支隊長が、そのように自らの考えをめぐらせていた時、自分の名が呼ばれていることに気づき、我に返ってあたりを見回した。

将校斥候群全滅

「一木支隊はどこですかぁ〜」

支隊主力が休止する間、林正治上等兵は前方を警戒していた。林上等兵は第二中隊第三小隊の歩哨についていた。彼は遠くで叫ぶ声を耳にした。

そこで、たまたま前方を視察していた第三小隊長田中辰雄少尉に尋ねた。

「今、何か聞こえませんでしたか？」

「うん、俺にも何か聞こえた」

二人は眼を凝らすと、一人の兵隊がふらふらと近づいてくるのがわかった。小銃を持っただけだ。

「おーい、こっちだぁ！　一木支隊はこの奥にいるぞ！」

田中少尉は大きな声を出した。

すると、その兵隊は、どかっ、と倒れ込み、一人で立てない様子だった。

林上等兵は、思わず兵隊のもとへ駆け出した。

「おいっ、どうした？　しっかりしろ！」

「一木支隊長殿に伝言、将校斥候群は全滅……」

うわごとのように言っている。

「ま、まさか！　全滅だって？」

兵隊の階級は兵長だった。

「とにかく今、支隊長殿のところへお連れしますので肩につかまってください！」

林上等兵は肩を貸して起たせた。

途中、第三小隊の兵隊も加わり、兵長を抱きかかえるようにして支隊本部へ連れていった。田中少尉も同行した。

「支隊本部へ逓伝《ていでん》！　将校斥候群の伝令が報告に戻りました！」

兵隊たちが次々と大きな声で叫び、伝令が帰還したことを伝えていく。

兵長が支隊本部に着くと、辺りにいた兵隊たちも心配そうに集まってきた。兵長は一木支隊長に捧げ銃をした。そして精一杯、大きな声を出した。

「一木支隊長殿！　将校斥候群本部の奥野兵長であります」

一木支隊長は丁寧に答礼し、奥野兵長を落ち着かせようと笑顔を見せ、話しかけた。

「うん、お疲れさん。将校斥候群に何かあったのか？」

「将校斥候群は全滅しましたっ！」

この言葉を聞き、あたりは静まりかえった。

一瞬、言葉に詰まった一木支隊長が口を開いた。

「何が起きたのか落ち着いて話せ。おーい、誰か水を持ってこい！」

ちょうどそこへ、中元伍長が水を持ってきた。渋谷曹長は報告内容を記述するため、一木支隊長のすぐ後ろに立った。時計を見ると、午後二時三十分だった。

奥野兵長は、水筒に入った水を一気に飲み干すと、口を開いた。

「コリ集落を出たところで、およそ百名の敵に出くわしました。渋谷大尉殿と舘中尉殿は、それを味方と思い、合言葉をかけられました。しかし、敵は直ちに猛烈な勢いで弾を撃ち、お二人は弾に当たり、戦死されました」

「二人ともか！　お前は見たのか？」

「はい、見ました。自分の目の前でお二人は撃たれました」

「そうか……。それで他の者はどうした？」

「はい。その場に伏せて射撃する者、木の陰に隠れて応戦する者、様々でしたが、周りから一斉に撃たれる敵の火力の勢いはものすごく、あっという間に一人倒れ、二人倒れ、ほとんどの者が戦死しました」

「ほとんどの者が戦死……。信じられない」

一木支隊長は、ため息まじりに呟き、眉間にしわを寄せた。

奥野兵長は少し落ち着くと、これまでの経緯を語り始めた。


将校斥候群はテテレを出発した後、しばらく行軍を続け、海岸近くに集落を発見した。それは正午を少し回った頃だった。

「地図を見ると、コリらしい。ここで大休止するか」

渋谷大尉は集落へ入っていった。

「今から一時間休止！　警戒を厳にしつつ、昼食をとれ。足の手入れもしっかり実施せよ」

ほどなくして斥候群本部から大休止の指示が出された。

集落は無人だった。渋谷大尉は近くにいた舘中尉に話しかけた。

「豚や鶏はいる。原住民は我々に気づいて慌てて逃げ出したのだろうか？」

「何とも不気味ですね」

舘中尉も首をひねるだけだった。

「やれやれ、上陸以来、休んでいないから疲れたなぁ、おい、しっかり警戒しろよ！交代で一休み、一休み……」

ある下士官は、荷物を下ろしながら、誰に言うこともなく、のんきに寝ころんだ。果実をとったり、物珍しそうに、原住民の家を覗いたりする兵隊もいた。

この時も誰にも気づかれず、将校斥候群の動きを静かに見ている者がいた。その目は、一木支隊がタイボ岬へ上陸した時のものと同じだった。彼らは将校斥候群が休止するのを確認すると、どこかへ姿をくらました。

一木支隊から派出された将校斥候群の勢力は、次のとおりだった。斥候群本部は渋谷大尉以下十四名。それに支隊本部付松本賢二少尉を長とし、五名で編成される斥候班。これは情報収集所警備も兼ねていた。次に第一中隊第一小隊長舘正二中尉を長とする第一斥候班五名、第二中隊第一小隊長荻生田正身少尉を長とする第二斥候班五名、工兵中隊第三小隊長和田滋見見習士官を長とする第三斥候班五名、その他、海軍陸戦隊二名と配属憲兵二名が将校斥候群の指揮下に入っていた。この中で実戦経験を持つ将校は渋谷大尉だけだった。しかし、下士官、兵には北支やノモンハンで戦った者が多く含まれていた。

また渋谷大尉は大休止を利用して斥候班を派遣する細部の地域を決めた。その際、一木支隊長から預かった要図と航空写真を見比べ、敵の陣地や障害、砲迫の位置を具体的に見積もり、それぞれの斥候班長へ示達した。

一時間があっという間に過ぎ、午後一時になった。

「さぁ、行くぞ！」

渋谷大尉は声をかけ起ち上がった。その号令で兵隊たちは行軍の隊形をとり、海岸に向け歩き始めた。ほとんどの者は肩が麻痺してきたため、背嚢の重みは感じなかった。また上衣が濡れているのは、それほど気にならなかったが、軍靴が水に濡れ、なかなか乾かなかった。これには兵隊たちも不快な気持ちになった。

コリ集落を出ると、道はすぐ二手に分かれ、山の方へ向かう道と海岸に沿う道があった。

「山の方へ行く道の方が広いぞ」

「おお、そうだ。こっちに違いない」

先頭を歩く二人の尖兵は、山の方へ行く道を歩き始めた。

それを見た渋谷大尉は手元にある要図で進むべき方向を確認した。

「おーい、違うぞ！　そっちじゃないぞ」

手を挙げながら大きな声を出し、二人を呼び戻した。

「はーい、了解しました。ただいま、戻りまーす」

二人は分岐点まで引き返し、今度は海岸沿いの道を歩き始めた。その間、部隊は停止したままの状態だった。

「おぉ、そうだ。一木支隊長殿に、コリまで異状なし、と報告しなくてはならないな。おーい通信！」

渋谷大尉は、思い出したかのように、後方にいた無線班を呼んだ。

その時だった。

「ダダダーッ」

「パチパチ……」

正面から射撃を受けるのとほぼ同時に耳元で空気を裂く大きな音がした。

最初、誰にも何が起きたのかわからなかった。尖兵が大声を出した。

「敵だ！」

しかし、ほとんどの者は反撃するでもなく、茫然と立ちつくすだけだった。そんな中、ただ一人、渋谷大尉だけは大きく手を振り叫んだ。

「あれは友軍だ！　海軍が我々を出迎えてくれたんだ！　絶対に撃つな」

続いて、渋谷大尉は中腰になり、前方をうかがいながら怒鳴った。

「やまー、やまー」

渋谷大尉だけではなく、舘中尉も姿勢を低くして声を張り上げた。

「やまーっ！」

二人は「かわー」という言葉が返ってくるのを信じ、耳に手を当て射撃音がしたあたりを見つめていた。

一瞬の間が過ぎた。

「ダダダーッ、ダダダーッ……」

また、一斉に弾が撃ち込まれた。さっきより大きな音だ。半端な量ではない。兵隊たちはその場に伏せた。しかし渋谷大尉と舘中尉は数秒遅れた。渋谷大尉は頭部に弾が当たり、後ろにひっくり返った。舘中尉も撃たれ、一瞬身体が宙に浮いたように見えた。

「渋谷大尉殿！」

「舘中尉殿！」

周りから叫ぶ声が聞こえた。二人のところへ駆け寄る兵隊もいた。赤坂清悦伍長だった。赤坂伍長は、渋谷大尉が全身血まみれで意識がないのを確認した。舘中尉が既に死んでいるのもわかった。一瞬にして、将校斥候群の指揮官は意識不明となり、もはや指揮を執ることもできなくなった。

誰かが叫んだ。

「散れ！」

「伏せろ！」

「撃て！」

兵隊たちが慌てて散り散りになって伏せたが、あっという間に前だけではなく後からも射撃を受けた。敵は背後にも回ったようだ。その数は少なくとも百人はいるだろう。しかも、たくさんの機関銃を持っているらしい。敵の火勢は猛烈に強い。将校斥候群は完全に袋の鼠となった。兵隊たちは木や草の陰から小銃で応戦するが、敵の待ち伏せに遭ったので十分な対応がとれない。損害は増える一方だ。一発撃てば、その何十倍もの弾が飛んでくる。

渋谷大尉と舘中尉のそばにいた赤坂伍長は、自らも受傷しつつ、周りの兵隊たちが撃たれていく様子を怒りに震えながら見ているしかなかった。また赤坂伍長は将校斥候群がもはや全滅していると悟った。かくなる上は、せめて全滅したことを支隊へ伝えなくては、と思った。しかし赤坂伍長は肩と足を負傷し、歩くことができなかった。「ダメか」と諦めかけた時、少し離れたところで奥野兵長が健在で応戦しているのが目に入った。赤坂伍長は奥野兵長に叫んだ。

「奥野、よく聞け。お前は支隊本部へ、渋谷大尉殿も舘中尉殿も戦死し、将校斥候群が全滅したことを伝えろ！」

しかし、奥野兵長は首を縦に振らない。

「できませんっ！　奥野は、みんなと最後まで戦います！」

「馬鹿もん！　他の者は死んだか負傷してるんだ。みんなの代わりに元気なお前が行くんだ！」

「いいえ、行きたくありません」

「命令だ。早く行け！」

「はい……、わかりました。奥野はみんなの代わりに報告のため、本部へ前進します。急いで戻ってきますので、しばらくの間、待っていてください！」

奥野兵長は、しぶしぶ退がった。最後に赤坂伍長の言葉が聞こえた。

「簡単にくたばってたまるか！　奥野、敵が近くにいるかもしれん。無理するんじゃないぞ！」

今でも、その声が耳に残っている。

奥野兵長の報告を静かに聞いていた一木支隊長は、念を押すように問うた。

「それでは、生存者がいたんだな?」

「はいっ、おりました」

「航空写真や海陸通信連絡用暗号書は回収したか?」

「そこまでは……」

戦死した将兵の持ち物まで気を配る者はいなかった。いや、例え気が付いていたとしても敵の弾が大量に飛んでくる中、残された僅かな人数でそれを遺漏なく持ち返ることなど絶対に不可能だった。

全く想定していない報告に接し、一木支隊長は色を失った。次に悲しみが襲った。しかし、次第に怒りが込み上げてきた。

〈まず何をすべきか。生存者がいるかもしれない。一人でも多くの将兵を助けなくてはならない。直ちに救援するぞ〉

一木支隊長は決心した。

「副官！　蔵本大隊長と田坂孝友軍医長を呼んできてくれ」

「はいっ！　ただいま呼んで参ります」

富樫大尉は、そう答えると、駆け出していた。

二人はすぐに連れて来られた。太陽がジリジリと背中を焼き、周りにいる誰もが全身から汗を噴き出していた。しかし、そのことを感じている者などいなかった。

一木支隊長は二人を認めると、落ち着いた口調で命令を下達した。

「田坂軍医長！　将校斥候群については既に耳にしているとおりだ。交戦のあったコリ集落では負傷者が出たものと思われる。直ちに救護治療班を現地まで派遣せよ。その際、衛生隊付軍医、中井義仁中尉とよく調整せよ」

「わかりました。では、蔵本大隊長殿、私から中井軍医中尉に話します」

田坂軍医長が蔵本大隊長に了解を求めた。

「よろしく頼みます」

蔵本大隊長も応えた。

一木支隊長は続いて命令を下達した。

「蔵本大隊長、将校斥候群の救援のため、コリ集落まで一個中隊を派遣せよ」

「はいっ、樋口勇作中隊を直ちに派遣します」

一木支隊長はゆっくりと頷いた。

蔵本少佐は大隊本部へ戻ると、大きな声で樋口中尉を呼んだ。

「樋口中尉！」

「蔵本大隊長殿、樋口はここにいます！　直ちに参ります」

樋口中隊長はジャングルの中を跳ぶようにして近づいてくると、蔵本大隊長の前に立ち敬礼した。蔵本大隊長も樋口中隊長の目をしっかり見ながら答礼した。

「樋口中尉、今すぐ将校斥候群の救援に出発せよ！　場所はコリ集落だ。大隊主力もほどなく出発するだろう。衛生隊の中井軍医中尉も出発する予定だ。一緒に行け。くれぐれも警戒を厳にしていくんだぞ」

「はい、わかりました！　将校斥候群にいる舘中尉は自分の中隊の小隊長です。舘のためにも自分が助けに行きたいと思っていました！」

樋口中隊長は元気よく答えた。そこへ大隊本部の近藤直行中尉が近づいてきた。

「樋口中隊長殿、足の悪い者や体調のすぐれない者は現在地に残していってください。大隊本部がまとめて連れていきます」

「ありがとうございます。そうしていただければ助かります。『長』になる者を指名しておきますので、よろしくお願いします」

樋口中隊長は礼を言った。

窮地に追い込まれた支隊長の状況判断は「前進」

樋口中隊長は抜刀し、部隊を集めた。

「全員集合！」

今まで様子をうかがっていた兵隊たちは立ち上がり、両手で自分の顔を「パンパン」と叩いた。その音は森の中で木霊《こだま》のように響いた。

樋口中隊長は顔を紅潮させ、命令を下達した。

「樋口中隊はこれより、将校斥候群の救援に出発する。前進目標はコリ集落！　工藤福蔵少尉、第二小隊は尖兵小隊となり、前方二百メートルを前進、警戒を厳にせよ！　行軍順序、中隊本部、舘中尉の小隊は中隊長が指揮する、最後尾は内沢忠義小隊！　現在地に残る者は、先任者が長となり大隊本部近藤中尉の指揮を受けよ。中隊長は中隊本部の先頭に位置する。駆け足、進め！」

部隊は前進を開始した。遠ざかるその中、樋口中隊長の軍刀が時々キラキラと光った。

蔵本大隊長は、樋口中隊の精気溢れる動作を見て胸をなでおろした。樋口中隊を見送る兵隊たちも「あぁ、戦闘が開始されたんだな」と身が引き締まる思いだった。

時を同じくして衛生隊に戻った田坂軍医長も中井軍医中尉に状況を説明し、命令を下達した。

「中井軍医中尉、将校斥候群を救援するため所要の人員を指揮し、コリ集落へ出発せよ」

「了解しました。直ちにコリ集落に向け前進します」

角張った顔を引き締め、中井軍医中尉は勢いよく答えた。中尉は菅原徳一郎衛生軍曹以下五名を選び、六名でテテレを出発し、すぐに樋口中隊と合流した。

一木支隊長は、樋口中隊と中井軍医中尉が率いる救護治療班を見送った。時刻は午後三時を少し過ぎたところだった。支隊長にとり、将校斥候群の全滅は全く予想していないことだった。さらに僅かな食糧しか残っていないことも先行きを不安にさせた。

一木支隊長は、努めて早期にルンガ飛行場まで進出し、食糧を確保すればよいと考えていた。直ちに情報を集め、部隊を行かせれば、あとは何とか目的が達成できると信じていた。そのため将校斥候群の全滅をどのように理解し、どう整理すればよいのか、また、その事実をどう受け止めたらよいのかわからず、戸惑うしかなかった。しかも自分の周りには実戦経験が豊富な将校はいない。一木支隊長は窮地に追い込まれた。

　とにかく前に進まなくては、と一木支隊長は思い直し、富樫大尉へ命令を下達するように指示した。すぐに各部隊の命令受領者が支隊本部に呼集された。午後三時三十分、富樫大尉が立会する中、支隊本部の二等書記岡田軍曹から、攻撃前進に関する命令が代読で下達された。

一　本日、午後一時五分頃、コリ付近において、将校斥候群は優勢な米軍の偵察隊と遭遇し、交戦中
　これを増援及び救護するため、樋口中隊及び中井軍医中尉を長とする救護治療班が前進を開始
二　支隊は午後四時、現在地テテレを出発、コリ集落を抜けレンゴに向かい前進
三　行軍順序は、第一大隊沢田中隊、大隊本部、千葉中隊、支隊本部、小松機関銃中隊、花海大隊砲小隊、丸山中隊、工兵中隊

四　合言葉、「山」「川」
五　支隊長は支隊本部に位置

命令受領者はそれぞれの部隊に戻った。部隊は一斉に動き出した。一木支隊長は、それをただ黙って見ているだけだった。

午後四時、支隊は予定どおりに出発した。しかし、兵隊たちの足取りは重たかった。これから起こる戦闘が厳しいものになると誰もが予想し始めていた。

行軍中、さらにいくつかの河川を越えた。身体はずぶ濡れになり衣服や装具が重くなっていく。「休止！」と声がかかる度に、「バタッ、バタッ」と倒れる兵隊も出てきた。そんな厳しい状況の中、全員一丸となって一人の落伍者も出すまいと必死に前進を続ける部隊があった。それは機関銃中隊であり、大隊砲小隊であった。

機関銃中隊長小松重直中尉は、第一小隊長の稲垣正夫少尉の指揮する重機関銃二丁（二個分隊）、第二小隊長長田幸三郎少尉の指揮する重機関銃四丁（四個分隊）、第三小隊長伊藤善治少尉の指揮する重機関銃二丁（二個分隊）の合わせて重機関銃八丁、それに加え、弾薬小隊第二分隊長中田耕二兵長、第三分隊長小川博邦伍長を直接指揮していた。彼らは深さの異なる河川を渡る度に重機関銃を分解結合し、人力のみで運んだ。それは明るいうちならまだしも、暗くなってからは部品をなくさないように細心の注意を払う必要があった。こういう時だからこそ、普段の厳しい訓練の成果が遺憾なく発揮されるのだった。

また一木支隊にとって、「虎の子」の存在である大隊砲二門を総勢五十名からなる大隊砲小隊で運んでいた。もちろん彼らは弾薬も自ら運搬する。小隊長は花海龍春少尉だ。今まで、花海小隊は近距離での分解搬送の経験はあるが、タイボ岬からルンガ飛行場という長い距離、しかもこの暑さと海岸の砂浜という足場が悪い中、大隊砲や弾薬を運ぶのはみんな初めてのことだった。ともすると行軍長径が伸びがちなところ、第一分隊長富田日出夫軍曹、第二分隊長安部光雄軍曹が花海少尉に代わり、「皇国のために、この砲が役立つ秋《とき》が来たのだ！　こんな名誉なことはない、しっかり頑張れ！」と兵隊たちを元気づけた。

小松中尉も花海少尉も現役兵上がりである。なので、みんなの苦労が痛いほどわかる。兵隊たちは一言も不満を洩らさず堪えているが、彼らが流している汗を見ているだけで、その辛苦が伝わってくる。指揮官として、こんな悪条件下で重料物を運ばせるのは辛かった。しかし、任務を遂行するためには必要なことだった。二つの部隊の最大の原動力は、機関銃中隊、大隊砲小隊の兵隊たちが小松中尉や花海少尉を父親の

ように慕っていたことであり、その家長の下に部隊が一つの家族のように団結していたことだった

先に出発した樋口中隊と救護治療班は、午後八時を過ぎた頃、コリ集落へ着いた。前進している途中、救護治療班はジャングルに隠れている一人の兵隊を発見した。兵隊は中井軍医中尉のところまで連れて来られた。

「おい、大丈夫か？」

「はいっ、大丈夫であります。将校斥候群の増子勇上等兵です。荻生田少尉殿も松本賢二少尉殿も戦死し、ほとんどの下士官も敵の銃弾に倒れたため、戦場を離脱してきました」

「離脱……。それで他の生存者はいないのか？」

「はじめは他にも七、八人いましたが、今は誰もいません」

「そうか」

中井軍医中尉は素っ気なく言った後、救護治療班に命じた。

「生存者がいたら、直ちに知らせろ！」

しかし、どこにも生存者の姿はなく、全員の死亡が確認された。ほとんどの者が頭

部に貫通銃創を受けていた。かぶっていた鉄兜がとれていたので、米軍が一人ずつ、とどめを刺していったのは明らかだ。それだけではなかった。米軍は、拳銃や軍刀などの武器はもちろん、将校用図嚢に入っていた航空写真や暗号書なども持ち去っていた。

後日、わかったことだが、この時、日本兵から、鹵獲《ろかく》した要図に米軍の配備状況が正確に書き込まれているのが明らかになった。米軍はそれを見て、日本軍は米軍の防御要領を完全に把握していると思い込み、恐怖を感じたという。

現地の状況がだんだん明らかになる中、樋口中尉は舘中尉の亡骸を見つけた。

「舘、目を覚ませ！　なんで、こんなところで死んだんだ！」

大きな声を出して、そのまま泣き崩れた。

冷たくなった舘中尉は何の返事もしない。そこへ中井軍医中尉が優しく声をかけた。

「樋口中尉、残念だが、生存者がいないことを最終的に確認した。すぐに一木支隊長殿にこのことを報告しよう」

「はいっ。あいつら絶対に許しません。この仇は必ずとります！」

まわりの兵隊も同じ思いに違いなかった。

一方、支隊主力は沢田中隊が尖兵となり前進していた。沢田大尉は中隊の前方に田中少尉の小隊を尖兵小隊として派遣した。田中小隊長は数人の尖兵を三百メートル前方に配置した。些細なことも見逃さないように警戒しながら前進させた。この時、尖兵に選ばれたのは、みな夜目がきく者ばかりだった。彼らが前方を確認し、異状がなければ、すぐ後方の小隊長に昼間は手信号で、夜間は懐中電灯の点滅で報告するようになっていた。

尖兵の一人がコリ集落の直前で経路から少し離れたところに、座ったまま動かない兵隊を見つけた。敵か味方か判別できなかったので近くまで進み、「大丈夫か?」と尋ねた。

すると、その兵隊は目を覚ました。肩と足には大量の血の跡があった。

「大丈夫だ……」

小さい声で応えた、この負傷兵こそ赤坂伍長だった。やっと支隊と合流することができたのだ。

赤坂伍長が生きていたことを知った奥野兵長は、我先にと赤坂伍長のもとへ駆け寄った。

「赤坂伍長殿、ご無事だったんですね！　生きていて本当に良かったです！」

涙まじりで言う奥野兵長に赤坂伍長は笑顔を見せた。が、すぐに暗い顔になり奥野兵長を見送った後のことを話し出した。

肩と足を負傷した俺は、「ノモンハンでも生き残ったんだ、今度も絶対生き残ってやるぞ、死んだ仲間のためにも」と自分に言い聞かせ、ひと一人隠れるのがやっとな低い樹木の陰に隠れ、傷の痛みを静かにこらえていた。しばらくすると、米兵たちがガヤガヤとしゃべりながら、俺が隠れている木の陰に近づいてきた。その時、戦死したと思っていた渋谷大尉殿が突然起き上がりこめかみに拳銃を当てて引き金を引いた。それを見た俺も、「もはや、これまで」と観念した。背中からは滝のように汗が出てくる。しかし米兵たちは軍刀や図嚢を漁るのに必死で、俺に気づかず、そのまま通り過ぎていった。その後は全身から力が抜け、しばらく気を失っていたようだ。

奥野兵長は、その話を聞き、ねぎらいの言葉をかけた。

「奥野は分隊長殿の分まで頑張ります。どうか、ゆっくり休んでいてください」

そばにいた兵隊たちも仲間を殺した米軍に敵愾心を燃やし、やり場のない怒りで目が回るほどだった。

支隊主力は午後十時、コリに到着した。

樋口中尉と中井軍医中尉が一木支隊長に状況を報告した。

一木支隊長は、「わかった」と一言いっただけだった。その顔には精気がなかった。

救護治療班の兵隊たちは原隊に復帰した。戦友たちに「どうだった?」ときかれたが、それに答える者はいなかった。

一木支隊長は蔵本大隊長を呼んだ。

「遺体処理のために将校が指揮する一個小隊を残置せよ」

一木支隊長は感情を露わにすることなく命じた。

この時、大隊の乙副官として蔵本大隊長に随行した羽原寿雄少尉は、次のように回想する。

一木支隊長にとって将校斥候群が全滅に近い打撃を受けるなど、支隊長の計算の中には全くなかったようです。一木支隊長のショックは私どもが見てもハッキリと解りました。私の想像以上にガックリきていたと思います。その証拠には、爾後の作戦において非常に消極的になってしまったように記憶しています。敵情の捜索、地形の偵察など、攻撃前にやらなくてはならないことを積極的に実行しようとはしませんでした。このことが今日において、一木支隊は猪突猛進部隊という誹謗を受ける結果になったものと思います。

しかし、これには大きな矛盾がある。本当に一木支隊長が消極的になったのなら攻撃を中止すればよい。しかし、一木支隊は攻撃を続行したのである。一木支隊長はなぜ攻撃を続けたのか。この後の一木支隊の行動を見ていく。

蔵本大隊長は、千葉俊郎中尉が率いる第四中隊から、遺体処理のため残置する一個小隊を出すことに決めた。先任小隊長である佐藤清少尉が、その任に就くこととなった。蔵本大隊長も重苦しい気持ちのまま、命令を下達した。

「佐藤小隊は、現在地付近において遺体処理を実施せよ。丁重に葬るように」

遺体は各中隊で確認された後、佐藤小隊へ引き継がれた。

支隊は佐藤小隊を残し、前進を開始した。佐藤少尉は遺体を夜、荼毘《だび》に付すことは敵に発見されるおそれがあると考えた。そこで屍《しかばね》衛兵を立たせるとともに、戦死者の小指を切って焼却した。認識票、遺品等は各人ごとにまとめたうえ、全員埋葬、椰子の樹を削り墓標とした。佐藤小隊は処置終了後、直ちに本隊を追尾した。遺体が収集された場所には米海兵隊員の遺体もあった。全部で五つだった。初めて見る敵兵の大きさに驚く兵隊もいた。

このように一木支隊の多くの兵隊は、期待から不安へと心情が大きく変化する中、ガダルカナル島で迎えた最初の夜を過ごすのだった。

第二梯団の来着を待たずに「行軍即捜索即戦闘」

十九日夕、一木支隊は引き続きレンゴに向け前進を開始した。しばらく進むと、愛想の良い原住民が「道案内をする」と言って近づいてきた。原住民は若く逞しい体つきをしていた。尖兵は初めこそニコリともせず、この原住民を警戒していた。しかし道中、ニコニコしながら「コッチ、コッチ」と手招きされると、つい緊張感は失せてしまい、原住民の案内どおりに進んでいた。

二十日午前二時三十分、一木支隊はジャングルから突然、開闊した広場へ出た。目的地のレンゴに着いたのだった。ここで一木支隊長は大休止を命じた。尖兵たちは前方に指を差した。その先では原住民が何かを口ずさみながら、のん気に花を摘んでいる。

「道案内がいると、やっぱり早いな」

「工兵と一緒にいる通訳から聞いたんだが、アイツは海軍の飛行場設営を手伝っていたらしい。しかし米軍が上陸したから逃げまわっている、とのことだった。米軍は悪いことをするので、みんな困っている、だから早く追い出して欲しい、そう言っていた」

「そうなのか。じゃあ俺たちの仲間だな。だからあんなに愛想がいいんだ」

尖兵たちは、もう一度、原住民の方を見て相好を崩した。

この時、沢田中隊長は、主力が大休止するレンゴからさらに三キロ進んだところで、警戒を命じられていた。米軍から奇襲を受けた場合でも、すぐに対処できるようにだった。と言っても、中隊長は敵の接近が予想される経路に機関銃を据えるぐらいしかできなかった。また重料物を運びながら前進した小松機関銃中隊と花海大隊砲小隊がレンゴに着いたのは、支隊主力の到着より二時間が経過してからだった。兵隊たちは、すっかり疲れ切った様子で、すぐに眠り出した。

静かな夜はあっという間に過ぎ、やがてあたりが明るくなった。

「おおっ、寒い。南の島なのに朝はこんなに冷えるんだ」

支隊本部の岡田軍曹は身を縮こませながら目を覚ました。当たりを見回すと、近くに小さな天幕があった。その中では顔面蒼白になり、目は一点を見つめたまま、長い間、身動きもせず考え込む一木支隊長の姿が見えた。

一木支隊長は眠れない夜を過ごしていた。現在の状況を第十七軍司令部に報告し、指示を仰ぎたくても、それはできなかった。当初の計画では、一木支隊と第十七軍司令部との交信はガダルカナル島の見張所と第八艦隊司令部との通信に依頼することになっていた。また一木支隊がガダルカナル島近海にある潜水艦に打電し、潜水艦が第八艦隊司令部に通信する方法も規定されていた。それにもかかわらず、何の通報もなく潜水艦が他の海域へ移動したため、これもできなかった。

この時点で一木支隊長には二つの選択肢があった。一つは将校斥候群を僅かな時間で全滅させるほどの敵に対し、このまま攻撃を続けることであり、もう一つは一旦停止し、その後、第二梯団の来着を待って攻撃を行なうというものだった。それには、「やむを得ない場合、ガダルカナル島の一角を占領して後続隊の来着を待て」という命令を実行する、ことも含まれる。しかし一瞬のうちに三十数名の部下を失い、しかも敵情と地形は全くわからないままだ。

〈これでは何のための第一梯団か〉

支隊長は自らを恥じた。さらに食糧も十分ではなかったため、一木支隊長は、攻撃を続行する、と腹を決めるしかなかった。

このように一木支隊長は独断的な指揮を強いられた。独断について『歩兵操典』では、「独断は、その精神において決して服従と相反するものではない。常に上官の意図を明察し、大局を判断して状況の変化に応じ、自ら目的を達成できる最良の方法を選び、時宜を制さなくてならない」と記述されている。しかし一木支隊長には上官の意図、大局を判断するに足る情報は与えられず、不明確な目的しかなかった。よって一木支隊長は当初の任務に固執しなければならなくなった。つまり時宜を制することを重視し、攻撃を行なうしか他に道はなかったのだ。

富樫大尉が呼ばれ、一木支隊長は自らの決断を語った。

「爾後の支隊の攻撃方針を示す。行軍即捜索即戦闘でいく。もうこれ以上、損害を出すわけにはいかない。じっくり斥候を出している余裕もない」

「行軍即捜索即戦闘……」

富樫大尉は、オウム返しに復唱した。

一木支隊長は、自分にも言い聞かせるように頷いた。

支隊長は、じっくり時間をかけた情報の獲得より、今は兵力を小出しにして損失するリスクを避け、我の企図が敵に暴露するのを恐れたのだ。決して作戦に対し、消極的になったからではなかった。

「敵はきっと、飛行場の近くに陣取っているはずだ。前進中、警戒を厳にし、敵とぶつかったところで部隊を停止させ、改めて捜索あるいは偵察すればよい。川も今まで通過してきたものと、そんなには変わらないだろう」

「支隊長殿、では攻撃開始は『歩兵操典』に書いてあるとおり、黎明でよろしいですね」

「そうだな……。計画では攻撃開始の時期は、やはり黎明だな。いつもの二夜三日攻撃でいこう。敵情がつかめていない。昼は危険だろう。夜なら我に有利だ。攻撃方向も敵と接触してから示す」

「了解しました。直ちに攻撃計画を作成します」

「よし、かかれ！」

その顔には赤みがさしたように見えた。

一木支隊長が決めた構想の下、攻撃計画が作成されるのにそれほど時間はかからなかった。

一　方　針

支隊は、本夜半を利用し、行軍即捜索即戦闘の主義をもって一挙に第十一設営隊付近を奪取し、爾後、飛行場方面に対する攻撃を準備する。

二　攻撃部署

第一線攻撃部隊

第一大隊（欠第三中隊）

第十一設営隊付近を攻撃

第二線攻撃部隊

第三中隊

工兵中隊

第一線攻撃部隊が第十一設営隊付近を奪取すると同時に超越し、「ヤモリ」川（第十一設営隊西方に流れる川）付近を奪取確保

予備隊

軍旗小隊
機関銃中隊
大隊砲小隊
支隊本部後方を前進、特に機関銃中隊及び大隊砲小隊は、適時、第一線部隊の攻撃に協力すべく準備

三　攻撃要領
一八〇〇、現在地を出発、二二三〇までに中川の線に進出
爾後、第十一設営隊付近に攻撃を準備し、〇二三〇攻撃前進を開始
〇三三〇突入、黎明時を利用し一挙に戦果を「ヤモリ」川方向に拡張

四　通信連絡
榊原中尉は、天明とともに有線をもって支隊長、第一線攻撃部隊長及び第二線攻撃部隊長間の通信連絡を確保

五　給　養
篠原勤主計中尉は、糧秣輸送隊を誘導

六　合言葉
「山」「川」

七　その他

特に前進間静粛にし、企図秘匿につとめるとともに、行軍長径が伸びないように注意

天明まで装塡を禁止

一木支隊長がこの命令を確認していた時、第四中隊から伝令が来た。中隊伝令は一木支隊長に銃礼すると、一気に報告した。

「先ほど、斥候らしき敵兵が第四中隊の歩哨に気づかず前進してきました。第四中隊は捕獲しようと攻撃しましたが、逃げられました。申し訳ありません！」

「いいや、よくやった！　中元、今後も敵の斥候が偵察に来るかも知れん。各部隊に警戒を厳にしろ、と再度徹底せよ」

「はい、わかりました」

中元伍長を見送った一木支隊長は、富樫大尉の方へ振り向き大きな声で指示した。

「副官、命令に敵情がないのは、何とも様にならん。このことも命令に付け加えてくれ」

「了解しました。付け加えます」

富樫大尉は復命した。

一木支隊長は二十日午前十時、レンゴにおいて各部隊長を集合させ、攻撃計画を示達した。また、それに続き行軍命令も下達した。これは攻撃命令でもあった。

一　敵斥候四名、第四中隊前方に進出、中隊は直ちにこれを撃退した

二　支隊は一八〇〇現在地を出発、夜暗を利用し、行軍即捜索即戦闘の主義をもって、先ず第十一設営隊付近を攻撃し、爾後のルンガ飛行場方向に対する攻撃を準備

三　工兵中隊長は下士官斥候一組（原住民三名、通訳一名を付ける）を出発と同時に先遣し、蛇川（テナル川）の渡河点を偵察

四　行軍順序

第二中隊

大隊本部

第一中隊

第四中隊

支隊本部
機関銃中隊
大隊砲小隊
第三中隊
工兵中隊

五　予は現在地にあり、一八〇〇以降、本部の先頭を前進

命令は各部隊に伝えられた。その際、富樫大尉は一木支隊長からの指示を補足した。

「最後の川を渡ったら、一気にルンガ飛行場へ突入する。それまで我の企図を秘匿するため、斥候などは派遣しない。また今日は持っている食糧を全部食べてよし。腹が減っては戦はできぬ。明日、突入したら、敵の飛行場倉庫には腐るほど食糧が備蓄してある。心配しなくてよい」

兵隊たちは、この言葉を聞き、飯盒いっぱいの白米とグアム島から大切に持ってきた牛肉缶などを開けて食べた。持っていた貴重な砂糖を分け合ってなめる兵隊もいた。

第五章

□なぜ一木支隊長は全滅させてしまったのか？

一木支隊全滅の電報

八月十九日、一木支隊から第十七軍司令部へ「ガダルカナル島への無欠上陸に成功せり」との第一報が伝えられた。第十七軍の参謀は、自分たちの作戦に誤りがなかった、とひとまず安堵した。また、この報告は大本営もにわかに活気づかせた。しかし、その僅か数日後には一木支隊から何の報告も受けていないのに、彼らは本作戦が失敗したと認めざるを得なくなった。

二十一日午後十時三十分、ラバウル。第十七軍司令部では眠りについたばかりの二見参謀長が突然、松本参謀に起こされた。

〈一木支隊に何かあったのでは？〉

参謀長は直感した。

「おやすみのところ、すみません」

「気にするな。まぁ座れ。で、何かあったのか？」

「『一木支隊が全滅した』と海軍監視哨と思われるところから入電がありました」

そこまで言って、松本参謀は笑顔を見せた。

「誤報だと思いますので、参謀長には言うまいと思ったのですが」

「いや、いいんだ。ありがとう」

松本参謀は退室した。

〈本当に誤報だろうか……〉

一人残った二見参謀長は、松本参謀が座っていた椅子を見つめていた。二見参謀長は一晩中、状況不明なまま、不安と焦燥感で胸が苦しく、心臓が止まる思いで過ごすことになった。

松本参謀がもたらした情報は、二十一日午後五時四十五分に発信された一通の電報に基づいていた。それには「一木先遣隊、今朝飛行場に到着しないまま、ほとんど全滅。東見張所より通知あり。ぼすとん丸に伝えられたし」と打たれていた。

しかし、この電報の発信者が「ガダルカナル基地」となっているため、信用されることはなかった。なぜなら、このような発信者がいないことは通信を扱う者なら誰でも知っていたからだ。よって第十七軍司令部では、敵の宣伝工作に違いないと結論づけられた。また、それを裏付けるかのように、二十一日午前六時三十分、海軍設営隊の門前大佐から「一木支隊の飛行場攻撃は、我が軍に有利に進展しているものと推定する」と報告されたのである。

また一木支隊が上陸した後もソロモン海域に残留し、警戒監視に任じていた駆逐艦「嵐」の艦内でも「一木支隊はルンガ飛行場に突入し、飛行場を占領した」と乗組員に伝えられたという。

だが二十三日、第十七軍司令部は、「ガダルカナル島の日本軍七百名中、六百名を殺し、他は捕虜とした」という米本土からの日本語によるラジオ放送を聞き、不安の念を強めた。しかし、それは依然として米軍の誇大宣伝ないしは虚偽であろうとの「希望的」観測を変えるものではなかった。

ところが二十五日になり、一木支隊全滅の電報が、渋谷大尉の後、通信掛将校に就いた榊原義章中尉が発信したものと判明した。榊原中尉は、伝聞により確認した一木支隊長の戦死とタイボ岬付近に生存者が集結していることを第二梯団へ通報したのだった。かくして一木支隊の惨敗が事実であると確認された。

一木支隊にいったい何が起きたのか。戦時中に行なわれた第七師団の一木支隊生還者に対する聴き取り調査の結果と米軍の資料を基に再検証していく。

イル川渡河戦

午後六時、一木支隊は予定どおり行軍を開始した。ジャングルでも方向の維持が容易なように、海岸線に沿って前進した。また行軍隊形は尖兵中隊をはじめ、二列縦隊のままだった。午後八時頃には、支隊はテナル川右岸に到着した。川幅は約二十メートルぐらいだった。

ここはもうすでに敵陣近くと見積もられていた。そのため川を渡る前に障害物が仕掛けられていないか確認することになった。川底は深く河口付近には鮫がいた。そこで漁師経験者がその任についた。頭に海藻や木の枝葉をかぶり息を殺して静かに川を渡った。支隊はここでも停止した。

その時、それまで道案内をしていた原住民が、急に「引き返す」と言い出した。

「どうやら、この大きな川を渡れば、あとは飛行場までまっすぐらしい」

尖兵たちは、その態度から直感した。

原住民はそこで一木支隊と別れ、今来た道を戻っていった。何度も何度も振り返り手を振っていたが、途中から走り出し、すぐに見えなくなった。

突然、その方向から銃声が聞こえた。敵と勘違いした兵隊が原住民を射殺したのだった。このことは尖兵中隊の兵隊たちには知らされなかった。また、その音に反応したのか、対岸に一発の信号弾が上がった。

ここで一木支隊長は、夜でも自分の位置がわかるように、晒木綿《さらしもめん》でつくった白襷《しろだすき》を身につけた。

「よーし、最後の川を無事渡ったぞ。これで敵の陣地へいつでも突っ込める」

一木支隊長はあくまで意気軒昂だ。

兵隊たちは、「いよいよ始まるぞ」と身震いした。

一木支隊長は再び前進を命じた。しばらくして時計を見ると、午後十時三十分になるところだった。

「シュポーン！」

突然、軽い発射音が聞こえた。その音に続いて、あたりが明るくなった。そして、あちらこちらから一斉に射撃音が聞こえた。一木支隊は一瞬、麻痺したかのように動きが止まった。行軍中、そのまま敵と遭遇したのだ。しかも圧倒的な火力を有する敵と交戦状態へ入ったのだ。

「その場に背嚢や装具を下ろせ」という指示も出された。

「罠だ！　さっきの原住民は我々を敵の陣前まで誘導していたんだっ！」

一木支隊長のみならず、皆が覚った。

敵の照明弾に照らされて、反撃どころではなかった。まず、川のように浴びせられる敵弾から身を隠すだけで精一杯だった。

「何だ、まるで昼間のようだぞ」

「何も見えない。目くらましか」

「こっちからは敵が見えない」

「どうなってるんだ！　暗くなっても敵は射撃を続けてるぞ」

「米軍は夜、目が見えないはずじゃなかったのか！」

敵はあっちこっちから、俺たちを狙ってる。なんてたくさんの弾だ」

「弾が光ってるぞ。気をつけろ！」

そんな怒号が飛び交う中、ある下士官の隣で伏せていた兵の顔が、ガクンと下を向いた。首から血が噴き出していた。

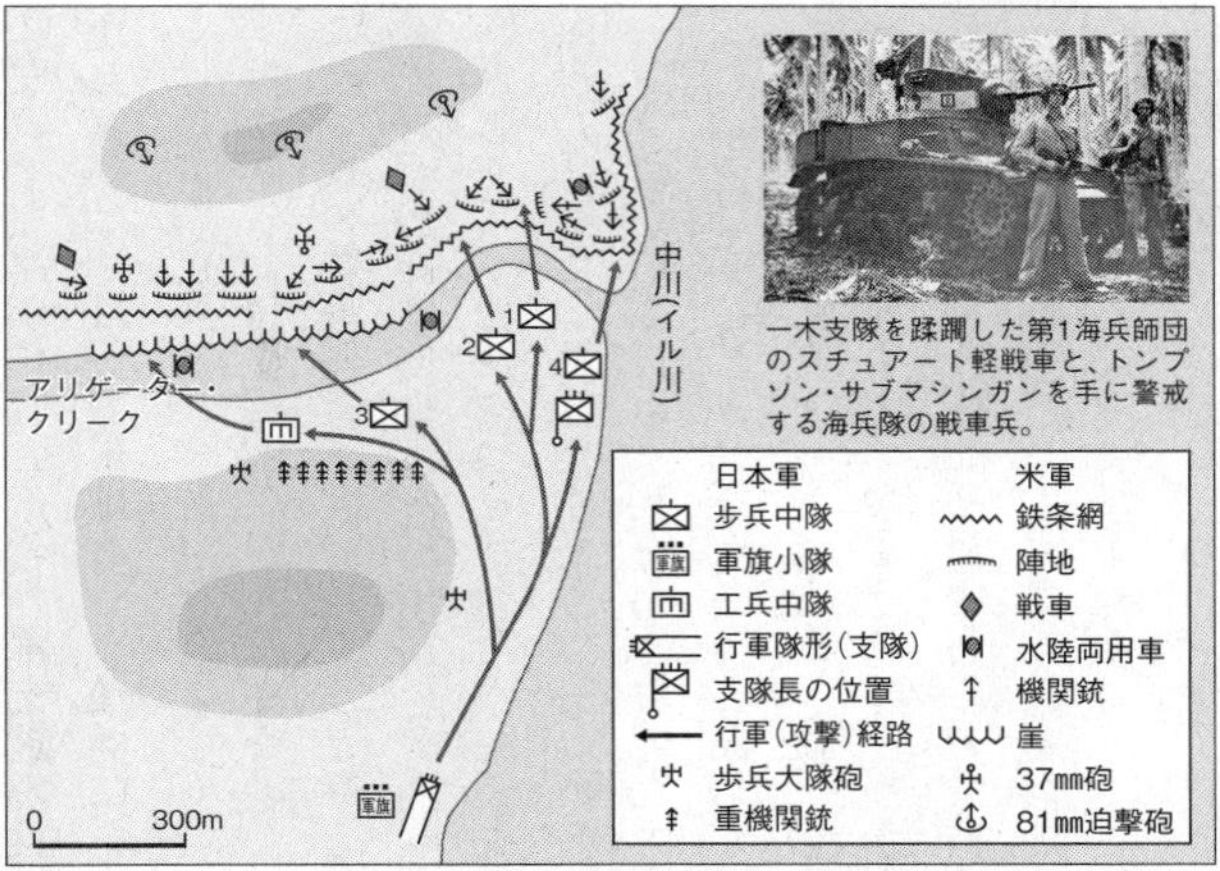

一木支隊を蹂躙した第1海兵師団のスチュアート軽戦車と、トンプソン・サブマシンガンを手に警戒する海兵隊の戦車兵。

一木支隊の戦闘

「おい、大丈夫か。しっかりしろ！死んでる……。みんな、這っていても弾に当たるぞ。もっと後ろに退がれ！」

「敵は三層の流れで我々を射撃している。立っていても、しゃがんでいても、伏せていても当たるようになっているぞ！」

「敵は俺たちより少ないんじゃないのか」

兵隊たちの慌てようは尋常ではなかった。

また照明弾が上がった。照明弾は昼間のように、あたりを明るく照らした。その時だった。突撃しようと前進した兵隊たちの眼に大きな沼が映った。照明弾に照らされ水面は鈍く光り、不気味な表情を浮かべている。一木支隊の将兵はテナル川が最後の川だと思っていた。しかし実際は、最後の川はもう一つ奥にあった。イル川がそれであり、川というより沼のように見えるのだった。

捜索あるいは偵察どころではなかった。部隊の安全を図るため、一木支隊長は、とにかく敵の陣地側背へ回り込もうと目を凝らして前方を見た。しかし予期しなかった敵の大がかりな反撃と沼の出現に、咄嗟《とっさ》に浅瀬がある「右」、つまり河口側を攻撃方向として示すのがやっとだった。尖兵中隊は、その指示に従い、直ちに突撃の態勢をとった。そこには砂州があり、海と沼を隔てる橋のようになっていた。

レンゴから尖兵小隊長を引き継いだ大橋五郎少尉以下約二十名の将兵は、沢田中隊長の命令で必死に砂州を渡ろうと詰めかけた。しかし敵弾が集中したため、多くの将兵は砂州を渡ることができなかった。また砂州を渡り切ったとしても、そこには鉄条網があり、ほとんどの者はそれにひっかかり、斜め前方から飛んでくる敵弾に倒れた。それでも、尖兵中隊に続けとばかり支隊主力は砂州を渡り突撃を幾度も繰り返した。が、結果は同じだった。その後も各所で単発的な戦闘が続けられた。しかし、敵陣突破に成功する部隊はなかった。

二十一日午前一時を過ぎた頃、沢田中隊長が支隊本部に来た。血相を変えていた。

「一木支隊長殿、蔵本大隊長殿は午後十一時頃、敵情偵察のため、自ら沼を渡ろうとした際、全身に敵の弾を受け戦死されました！」

蔵本大隊長は「渡渉点も偵察せずに大隊を突進させて失敗したらどうなる。大隊長としてせめて渡渉点ぐらい偵察するのは当然ではないか！　兵隊を無駄に死なせてなるものか」と言って部下たちが止めるのをきかずに沼へ入っていき、敵に撃たれたのだった。

「なにっ！　蔵本が死んだ……。そうか。ところで沢田、指揮官自らが、こんなに長い間、現場を離れるとは何事か！　部下を見捨てるつもりか」

「いいえ、そんなつもりではありません。大隊長がすでに戦死したことを伝えにきただけです。ただ支隊本部を見つけるのに手間取ってしまいました」

「そうか。では蔵本大隊長に代わり、支隊長が大隊の指揮を執るぞ。大隊長の分まで頑張るぞ！」

「はいっ！」

一木支隊長は全般の状況を考慮し、明るくなる前に何としてでも敵の陣地に突入しなければならないと判断した。そこでまず機関銃中隊及び大隊砲小隊を支隊の左後方に展開させ、掩護の態勢をとらせることにした。そして右側方から、つまり砂州を渡り支隊の全力をもって敵陣へ突撃を敢行すると決した。

花海小隊の戦闘

午前四時半を過ぎた頃、まず花海小隊の大隊砲が火を噴いた。大隊砲はこの時、一門しか到着していなかった。続いて、ほぼ横一線に並んだ機関銃中隊の重機関銃も対岸の火点を見つけると、射撃を開始した。一木支隊長も機関銃中隊のそばで射撃の状況を確認していた。そこは敵陣から数百メートルも離れていなかった。

ここで一木支隊全力での突撃が命じられた。

「突撃に進め！」

無数の射撃音が聞こえる中、小隊長内沢忠義少尉は抜刀して起ち上がった。その瞬間、もんどりを打って仰向けに倒れ込んだ。頭から血を流し、絶命していた。敵は暗闇の中でも日本軍の様子を正確に把握し、狙いを定めていた。まるで近くで見たり、聞いたりしているかのようだ。

小隊長に代わって、分隊長が立ち上がった。

「小隊長殿の仇を討て！　みんな俺に続け」

兵隊たちは今まで何度も訓練してきた銃剣突撃を繰り返すしかなかった。彼らにはそれしかなかった。その形相は狂人のようだ。

しかし、敵の火力は我を何十倍も上回り、損害が増えていくばかりだ。そんな状態でも樋口中尉が率いる第一中隊は、中隊長自らが先頭となり、砂州を一気に駆け抜け突撃を敢行した。

次から次に築かれる屍の山を乗り越え、鉄条網まで辿りついた兵隊は、「いいか、俺の身体を踏み越えて行け」と、自分の身体を鉄条網に重ねた。その身体を踏み付け、数名の兵隊が鉄条網を通過しようとした。しかし両側から機関銃が唸り、それを制する。十字を切るように飛んでくる弾丸は正確に兵隊たちを捉えている。諦めることなく兵の屍を足がかりにして、また兵隊たちが勇敢にも鉄条網の突破を試みた。しかし、その都度、敵の十字砲火に行く手を阻まれるのだった。

また、その斜め後方では、第二小隊長工藤勇造少尉があたりを見回し、前に土手があるのに気づいた。

「五十メートル前方の土手まで一気に前進するぞ。一分隊より前へ！」

各分隊は、工藤少尉に命じられたとおり、土手の手前に集結した。

「ここなら、敵から見えないから大丈夫だ。みんな異状ないな」

分隊長がそう声をかけた時だった。

「ヒュー、ヒュー……」

多数の砲弾の飛来音が聞こえた。その直後に上空で砲弾が破裂し、将兵が一瞬のうちに血だるまになって吹き飛ばされた。

「弾幕だ！　ここは敵の砲迫の弾幕が設定された地域だ。直ちに後退！」

工藤少尉は叫んだ。

後方に退がる途中も敵の砲弾が後を追いかけるように飛来し、たくさんの将兵を薙ぎ倒す第二小隊は、僅か数名を残すだけで全滅してしまった。土手の前には広範囲に屍が散乱していた。

機関銃中隊の重機関銃が戦闘加入した当初、一旦は敵の火勢が衰えたかのように見えた。しかし射撃を行なうと直ちに、敵の砲火が狙いすましたように集中する。小松中隊長は、敵から見えないように陣地変換を命じ、我の歩兵部隊の突撃を掩護した。しかし、どこに陣地変換しても、すぐに敵から集中砲火を浴びた。その度に機関銃手が戦死し、終いには交代する兵隊もいなくなり、射撃を続けることが困難になった。

大隊砲も同じような状況だった。砲は大きな唸り声を上げ、敵陣に砲弾を撃ち込んでいたが、その直後には敵の火力が集中した。一発撃つと敵は何十発も撃ち返してくる。どんどん敵の砲火に兵隊が血塗れになっていく。それでも富田分隊の兵隊たちは砲にしがみつき射撃を続けていた。だが、ついに敵の砲弾の直撃を受け、砲は粉々に散ってしまった。

このような状況の中、全身血だらけになりながらも花海小隊長は残るもう一門を見つけようと海岸へ向かった。そして、ちょうど海岸に出た時、分隊長の安部軍曹と遭うことができた。

「小隊長殿！　ご無事でしたか！　安部分隊の大隊砲は先ほど到着しました」

「おお、そうか。みんな無事だったか。良かった。良かった……。富田分隊は全滅してしまった。みんな見事な戦死を遂げたぞ！」

安部軍曹は驚いたが、花海小隊長の姿を見て、壮絶な戦いが繰り広げられたことを覚った。その後、花海小隊長は、自ら砲弾を持って射撃陣地に適する地域を探し、射撃を命じた。

しかし、ほどなくすると、第二分隊は持っていた砲弾をほとんど撃ち尽くしてしまった。そこで三人の兵が応急的に構築した陣地から出て、川を挟んで敵と対峙し、そこから残り僅かとなった砲弾を一発一発、直接照準で敵の陣地に砲撃した。さすがの米軍も、この自殺行為のような戦法に心の底から恐怖を感じ、陣地から逃げ出すほどだった。

ただ、この勇敢な行為を花海小隊長が目にすることはなかった。射撃が開始されると、前方で自ら観測を続けていた小隊長は、射撃が途絶したため、砲側へ戻った。が、すでに砲の姿はなかった。花海小隊長は、砲が陣地からなくなったのを、敵の直射弾により砲が飛散したと勘違いした。そのため、部下とともに後退し、支隊の壊滅状態を確認した。その時、後退してきた兵隊から「大隊砲一門がまだ射撃をしていました」と聞かされ、花海小隊長は制止を振り切り、慌てて前線へ駆け戻っていったのだ。その後、花海小隊長が帰ってくることはなかった。

第四中隊の戦闘

一木支隊の最右翼に展開する第四中隊は千葉大尉が指揮を執っていた。千葉大尉は、ノモンハンでは歩兵第二十八連隊の連隊旗手として戦った。千葉大尉こそ、現在の連隊旗手、伊藤少尉にエレクトロン焼夷剤の携行を勧めた人だった。ノモンハンでは窮地に陥った歩兵第六十四連隊と歩兵第七十一連隊が、敵に軍旗が渡るのをおそれ、軍旗を奉焼していた。当時、歩兵第二十八連隊は、そのすぐ後方にいた。千葉大尉は自らの体験から、いざという時の処置を準備しておくことが連隊旗手の重要な役目の一つだと考えていた。

千葉大尉はこの時、工兵小隊の突破口の開設を待ち、第四中隊一丸となって一気に突入すると決めていた。しかし、その前には電流鉄条網が立ちはだかっていた。すでに工兵小隊の兵隊たちが破壊筒で突破口の開設を試みたが、敵の機関銃に襲われるか電流鉄条網に感電し、幾人も斃れていた。感電した兵隊の顔は目玉が飛び出し、身体は黒焦げで、生前の姿が想像できないほど変わり果てていた。

そこで新たに突破口を開設するため、第四中隊から志願者が募られた。

「私に行かせて下さい」

「私こそ、行かせてください」

「いいや、私こそ」

ほとんどの兵隊が先を争って手を挙げた。

誰よりも早く行動を起こした一人の兵が鉄兜をとり、上衣も脱いで裸になった。少しでも感電する危険を減らすためだ。そして銃を戦友に渡すと、工兵小隊から絶縁鉄線鋏を受け取り、鉄条網へ向かった。やがて、その兵は味方の射撃による掩護下、鉄条網に辿りつき、電流の切断に成功した。

「やったぞ！　これで敵陣へ突っ込めるぞ」

それを見守っていた兵隊たちから大きな歓声が上がった。直ぐに数人の兵隊が鉄条網の開口部を目指し前進した。また、それを掩護するため、陣地変換をすませた機関銃中隊も射撃を開始した。小松中隊長も「今だ！　今だ！　ソレー、射て！」と号令をかけていた。中隊長は、すでに敵弾を受け、全身血だらけになりながらも指揮を執っていた。

しかし、その僅かな試みも、米軍が見逃すことはなかった。敵の機関銃が火を吹き、必死になって通過しようとする兵隊たちに弾を浴びせ、命を奪っていく。

それは突撃を掩護する機関銃中隊にも向けられた。威勢よく兵隊たちを鼓舞していた小松中隊長も敵弾を浴び、「俺はもうダメだ。後を頼む……。天皇陛下万歳！」と叫び、手榴弾で自爆してしまった。その後は近くにいた田坂軍医長が直接機関銃を手にとり射撃を続けた。しかし田坂軍医長も敵の集中弾を浴び、戦死するのだった。

第三中隊の戦闘

第三中隊の戦闘も激しかった。支隊の最後尾を前進し、機関銃中隊の搬送を支援していた第三中隊は予備隊であり、まだ無傷で残っていた。前方で戦闘が始まったと見るや、丸山孫蔵中尉は各小隊に「よしっ、第三中隊も突撃する」と命じた。突撃を発起した位置は機関銃中隊のすぐ横だった。そこは沼底が深く、足元がおぼつかないばかりか、水面を必死に泳ぐ兵隊たちへ敵弾が集中した。このため、水の中で隠れるものもない兵隊たちは格好の目標とされ、あっという間に戦死者が続出した。

敵は対岸の二メートルほど高くなった台上から丸山中隊の兵隊を狙っていた。その台は木々に覆われていたが、そのすぐ後ろは小さな丘と開闊地が連なっていた。それこそ一木支隊が目指す飛行場だった。

損害が増すばかりと見た丸山中隊長は、一旦、岸へ戻り再編成を命じた。

「『歩兵操典』にも書いてあるとおり、突撃は一度や二度の失敗で諦めてはならない。敵に屈することなく、三度でも四度でも、いや何度でも成功するまで、果敢に反復しなくてはならない。いいか、次こそ成功させるぞ！」

丸山中隊長は将兵たちの士気を鼓舞した。

しかし次に渡った時は、手榴弾が飛んできて前進することさえできない。近くで手榴弾が破裂したため多くの兵隊が死んだ。それを見た兵隊たちは、今度は近くに落ちた手榴弾を戦友に危害が及ばないように自分の腹に抱え破裂させた。しかし、かえって兵隊たちが手榴弾に蝟集する結果となり、被害が拡大した。更にもう一度、突撃を再興したが、やはり敵の射撃と手榴弾の前に死者が増えるだけだった。

工兵中隊の戦闘

工兵中隊の戦闘についても記述していく。工兵中隊は支隊が敵と接触したと見るや、敵前の障害処理のため、それぞれ一個小隊を第一中隊及び第二中隊へ配属した。一方、中隊長後藤中尉は中隊本部と残りの二個小隊を率いて、支隊の前進を阻む敵の三十七ミリ砲を撃破しようと、渡河することに決した。しかし、重機関銃中隊の前を抜け、川へ入ったところ、水深は二メートル以上あり、思うように進めなかった。

工兵中隊の生還者の一人は、次のように回想する。

背嚢を卸《おろ》した地点から、さらに前進して中川（イル川）の右岸まで出ました。嵐のように敵弾が飛んできました。その一発が清水義信上等兵の火焔発射機に命中したのです。そのため、中に入っていた重油が吹き出ました。清水上等兵の顔は真っ黒になりました。それでも敵の砲を破壊しようと川へ入ると、そこには水陸両用車がありました。増援されたのか、敵の自動小銃の音が一段と大きくなったのを感じました。対岸に近づくと、敵は手榴弾を投げてきました。敵の射撃が

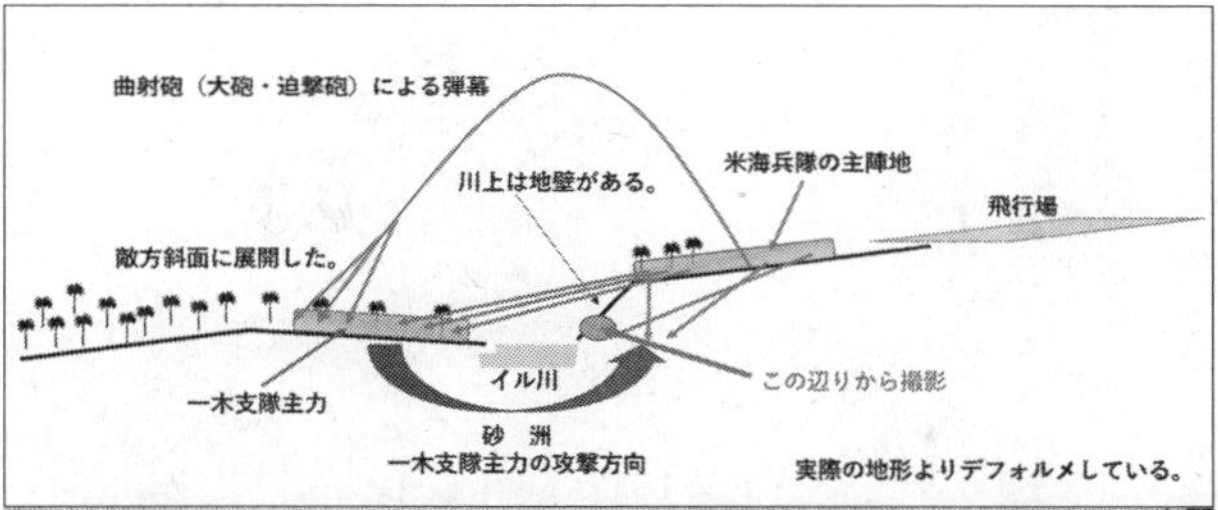

一木支隊はなぜ全滅したのか。一木支隊は攻撃時、既に「敵方斜面」にほぼ主力を乗り出していたのである。敵方斜面とは、ちょうど劇場などで舞台がよく見えるように、客席の奥の方が高くなっているのと同じ構図だ。つまり米軍が観客側とすると、一木支隊が舞台の上に展開していたことになる。このため支隊は自由に行動することができなかった。日本兵は敵の直射火力（小銃や機関銃）から逃れるために椰子の木の陰に入るしかなかった。しかも、その椰子の木さえ、米軍は射撃を容易にするため、事前に切り倒していたとする日本兵の証言がある。

米軍が上陸作戦に使用した水陸両用車（LVT1）

さらに強くなった時、私は水陸両用車の陰に隠れ、敵の火力が鎮まるのを待ちました。中隊長も分隊長も見失いました。おそらくこの戦いで亡くなられたと思いますが、元の岸に戻ると、今度は第三中隊の兵隊と一緒になり、持っていた弾を撃ちました。周りの兵隊が撃たれて戦死する中、私は彼らの弾を抜き取り、射撃を繰り返しました。そうしているうち、砲弾でできたくぼみを発見し、運よくそれを覆い隠すように椰子の木が倒れていたので、その中に入って助かりました。

支隊全力で行なった突撃も事態を好転させることはなかった。失敗に終わったと多くの者が感じた。一木支隊長も、敵が一筋縄ではいかない相手だと覚った。このまま闇雲に突撃を繰り返していては損耗ばかり増えていくと観念した。ここにきて、一木支隊長は「突撃を中止せよ！」と命じた。しかし、その命令はなかなか伝わらなかった。さらに後続の部隊が少しでも前方に出ようと前進を続けたため、一木支隊はいびつな塊になり、混乱を極めるのだった。

一木支隊長の最期「軍旗を頼む」

午前五時を過ぎた頃、あたりがすっかり明るくなった。まわりには戦死した将兵たちが重なり合い、数え切れないほどだった。特に攻撃経路の砂州は忠烈の屍で山をなしている。この光景を目の当たりにした一木支隊長は、第一梯団の作戦が失敗したと認めざるを得なかった。一木支隊長は、死んで陛下にお詫びしなくてはならない、と考えたようだった。しかし、今はその時ではない、と思い直したという。

その刹那《せつな》、左前方から大きなエンジン音とキャタピラの軋む音が聞こえた。

「戦車だ！」

誰かが大きな声を上げた。

〈敵は、このジャングルの中でも戦車で攻撃してくるのか〉

一木支隊長は初めて戦車の存在を知った。しかも、それは一両、二両の数ではなかった。数両の戦車が大きな音を立てて動いている。

一木支隊長は富樫大尉に叫んだ。

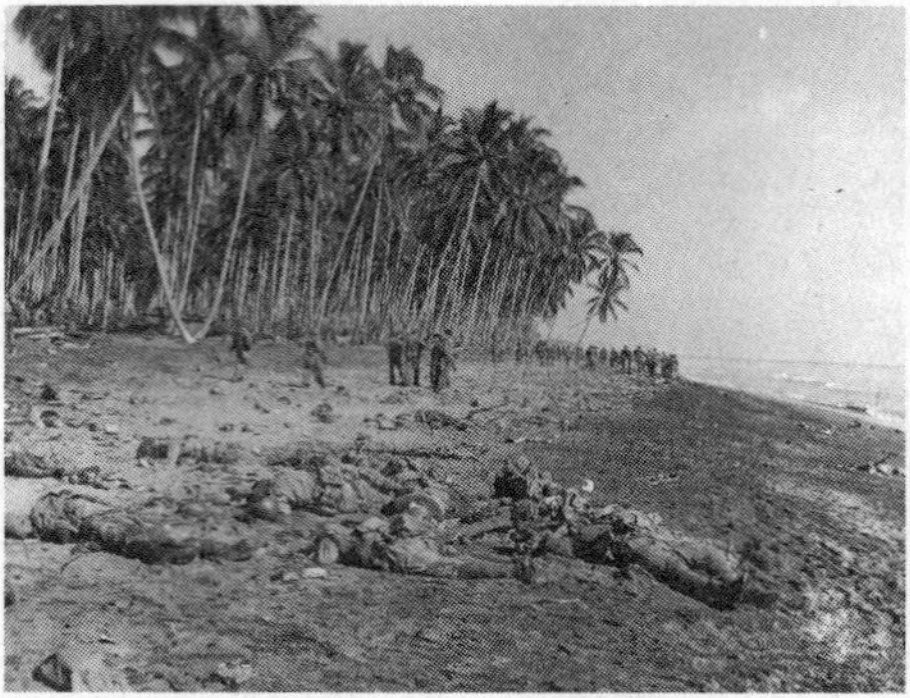

一木支隊の忠烈

「このままでは、我が一木支隊が皇軍の名を穢してしまう。何が何でも任務を達成しなければ、戦死した将兵の無念も晴らせない。敵は周到な防御準備を施し、おまけに戦車まで持っている。やはり重火力が必要だ。第二梯団が来るまで持ちこたえる必要がある。予定では二日後だな」

「はい、計画では現在、第二梯団は北西四百キロあたりを航行中です」

「海軍の艦砲射撃も必要だ。ん？　まだ銃声が止まない。突撃中止を再度徹底せよ！」

「はいっ、わかりました！」

「陛下の将兵を預かったからには、自分の命にかえても任務を達成するぞ。再編成を命じろ！」

　そこへ、また沢田中隊長が現れた。一木支隊長はすかさず声をかけた。

「おぉ、尖兵中隊は無事だったか！」

「はいっ。しかし現地ではほとんどの兵隊が戦死しているため、攻撃中止の具申に参

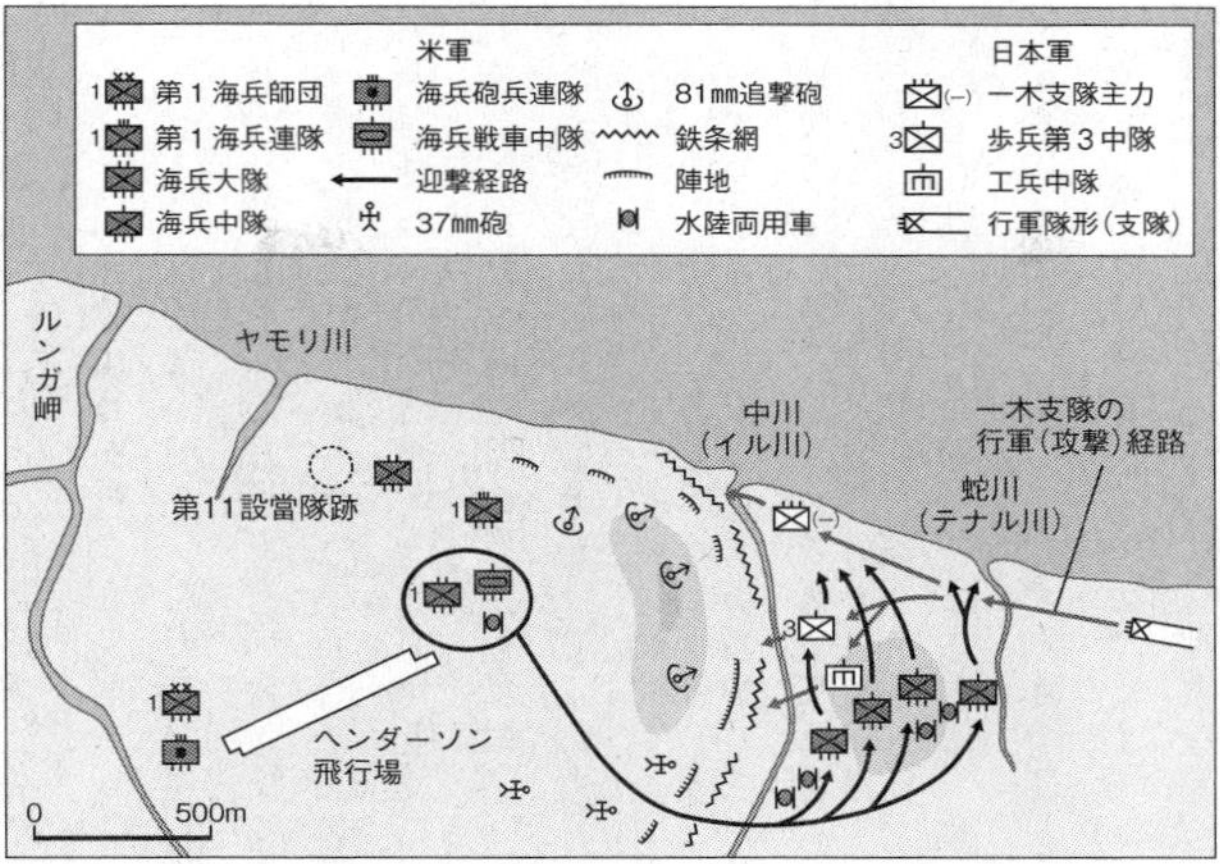

米軍の逆襲

りました。もはやこれ以上の突撃は無意味です。中止のご命令を！」

「沢田の言うことはもっともだ。わしも、すでに攻撃中止を命じている」

「そうでしたか。差し出がましいことを言って申し訳ありません！」

「それより、第二梯団と戦うにしろ、敵情を偵察しておく必要がある。副官と中元はここにいろ。沢田、前線を視察する。案内しろ」

「はい、わかりました。渡渉点を現地で見ていただきます！」

「支隊長、危険すぎます。前線視察には私が行きます！」

富樫大尉は、支隊長の体を制しながら言った。しかし、支隊長は頑として富樫大尉の言葉に耳を貸さなかった。富樫大尉は、中元伍長と二人がかりで一木支隊長を必死に止めようとした。

「えーい、放さないか！　大丈夫だ。前線を視察したら、すぐ戻ってくる」

「わかりました。では我々も同行します！」

一木支隊長は一瞬迷ったが、結局は富樫大尉の申し出を了承した。一木支隊長は沢田中隊長の案内で富樫大尉と中元伍長を連れ、自ら前線視察へ赴くことになった。それを見ていた支隊本部の岡田軍曹は、一木支隊長が僅か三人の部下だけを連れて前方へ向かったことに胸騒ぎを感じていた。

五時半になった。一木支隊長はイル川手前の海岸近くまで進出していた。ここに来るまでの間、数名の兵隊に声をかけていた。

「大丈夫か。次の命令があるまで攻撃は待て。負傷者を直ちに後送せよ」

「おぉ、支隊長殿だぞ。みんな頑張るぞ！」

声をかけられた兵隊たちは感激し、涙を流しながら大きな声を上げた。しかし、その姿を遠くで見ていた者は、一木支隊長がもはや死を覚悟し、白装束で別れの挨拶をしているかのように見えたかもしれない。

また、沢田大尉も中隊の衛生兵を見つけ、「戦死するばかりが、御国の為ではない。

生きている者は上陸地点に後退して、第二梯団の来着を待て」と命じた。

ここまで一木支隊長の行動が確認されている。これ以降の話は戦後、一木支隊で戦った将兵の証言等を基に組み立てたものだ。

一木支隊長と沢田大尉の二人は前方が見渡せる台上に着いた。

「沢田、敵情を報告せよ」

「はい、わかりました。こちらへ……」

沢田大尉が数十センチ高くなった土山に身を乗り出そうとした瞬間、敵に撃たれた。

「沢田！」

一木支隊長が沢田大尉を抱き起そうと身を乗り出した。それと同時に、一発の銃弾が頭部をかすめ、一木支隊長は倒れ込んだ。傷口から血が噴き出し、白襷があっという間に赤く染まった。

「一木支隊長殿っ！」

富樫大尉と中元伍長は叫んだ。

「大丈夫だ。たいしたことない……」

しかし、二人には一木支隊長の意識が朦朧《もうろう》としていくのがわかった。後方の低くなったところまで一木支隊長を抱きかかえて進んだ。

一木支隊長は一言ずつ絞り出すように何か呟いている。

「天子様、申し訳ありません！　盧溝橋でのこと、お許しください。この度も多くの赤子を死なせてしまい、申し訳ありません……」

瀕死の状態にありながら、一木支隊長は盧溝橋事件のことを思い出していた。

盧溝橋事件は、支隊長を一生苦しめ続けた。なぜなら、日本中から称賛された一木清直だったが、事件の概要を承知された昭和天皇は「元来陸軍のやり方はけしからん。満州事変の柳条湖の場合といい、今回の事件の最初の盧溝橋のやり方といい、中央の命令には全く服しないで、ただ出先の独断で、朕の軍隊としてあるまじきような卑劣な方法を用いるようなこともしばしばある。まことにけしからん話であると思う」と側近に宸襟《しんきん》を漏らされていたのだった。

人伝えに、このことを聞いた一木支隊長は大いに苦しんだ。一時は軍を退くことも考えた。この出征に際しても、「今度ばかりは、天子様のために真の戦働きができるように」と念じていた。しかし、無情にもその希望もついえたのだ。

薄れゆく意識の中、一木支隊長が最期に発した言葉は「軍旗を頼む」だった。家族に対する言葉はなかった。しかし、一木支隊長の右手は左胸ポケットの一枚の写真をしっかりと掴んでいた。

一木支隊長は戦死した。

富樫大尉は、それを確認すると、中元伍長に優しく諭すように話しかけた。

「俺は、ここで一木支隊長殿に殉ずる。中元、すまんが介錯してくれないか。その後、お前は一木支隊全員に、タイボ岬へ一旦戻り、そこで第二梯団の来着を待て、と伝えろ」

「イヤです！　私も一緒に死なせて下さい」

「何を言うか！　お前は伝令だぞ……」

しばらく押し問答が続いた。少し離れたところには、不安そうに見つめる兵隊たちがいた。富樫大尉はそのうちの一人に目が止まり、声をかけた。それは偶然にも富樫大尉と顔なじみの伍長だった。富樫大尉は伍長が立っているところまで歩み寄ると、力強く語りかけた。

「おっ、無事だったか……。俺の話をしっかり聞いてくれ。俺たちはここで一木支隊長殿に殉ずる。すまんが、我々を一緒に埋葬してもらいたい。その後、伝令となり、一人でも多くの将兵にタイボ岬へ後退せよ、と伝えてくれ。また後方にいる伊藤連隊旗手には、一木支隊長殿が戦死したことを、お前の口から直接伝えてくれ。いいか頼んだぞ！」

富樫大尉は、この後のことを託した。

「はいっ、わかりました。命にかえてもやり遂げます」

伍長は富樫大尉の手をしっかり握り、大きく頷いた。

富樫大尉と中元伍長は、まず一木支隊長の白襷をまとった軍服を脱がせた。中元伍長は携行している天幕を出した。次に計画や命令書など、敵に渡してはならない貴重な書類を埋めた。それが終わると、二人は一木支隊長の亡骸に正対した。まず中元伍長が富樫大尉から借用した拳銃で自ら頭を撃ち抜いた。続いて富樫大尉が割腹した。その時だけ、まるで時間が止まったかのように、辺りを静寂が包んだ。

伍長は暫くその様子を見守っていた。そして分隊の兵を伴い、三人の遺体を天幕に包み、目印として大木の根元に仮埋葬した。そこは渡渉点のすぐそば、イル川東岸だった。近くにいたのか、初めて見る工兵小隊の兵隊が何も言わずに近づき、それを手伝った。この時も容赦なく敵の銃弾が飛んできたが、彼らは恐怖を感じることはなかった。この仮埋葬を手伝った工兵は、太平洋戦争を生き抜いた。しかし彼は、自分の目にしたことが一木支隊長の最期だとは知らなかった。そのため、当時の状況としては極めて不自然な仮埋葬のことを長い間、口外できずにいた。一方、富樫大尉から後を託された伍長の消息は明らかになっていない。タイボ岬に辿りついていないことは確認されている。

ここで一木支隊長らの死の順番について考察したい。一木支隊長が最初に戦死したとするのには無理がある。なぜなら支隊長が戦死したなら、沢田大尉がその後の対応をとっていたはずだ。現に蔵本大隊長が戦死した時もそうだった。最初に沢田大尉が戦死し、ほぼ同時か直後に一木支隊長が戦死したなら、一木支隊長の遺体のみが運ばれ、ある工兵の見たとおり、富樫大尉と中元伍長の自決、そして三人の仮埋葬が行なわれたことが不自然ではなくなる。また一木支隊長が盧溝橋事件が発端で北支、支那、太平洋戦争へと戦火が拡大し、多くの人を不幸にしたことを悔やんでいたとの証言もあったため、今際《いまわ》の際《きわ》に意識があれば、そのことに言及したと考えるべきであろう。

後日、一木支隊の多くの遺体は、前後不覚になり捕虜となった兵隊たちが回収し、埋葬された。彼らの話では、埋葬された日本兵の遺体には一木支隊長だけではなく、富樫大尉、中元伍長のものはなかったという。また彼らだけではなく、生還者も含め、戦闘中に日本兵が日本兵の手で遺体を埋葬したという話を聞いたことも見たこともない、と証言している。

それから数時間が経った。指揮するはずのほとんどの将校と下士官が戦死し、命令系統が乱れたため、多くの兵隊はタイボ岬へ各個で後退していた。また情報も錯綜し、事実と異なる伝聞が入り乱れた。軍旗護衛小隊にも午後一時を過ぎた頃、前方から後退してきた兵隊たちから「一木支隊長殿が白装束で割腹自決を遂げられたらしい」という噂が伝えられた。この噂は、前線で一木支隊長が伏せている姿を見た兵隊が誤認した、と生還者の多くは語る。

軍旗奉焼

伊藤少尉たちは、一木支隊長の死を確認することはできなかった。そのため当初から決められていた手順どおり、伊藤少尉が軍旗本体を腹に巻き、中井軍曹と倉兼軍曹が護衛する、そして軍旗護衛兵、大郷兵長は菊花章の竿冠を雑嚢に入れ、別々にタイボ岬へ退がることにした。この時、一木支隊長の命令で、旗竿は既に埋められていた。

この頃になると、一木支隊の多くの将兵は負傷し、歩くことも困難になっていた。例え歩けても、後退する兵隊を敵の機関銃が待っていたとばかりに射撃した。さらに戦車が突進してくる音も聞こえてきた。支隊の生き残りも完全に包囲された。伊藤少尉らは戦車に蹂躙され、殺されていく兵隊の悲鳴がだんだん近づいてくるのがわかった。

戦車は日本兵を、まるで歯ミガキのチューブを絞り出すかのように、「ぴきぴき」と音をたてて押しつぶしていく。戦車が通過した後には、ミンチ状になった兵隊の肉片と血だまりが広がり、人間の形をしているものはなかった。そして米軍はそれへガソリンをかけ、燃やしていくのだった。また上空からは獲物を狙うハゲタカのように、四機の飛行機が姿を現し、容赦なく機銃を撃ち込み、多くの兵隊の命を奪った。

中井軍曹をはじめ、軍旗を守ろうと周りの兵隊たちも必死の思いで戦った。しかし、その数は減る一方で、遂に伊藤少尉と倉兼軍曹だけとなった。周囲で戦闘する兵隊もいなかった。午後三時頃、伊藤少尉は既に敵から囲まれ、生き延びることができないと覚悟した。

スチュアート軽戦車（M3）

伊藤少尉は倉兼軍曹に「もはやこれまで。倉兼軍曹、今まで本当によくやってくれた。ありがとう。生き残って、このことを第二梯団に伝えてくれ」とだけ言うと、腹に巻いていた軍旗を取り出し、それをしみじみと見つめ、エレクトロン焼夷剤に点火した。「シュバッー」と音をたて、ガス溶接の時に発するような火焔が数分間続いた。総《ふさ》だけの軍旗はみるみるうちに燃えていき、白い煙があたりを包んだ。

それはガソリンで何かを燃やしたようだった。その後、伊藤少尉は軍旗に死に水を与え、灰を前に正座した。そしておもむろに手榴弾を取り出し点火した。伊藤少尉はそれを胸に抱き軍旗の灰の上に伏せた。四、五秒して「ドーン」と大音響をたてて手榴弾が爆発した。伊藤少尉の五体は空に散った。軍旗の骸《むくろ》も天に走った。倉兼軍曹はその一部始終を見ていたとされる。

一方、軍旗の一部を持った大郷兵長も敵と遭遇する度に何とか敵を振り払い、タイボ岬へ向かい後退を続けていた。しかし何回か川を渡った時、雑嚢の中から菊花章の竿冠が脱落していることに気づいた。慌てて今来た道を戻り必死に探したが、見つけることはできなかった。途中、大郷兵長とすれ違った兵隊は、その姿を見捨てておけず一緒に探し始めた。しかし大郷兵長もそれを手伝った兵隊も、その後の消息は不明であり、タイボ岬でもその姿を見た者はいなかった。

支隊本部の岡田軍曹は奇跡的にタイボ岬へ戻ることができた。タイボ岬には、他にも十数名の戦傷者がおり、二つあった原住民の漁師小屋を救護所として利用していた。しかし、そこには衛生兵さえおらず、医薬品も全くなかった。そのため、小屋の天井からぶら下がる網にすがり、必死に痛みを堪える兵隊もいたという。

また小笠原行李輸送隊及び遺体の埋葬を行なった佐藤小隊など、戦闘に参加しなかった兵隊も来ていた。彼らを合わせると、八十名ほどの将兵が集結していた。彼らは一木支隊に与えられた任務、すなわち「やむを得ない場合、ガダルカナル島の一角を占領して後続隊の来着を待て」を実行に移した。工兵の残置資材で地雷原を構成し、佐藤小隊が保有していた軽機関銃及び擲弾筒などで橋頭堡を設定した。ただし彼らは生き残ったものの、まるで死人のように口を閉ざし、第二梯団と合流するまで、ほとんど言葉を交わすことはなかった。そして多くの者は、そう遠くない将来、この島で命を落とすことになった。こうして、一木支隊第一梯団の戦闘は終わった。

米軍にとってのガダルカナルの戦い

後日談である。米軍にとってガダルカナルの戦いは、太平洋戦争の転換点、「最初

「トージョー・アイス」の看板

の攻勢」を意味した。また先述のとおり、米軍はガダルカナルを太平洋正面における戦略的重要地域と自主的に定め、作戦を主動的に行なった。さらに米軍にとっては、最初の攻勢だけではなく、一八九八年以来初めてとなる陸海協同作戦を遂行したのであり、ガダルカナルでの戦いが実験的性格を持ち、多くの教訓を得て、爾後の作戦に適用される証例になった。米軍の動きを具体的に見ていこう。

まず米海兵隊第一師団長ヴァンデグリフト少将は、ガダルカナル上陸に際し、来たる戦いでは飛行場の確保を何よりも優先すべきだと考えた。そこでルンガ川からイル川にわたり堅固な防御陣地を構築した。さらに逆襲のためにスチュアート軽戦車を含む機動打撃の準備と、兵站を充実させることも怠らなかった。ただし米軍は上陸直後、海上優勢が日本海軍にあったため、十分な補給ができなかった。その上、フランク・ジャック・フレッチャー海軍中将はラバウルから出撃した日本軍の航空攻撃と日本海軍の進出を恐れた。よって、その兆候があると見るや自らの安全を守るため、部隊と一部の物資を揚陸しただけでガダルカナルを離脱してしまった。この時が米軍にとって最大のピンチだったろう。

皮肉にも、その窮地を救ったのが日本の物資だった。日本海軍の設営隊は豊富な食糧や燃料等を持っていた。中には製氷機も備えられており、後に米軍はその製氷機でアイスクリームをつくり、「トージョー・アイス」などと命名したのだった。

またヴァンデグリフト少将はルンガ飛行場を攻撃する際、二つの経路があると見積

クレメンスとコーストウォッチャー

もっていた。オーステン山を奪取後、飛行場を攻撃する経路とイル川を渡渉し、東から西へ海岸沿いに攻撃する経路である。しかし、オーステン山を通過する経路がジャングルに阻まれていることを知り、アリゲーター・クリーク（中川）、または血染めの丘（ムカデ高地）からしか攻撃できないと判断した。

この経験が防御の重点を決める要因となった。まさに一木支隊、後の川口支隊の攻撃経路と重なっていた。この中で、米軍は一木支隊の全滅後、「（日本軍が）もう少し偵察する余裕があったら一マイル内陸部から後

方に迂回できた。そうすれば、米軍の防御は瓦解していたかもしれない」と記録に残すほど、危うい勝利だったと認めている。しかし実際は、不幸にも陣地強化を済ませたばかりの敵陣地の正面に、一木支隊は攻撃していたのだった。さらに、米軍は日本軍が想像もしていない、敵の位置を標定するマイクロホンまで投入し、砲迫射撃の目標を正確に捉えていた。その他にも、将校斥候群の鹵獲品が米軍の防御に役立ったと言われている。そして、それらに加え、「コーストウォッチャー」の活躍についても触れなくてはならないだろう。

コーストウォッチャーは、原住民で構成された民兵組織である。ガダルカナル島北部のアオラという村に本部が置かれ、豪州行政官のウォーレン・フレデリック・マーティン・クレメンスが彼らを束ね、情報収集などを行ない、米軍の勝利に貢献した。クレメンスはスコットランド北東部に位置する第三の都市アバディーンの出身であり、父は聖歌隊の指揮者だった。ケンブリッジ大学を卒業したクレメンスは、一九三七年に植民地省へ入り、一九三八年にソロモン諸島へ配属された。口ひげを生やし、いかつい体躯をした若者だった。彼は、日本軍が、この地に来るとの情報を得ても少しも慌てることなく、三巻からなるシェイクスピアの戯曲全集を何度も冷静に読み返していたという。

このようなクレメンスに率いられたコーストウォッチャーは、約一千キロも到達する最新式の無線機を与えられ、情報を集め提供した。米軍上陸前夜の原住民の避難誘導、一木支隊のタイボ岬上陸の監視、支隊に対する偵察、コリ集落での将校斥候群の接近の報告、そして支隊主力の陣前への誘致導入などは、彼らによるものだった。

第六章

□なぜ一木支隊長の教訓は活かされなかったのか？

不敗伝説の終焉

八月二十五日、「一木支隊が全滅した」との報告が第十七軍司令部から大本営陸軍部作戦課に伝えられた。詳細は何もわからなかったが、「まさか」と口にする参謀は多かった。しかし冷静になって考えれば、量の上では圧倒的に優勢な敵と戦ったのだ。心の底のどこかでは、やはり、という気持ちがなかったとは言えまい。

「ちょっと足りなかったか……」

一木支隊の作戦を、そう総括する参謀もいた。

また、はじめて自分たちがしていることの重みを知る者もいた。地図の上から一個支隊の兵棋が消えたのだ。今まで机の上で図上演習をしていただけだと気づき、反省するのだった。しかし、それはあくまで少数であり、大多数の参謀は作戦に過ちはなく、飛行場奪回に失敗したのは現地部隊の精神力が足りなかったからと決めつけた。例え無謀な作戦でも、やる前に「できません」と言う者がいれば、権力で薙ぎ伏せるか更迭し、失敗した時は現地部隊の責任にすればよかった。つまり、大本営は傷つくことなく、「何とかなった」のである。

それは当時の陸軍における「正論」の存在と無縁ではない。陸軍では、攻撃精神、必勝の信念、積極性などは軍事ドクトリンを超えた「正論」になっていた。そのため物質的威力よりも精神的威力が重視されることも多かった。それを裏付けるかのように、『歩兵操典』では「訓練精到ニシテ必勝信念堅ク軍紀至厳ニシテ攻撃精神充溢セル軍隊ハ能ク物質的威力ヲ凌駕シテ戦捷ヲ全ウシ得ルモノトス」と書かれていた。

また「正論」としての攻撃精神や必勝の信念は、陸軍の人事評価とも連接していた。よってそれらを過剰なほど鼓吹する将校は高く評価されたという。このような陸軍全体の風潮の中で日本軍は戦勝を続け、不敗伝説を築いてきたのである。それは一木支隊長とて例外ではなかった。他の軍人と同じ、いや、むしろ卓越した一流の軍人として、着実にキャリアを積み重ねてきたのだった。

二、三人の参謀たちが、「我々の責任です。私が責任をとります」と申し出たが、第一作戦部長田中少将は「その必要はない」とだけ静かに呟いた。その時の部長の意図はわからなかった。しかし数日後、それが明らかになる。

「お上に、厳しく詰問された」

宮中参内から帰ってきた参謀総長杉山陸軍大将は、疲労困憊の様子だ。

その日、杉山参謀総長は昭和天皇に戦況を上奏したのだが、その際、昭和天皇から、次のようなご下問があった。

「一木支隊は、ガダルカナルに拠点を保持できるか」

「現在、詳細な情報を確認中です」

「また南海支隊の方面はどうなっているか」

「未だ、新たな情報が入っていません」

「どういうことだ。ひどい作戦になったではないか！」

昭和天皇は、お立ちになり、大きな声を出された。

杉山参謀総長は昭和天皇のご尊顔を拝することさえできず、その場では核心に触れるような回答を一切しなかった。いや何も答えることができなかったのだ。彼は、天皇に謁見した間を離れ、廊下を抜け僅か数段の階段を下りる時、激しいめまいに襲われ、足を踏み外すところだった。

一木支隊長に全ての責任を押し付けたのは誰か

その数時間後、大本営陸軍部作戦課では、田中部長が服部作戦課長、井本中佐らと声をひそめて話していた。

「杉山参謀総長殿から密命が下された」

「どのような密命でありますか？」

「いいか。ルンガ飛行場の奪回に失敗したのが情勢の見誤り、あるいは作戦上の失策となると、統帥に過誤があったということになる」

そこへ井本中佐が口をはさんだ。

「それでは、米軍の本格的反攻ということは……」

「馬鹿者！　そんなことは絶対ない、と言ってるんだ。すでに天皇陛下に、本格的反攻ではない、と上奏した杉山参謀総長殿の顔に泥を塗ることになるではないか。それは何としてでも避けなくてはならない。しかし、陛下のお怒りを鎮めるためにも誰かに責任をとらせなくてはならないのだ」

田中部長がやや声を荒げた。

「閣下の仰るとおり、特に全滅するような部隊を戦場へ送ったこと自体、我々の作戦能力の有無を問われることになりかねません。しかし、なぜ、第十七軍は一木支隊を二組に分けたんだ。大本営からは、そんな指示を出してないな」

服部作戦課長は井本中佐の方へ向き、思案顔で話すのだった。

「はい。ソロモン諸島要地奪回作戦の規模は一に敵情により、第十七軍司令官が決定する、としていました」

「そうだな。しかも軍司令官は、小規模部隊の派遣に難色を示していたのにな……」

「課長、それでは全滅の責任は、現地指揮官、つまり一木支隊長のせいにするしかありません」

「生きているなら解任させるまでだが、一木支隊長は戦死しているからな」

「一木支隊長には気の毒ですが、これからも戦争が続く今、そうするより他はないと思います」

「そのとおりだ。ここは一木支隊長の戦闘指揮、第十七軍の作戦指導に不備があったとする他はない」

「ちょうど現地では一木支隊長の消息が不明、その上、一木支隊では、支隊長が白装束をまとっていた、という風聞が広がっています」

「そうか。となると、一木支隊長の戦闘指揮が拙速だったため天皇陛下の大切な股肱を死なせてしまい、一木支隊長は、その責任を感じて自決した、という筋書きができる……。閣下、それでよろしいですね？」

服部課長は、田中部長に最終確認を行なった。

田中部長は頷き、「そう言うことなら、もう一つ。一木支隊が全滅したことは公表できない。しかし戦死した一木支隊長を少将に親補するのを忘れるな。敗軍の将、しかも陸大を出ていない『無天組』にもかかわらず、陸軍少将にまで出世したなら大変名誉なことだろう」と付け加えた。

田中少将と一木支隊長とにはただならぬ因縁があった。

昭和十二年三月、田中大佐（当時）は軍務局軍事課長に就任した。それからほどなくして盧溝橋事件が起きた。その時、田中軍事課長は、参謀本部の武藤章作戦課長と連携し、不拡大方針をとる同じく参謀本部の石原莞爾第一部長を押し切って五個師団十万人規模の北支増派を決定させた。このことで結果的に北支事変に至り、支那事変へと事態は拡大していった。それは田中、武藤両大佐が望んだことだった。田中部長は、それ以来、そのきっかけをつくった一木少佐を高く評価していたという。

田中部長が退室すると、今度は井本中佐が服部課長に報告した。

「実は、軍旗の問題があります」

「軍旗の問題？」

「現在、軍旗の消息がわかっていません。敵に獲られた可能性も否定できません。一木支隊長を陸軍少将に親補してもよろしいのでしょうか？」

「確か、軍旗の最期を見た者はいないのだな」

「一人の軍曹が見たとの話はありますが……」

そうか。閣下があのように命じられたのだ。罪滅ぼしのつもりなんだろう。これも一木支隊長が軍旗奉焼を命じた後、自決したことにすればよい。一木支隊は全滅してるんだ。証拠など、どこにもない。戦闘詳報も第二梯団に、こちらの言うとおりに書かせれば事足りるだろう」

事実、第一梯団の戦闘詳報は、第二梯団がガダルカナル島へ上陸してから書かれ、それが公式記録となった。

そこで一旦、服部課長は話を切った。

「しかし、米軍にガダルカナル島をとられたまま、というのはまずいな。東部ニューギニアの作戦、なかんずくポートモレスビー攻略に影響する」

「ガダルカナル島の作戦を成功させるためには、一木支隊の第二梯団だけでなく、歩兵第三十五旅団も投入させるしかありません」

「歩兵第三十五旅団か。川口少将のところだな。川口少将では少し心許ないな……」

「では、こうしたらいかがでしょう。大本営から参謀を派遣するというのは」

「それはいい。できれば強烈なヤツがいいな……。またアイツをつかうか」

「現在、軍医学校の陸軍病院で加療中の辻中佐ですか。シンガポールでは、あの山下将軍にも物怖じせず、自分の意見をズバズバ言った方ですから適任だと思われます。しかも、百武軍司令官、二見参謀長とは旧知の仲なので、我々にとっても何かと好都合と思われます」

「そうだな。では怪我が治り次第、いつでも派遣できるよう手配してくれ」

「はいっ、わかりました」

「絶対ないと思うが、万が一、また第十七軍でこういうことがあったら、今度は軍の責任を追及し、二見参謀長にも辞めてもらうことにしよう。二見参謀長も今回の責任をとらなくてはならないと感じているらしいからな」

井本中佐は黙って頷いた。

結局、辻中佐の派遣は歩兵第三十五旅団の攻撃には間に合わず、その後の第二師団の上陸と一緒になった。この辻参謀こそ、後日、大本営の作戦の失敗を覆い隠すため、現地部隊の失陥を論《あげつら》い、その責任をなすりつけた張本人と目される人物である。

ガダルカナルの戦いが残した海軍への不信感

一木支隊第一梯団が全滅した後、その教訓は活かされたのだろうか。また一木支隊の作戦に始まったガダルカナルの戦いは、どのような終焉を迎えたのだろうか。ガダルカナルの主な戦いに焦点を絞り、概観していく。

一木支隊第一梯団が全滅した後、水野少佐を指揮官とする一木支隊第二梯団は、海軍陸戦隊の乗船する「金龍丸」とともに、八月二十日、ガダルカナル島へ上陸することが決まった。しかし米軍は、その日からガダルカナル島の飛行場を利用し始めたため、ガダルカナル島付近の航空優勢はほぼ米軍に移った。もはや第二梯団を乗せた輸送船団も容易に近づくことはできなかった。

また第二梯団を乗せた輸送船団が南進を続ける中、ソロモン諸島北方海域において第二次ソロモン海戦（米軍では「東部ソロモン海戦」と呼ぶ）が起き、米空母「エンタープライズ」が大破する一方、日本側は空母「龍驤」の沈没、「金龍丸」の沈没、護衛艦隊の旗艦「神通」の大破、その他、駆逐艦一隻が沈没する損害を出し、輸送船団は西北西に退避せざるを得なくなった。このため上陸も二十五日に延期された。

第二次ソロモン海戦は、空母三隻、戦艦三隻を核とする第二艦隊及び第三艦隊（司令長官南雲忠一海軍中将）が、空母三隻、戦艦一隻からなる米豪（英）混成艦隊とガダルカナル島沖約三百七十キロで対峙した一大遭遇戦であった。この海戦は、日米機動部隊同士が航空攻撃に終始する海空戦であったが、双方とも不首尾に終わった。しかしながら、この海戦以降、護衛艦隊司令官は、輸送船によるガダルカナル島への輸送を断念せざるを得なくなった。

ガダルカナル島への輸送は、昼間の輸送船による大規模増援から夜間、駆逐艦及び哨戒艇などの高速の小艦艇による逐次連続輸送、すなわち「鼠輸送」に切り替わることになった。日本海軍が航空優勢ばかりか、海上優勢を失っていたことを端的に示すものだった。

しかし、この輸送作戦は、陸軍から次のような不満を呼ぶところとなった。

一　海軍は任務遂行よりも自己艦船の保全を第一義としているのではないか。

二　海軍は戦況、任務のいかんにかかわらず、敵の空母、戦艦のみを攻撃の目標としているのではないか。
三　海軍には敵の輸送船を撃沈して作戦全般を有利にする着意が全然認められない。

これこそまさに一木支隊第一梯団が約九百名に制限された最大の要因ではなかったか。海軍は陸軍部隊を囮にして敵空母を誘い出すことを企図しているのではないか、という疑念が根底にあるからこそ陸軍より出された不満である。海軍は空母撃破を追求するあまり、また同じ過ちを繰り返すと考えられたのだ。このような不満の当否は別として、海軍からの要請に応じて派遣された陸軍部隊の海軍に対する不信感は、陸海協同作戦の遂行をますます困難にしていった。

川口支隊の攻撃にも一木支隊全滅の教訓は活かされなかった

ともあれ「鼠輸送」によって、第二梯団を含む川口支隊は、八月二十九日から九月四日までの間にタイボ岬付近へ上陸を完了した。一木支隊第二梯団もショートランドに入泊後、駆逐艦に乗り換え、川口支隊の一個大隊とともにタイボ岬へ上陸した。第一梯団の生き残りは、約一週間ぶりに会う第二梯団を誘導するため、折畳船を操り、海上で出迎えた。また第二梯団の多くは、この時、第一梯団全滅の様子を知らされるのだった。

　その後、第二梯団は八月三十一日、川口支隊に編入されることになった。彼らは北海道に因んで「熊大隊」と命名された。熊大隊は、第一梯団の生存者、九月四日に上陸したばかりの一木支隊の最後発部隊（「第三梯団」と呼ばれることもあった）を指揮下に入れ、川口支隊の攻撃に参加した。川口支隊は、九月七日までに陸軍五千四百名、海軍二百名、高射砲二門（駆逐艦には載せられなかったため、敷設艦「津軽」を利用した）、野砲四門、連隊砲（山砲）六門、速射砲十四門の重火力と、糧食約二週間分の揚陸を成功させ、攻撃準備に万全を期した。

　川口支隊が敵を攻撃するために選んだ戦法は、一木支隊第一梯団と同じ、日本陸軍伝統の夜襲だった。ただし川口支隊長は、海岸線を前進してイル川に布陣する米軍を東方から攻撃するのでは一木支隊と同様の運命に陥る可能性が高いと考えた。そこで攻撃目標をヘンダーソン飛行場（日本軍呼称「ルンガ飛行場」）と定め、九月十二日夜、三方向から同時に攻撃を開始した。

　川口支隊の攻撃は、一時は米軍を第一線陣地のある飛行場南側台地（米軍呼称「血染めの丘」、日本軍呼称「ムカデ台地」）から後退させるのに成功した。しかし、日の出とともに米軍の逆襲が行なわれ、結局、不首尾に終わった。

続く十三日夜には、駆逐艦七隻による攻撃準備射撃がヘンダーソン飛行場一帯に行なわれ、二度目の攻撃が開始された。しかし、川口支隊の作戦は前夜と変わらず兵力二千名による正面攻撃に終始した。中にはヴァンデグリフト師団長の司令部に斬り込む勇猛な兵もいたが、全般の状況は芳しくなく、日本軍は後退を余儀なくされた。このため川口支隊長は息も絶え絶えにマタニカウへ退却するのだった。この戦闘では、米軍の戦死者五十九人に対し、日本軍の戦死者は七百人超を数えた。

第十七軍司令部は、川口支隊の敗因を次のように分析した。

一　タイボへ上陸した敵に一部の糧食を押さえられ、かつ攻撃準備に十分な時間の余裕がなかったこと

二　敵の火力（砲火）が優越していたこと（この戦闘に使用された日本軍の火砲は僅か山砲一門、迫撃砲二門だった）

三　ジャングルのため、部隊間の連絡が十分にとれず、支隊長の命令どおりに突撃した支隊の兵力は五個大隊中、二個大隊に過ぎず、突撃兵力が不足したこと

（水野少佐が率いる一木集成大隊も十三日に攻撃準備の位置まで前進できず、攻撃に参加できなかった）

四　支隊長が支隊の根幹たる岡連隊主力を舟艇機動により手裡から脱し、他の建制でない諸部隊を少数の支隊司令部で指揮し、いわゆる非建制部隊の掌握不十分の幣に陥ったおそれがあること

五　密林内で、しかも地図はきわめて不完全で用をなさないため、方向の維持が困難であったこと

その一方で連合艦隊は次のように分析した。

一　敵の決意牢固にして、その防備対抗手段に万全を期しあるを軽視し、第一段作戦の我術力を過信し、軽装備の同数（或いは以下）の兵力をもって一挙奇襲に依って成算を求めたこと

二　敵の制空権下に於て天候の障害多く我航空機の活用並びに輸送が困難であったのに対し、敵は損害を顧みず相当に増強を継続し、防御を固くしたこと

三　奇襲以外火砲の利用等考慮少なく又軍の統率連繫全からず。支離個々の戦闘

を為せること

四　主隊の進出位置適当ならず（天日暗き天然のジャングルを進出するの困難）進撃容易ならず加うるに各大隊ごとの左右連繋に欠け協同不能に陥りたること

五　奇襲は敵の意表に出て初めて成功すべきに拘わらず、聴音機等の活用により早期に発見せられ、予期せざる銃砲火の集中を受け先頭部隊の損害と相俟って精神的に挫折せしこと

之を要するに敵を甘く見過ぎたり。火器を重用する防御は敵の本領なり。今後陸海軍共第一段作戦の成果に陶酔することなく頭を洗って理屈詰めに成算ある作戦を確立し、機に臨んで正攻奇襲の妙用を期すること最も肝要なり。

これは一部、艦砲による攻撃準備射撃の支援を受けたものの、米軍と戦うには火力の優越を重視した戦闘力の集中が不可欠であるという一木支隊の教訓がほとんど活かされていなかった、あるいは教訓が伝わっていないことを示すものに他ならない。

ガダルカナル戦のなかで、第一回総攻撃の失敗は、きわめて大きな意味をもった。この後の日米戦力比の推移を見れば、川口支隊の攻撃こそがガダルカナル島の飛行場を奪回できる唯一の機会であったと考える戦史研究者は少なくない。日米の戦力比は

陸上戦力の問題だけではなかった。それは「海上優勢」及び「航空優勢」にも表れた。特にガダルカナル戦のような島嶼作戦では、戦力推進の方法には一挙投入か逐次投入しかない。しかし海軍が自らの目標に固執したため、投入に要する輸送船、それを護衛する駆逐艦と航空機等の数に限りがあった。そのため、戦力推進は逐次投入にならざるを得ず、陸上部隊の戦力だけではなく、海空戦力、それに作戦基盤の設定にも大きな影響を及ぼす結果となった。

中央の理想論と現地の現実論が乖離した悲劇に翻弄された二見参謀長

開戦以来、快進撃を続けてきた日本軍にとって、ガダルカナル島における一木支隊の全滅と川口支隊の攻撃失敗は、帝国陸軍の不敗伝説が米軍の前に躓《つまず》いたことを示した。ここにきて初めて大本営は本格的準備によるガダルカナル島奪回と、それによる南太平洋の戦局好転を企図するようになった。そして具体的な手段として、ガダルカナルへの師団の投入が決まった。

また、これを期にガダルカナルの飛行場奪回に「消極的だった」と見做された二見参謀長が更迭されることになった。二見参謀長は最後まで「少なくとも二個師団の兵力、野戦重砲五個連隊、十分なる弾薬の補給、航空部隊の協力を得られなければ、千キロ離島の決戦は行なうべきではない」と自説を曲げなかった。

しかし、これは作戦に消極的というより、むしろ一木支隊、川口支隊の敗因を直視し、的確に分析した結果、分かった「教訓」ではなかったか。それでも一木支隊と同様、現地部隊は付与された条件で任務達成が求められているのであり、陸軍では、敵に勝つための兵力を要求することなどありえなかった。

〈こんなはずではなかった……〉

二見参謀長は参謀長を解任される前から、一木支隊、それに続く川口支隊の作戦を止められなかったことを嘆き、自分のおかれた境遇を恨んでいた。

昭和十七年正月、二見参謀長は、漢口において第十一軍副参謀長をしていた。その時、第十一軍司令官阿南惟幾中将と次のような、やり取りがあった。

「貴官（二見少将のこと）は指揮官をやってないな。しかも連隊長もしていない。それは可哀想だ。次の補職は旅団長など、どうだ」

「はい、喜んで拝命します」

「うん。旅団長と言っても外地は埋まっているらしいから、内地の旅団長だが、それでもいいな」

「もちろんです。ありがとうございます」

しかし、異動予定だった三月になると、状況が変わっていた。

「貴官、すまないが、もう一度参謀をやってもらいたい」

「あっ、はい。わかりました……。で、場所はどちらでしょうか？」

「南の方だがね」

〈外地、特に南方の劣悪な環境の中で自分に激務がつとまるのか〉

後年、二見参謀長は一抹の不安を感じたと述懐している。二見参謀長は、この時のことを何度も何度も思い出しては、断れば良かったと後悔した。

また二見参謀長は大本営陸軍部の作戦班長、辻中佐にさえ、第十七軍創設当初から「おいおい、貧乏くじを引いたよ。ガラクタの寄合世帯だ。マレーのようにはいかんぞ！」などと、軍に対する不満を漏らしていた。

その後、一木支隊と川口支隊の作戦が失敗に終わると、「こんな難しい作戦、これ以上、やってられない。誰が参謀長をやっても、できっこない」と公けに発言した。

そして更迭直前には井本中佐に対し、本音でガダルカナルの戦況予測を次のように話すのだった。

「各種の状況から判断して、ガダルカナルの奪回は至難である。どうも自分には奪回作戦は成功しないように思われる」

その言葉を聞き、井本中佐は耳を疑い、声をひそめて答えた。

「しかし閣下、今や中央部でも、現地でも、新たな決意をもって次の奪回企図に向かって動いているところです。とにかく決定された方針に基づいて全力を尽くす以外、道はありません」

この時、井本中佐の目には、二見参謀長が健康を害しているように見えた。井本中佐は九月二十八日夕に帰京すると、二十九日の午前中には大本営陸軍部の上司に出張報告を行なった。その際、「今や新たな決意の下に攻撃を再行することに発足したのであるが、よほどの決意をもって、周到な準備の下に攻撃しなければ成功は難しい。楽観は禁物である」と語った。そして井本中佐は、直接作戦の衝に当たっている第十七軍司令部についても言及し、二見参謀長のことを引き合いに出した。その報告を聞いた服部作戦課長は、「これで素地ができた」と目を光らせた。

その直後、二見参謀長は東部軍付になったのである。井本中佐の言が決め手の一つになったのは間違いない。

戦後、井本中佐は、この時のことを次のように回想している。

とにかく異常な強気で、敗けてはならぬ、負ける筈はない、という考え方に立脚していた。よって敗けるのは第一線責任者の弱気のためだと考え、消極的な意見を述べることも許されない傾向が指導中枢にあった。その傾向は大本営にもあったが、陸軍省首脳の方が強かった。

これが単に第一線鞭撻に終わるならまだよいが、そのために認識しなければならない実情の把握ができなくなり、中央部の重大な施策を誤ることもあった。しからばとて、第一線の意見に聴従ばかりしていては適切な統帥指導はできない。指導中枢首脳部の在り方は、容易なものではないと痛感する。要は真相把握の能否である。

この発言からも、一木支隊長が曖昧な任務を与えられる中、専ら一番困難な任務に立ち向かい、少しでも上級部隊の期待に応えられるよう最善を尽くす他に選択肢はなかったとわかる。特に、それまで負け知らずの日本陸軍では驕りも重なり、負けることなど考えもしなかった。そういった意味で、二見参謀長も中央の理想論と現地の現実論が乖離した悲劇に翻弄された人であり、敗れた軍の弱気な参謀長でしかなかった。

なお、後任の参謀長には、二見参謀長や一木支隊長の陸軍士官学校の同期である宮崎周一少将がついた。

勝ち目なき戦いの連続

作戦経過に話を戻す。

川口支隊の攻撃は失敗に終わったが、海上では九月十五日、米海軍護衛艦隊に対し、日本海軍伊号第十九潜水艦が魚雷攻撃を行ない、空母「ワスプ」を撃沈、戦艦「ノース・カロライナ」を中破させる戦果を挙げた。この時、護衛艦隊はガダルカナル増援のために派遣された第七海兵連隊を輸送中だった。しかし第七海兵連隊主力約四千名は辛うじてガダルカナル島へ上陸した。この増援の成功により、米軍は日本軍の掃討を企図し、十月八日にはマタニカウ川付近に所在する日本軍を全滅させたのだった。

この頃になると、米国中でガダルカナル戦に注目が集まるようになった。一九四二年十月、ルーズベルト大統領は、「全軍をあげてガダルカナル作戦を支援せよ」と軍首脳部に指示したほどだ。これに伴い陸上部隊に対し、やや冷ややかだったゴームレーは更迭され、ウィリアム・フレデリック・ハルゼー海軍中将が後任に就いた。

一方、日本軍の状況は、百武中将がポートモレスビーに対する攻撃を再度、延期すると決めていた。第十七軍では、ガダルカナル島の奪回を最優先にするためである。

そして軍司令官自ら仙台第二師団（師団長丸山政男陸軍中将）の指揮を執ると決心したのだった。

その数日後の十月十一日、サボ島沖夜戦（米軍呼称「エスペランス沖海戦」）が生起した。この海戦は第六戦隊（司令官五島存知海軍少将）の巡洋艦三隻、駆逐艦二隻とノーマン・スコット海軍少将が率いる米艦隊、巡洋艦四隻、駆逐艦五隻で戦われたものだ。

この時、スコットはレーダーを十分に活用できなかったため、彼我の識別がつかず、米艦隊と気づかず接近してきた日本艦隊への砲撃開始が遅れ、決定的なチャンスを逃した。それでも日本軍は、重巡洋艦及び駆逐艦各一隻が沈没、重巡洋艦大破一隻、同小破一隻の損害を出した。夜戦を得意としてきた日本海軍が米海軍に破れたのだ。そのため、第六戦隊には厳しい批判が向けられることになった。これは、日本海軍の作戦が消極的になる一因にもなった。

そして十月十三日、ガダルカナル島に上陸した第二師団主力は陸軍の長射程砲等の射撃でヘンダーソン飛行場の滑走路の一部を使用不能とさせることに成功した。また同夜、戦艦「金剛」「榛名」、軽巡洋艦「五十鈴」、護衛の駆逐艦八隻がヘンダーソン飛行場に砲撃を加え、飛行場の一部に損害を与え、ガソリンタンクを炎上させた。

しかし日本軍は当時すでに米軍が完成させていた戦闘機用第二飛行場の存在に気づかず、第一飛行場のみの砲撃に終始した。このため、米軍機の運用の確たる妨害とはならなかった。結局、約八十分間で九百十八発の三十六センチ、十五センチ、そして十二・七センチの砲弾を射撃したにもかかわらず、成果は滑走路とガソリンタンクに若干の損耗を与えた他、米兵約四十人を戦死させるにとどまった。

その理由は海軍が陸軍との連携を避け、陸軍とは別の射撃観測部隊を派遣したことによる。急遽派遣された観測隊長中馬静男少佐がガダルカナル島で観測した地点は九〇三高地と呼ばれる台地であり、目標とされたヘンダーソン飛行場まで約十三キロも離れていた。その上、観測隊は現地の状況にも不慣れのため、艦砲の弾着、特に夜間の射撃効果を確認するのが困難だった。せっかくの陸海協同だったにもかかわらず、作戦は失敗に終わるのであった。

第十七軍はこのような状況で、当初、計画した大なる火力をもってする正攻法に限界を感じ、作戦方針を百八十度転換させた。そして川口少将が行なったジャングル迂回の夜間奇襲攻撃を再度敢行することに決した。しかし、当の川口少将は、今回の突入路が前回失敗したのと同じ場所だったので、「之では金城鉄壁に向かって卵をぶっつけるようなもので、失敗は戦わなくても一目瞭然だ。私は悩んだ。私はこの陣地を避け、遠く敵の左側背に迂回攻撃をしなければならんと思った」と、『川口手記』に記載していたのである。

そのためか、第二師団が攻撃開始日を十月二十二日と定めていたにもかかわらず、川口少将指揮下の各部隊が展開予定地のヘンダーソン飛行場南側へ到着したのは二十三日になってからだった。これには丸山師団長も激怒した。さらに川口支隊長と司令部との対立も引き金となり、支隊長の解任劇にまで発展した。司令部との対立とはガダルカナル上陸時の舟艇機動をめぐる司令部と川口支隊長との意見の相違だった。最終的には、これが伏線となり、丸山師団長は、正面からの総攻撃に反対する川口支隊長を解任し、次級者の東海林俊成大佐（歩兵第二百三十連隊長）を新たな指揮官とした。

また、このような次第で師団司令部は攻撃開始を二十四時間延期することにした。しかし師団主力の攻撃を翼側から掩護することになっていた住吉支隊（支隊長住吉正陸軍少将）には、この延期命令が届かなかった。よって（当初の）予定どおり攻撃を開始した住吉支隊は、米軍の周到に準備した砲撃、戦車による機動打撃を集中的に受け、約六百五十人の戦死者を出す事態となった。

そのような状況を経て、翌二十三日午後七時、第二師団は攻撃前進を開始した。そして、まずヘンダーソン飛行場南側に位置する米軍陣地を包囲し、一斉に攻撃した。この攻撃で日本軍はヘンダーソン飛行場を奪取したと誤認し、丸山師団長は「バンザイ」無線を打電してしまった。「バンザイ」無線は、ヘンダーソン飛行場を確保した際に打電される暗号だった。百武司令官もこの無線を聞き、ラバウルに「ワレ米軍飛行場ヲ占領セリ」と報告した。しかし実際はヘンダーソン飛行場の奪取どころか、夜半過ぎても戦闘はおさまらず、日の出とともに丸山師団長は後退命令を出さざるを得ない状況に陥った。なお、この戦闘で日本軍の航空機（零戦と一式陸攻）もラバウルから飛来し、ヘンダーソン飛行場南側の米軍陣地を攻撃している。

これに対し、米軍もヘンダーソン飛行場から航空機を発進させ、空中戦となり、日本軍にも多くの損害が出た。一方、ガダルカナル沿岸で待機していた海軍も、「バンザイ」無線を聞き、艦砲射撃による友軍双撃を回避するため、海岸線の一部を砲撃するにとどまった。この戦いで日本軍の戦死者は二千から三千人に上った。

十月二十五日早朝、第二師団長丸山中将は、師団の損失は大であるが、歩兵第二十九連隊が敵陣に突入している状況を確認し、同夜全力をあげて再度の夜襲を敢行せよと命令した。その結果、米軍からの猛砲火を浴び、那須少将戦死、歩兵第十六連隊長広安寿郎大佐戦死、歩兵第二十九連隊長古宮正次郎大佐行方不明、大・中隊長の戦死者多数とさらに大きな損害を出した。それでも日本軍は敵の第一線陣地を突破することができず、攻撃は頓挫したのである。

二十六日黎明前、第二師団参謀田口和夫少佐は、この状況を見て、二十六日中に突破が成功する望みは少ないと師団長に報告した。第十七軍司令部も、この状況に鑑み、午前六時、攻撃中止の命令を下達した。かくしてガダルカナル島の第二回総攻撃も失敗に終わるのだった。

なお、この間、十月二十五日、南太平洋、東サンタクルーズ諸島沖において、日米両軍の機動部隊が参加する海戦、すなわち南太平洋海戦（米軍呼称「サンタクルーズ沖海戦」）が行なわれた。米軍の空母と航空機も損失したが、米軍は日本軍の空母に相当の傷を負わせ、航空機約百機を撃墜した。この海戦の結果、ガダルカナルにおける日本軍の航空戦力が著しく低下することになった。

その後、十一月一日より数日に亘り、日本軍歩兵第二百二十八連隊（連隊長土井定七大佐）が米軍陣地の東側約十二キロ、テテレ地区に上陸した。これを発見した米軍第七海兵連隊第二大隊は、上陸部隊を攻撃したのだが、上陸部隊と東海林大佐率いる歩兵第二百三十連隊の一部から反撃され後退した。このため米軍は、海上から増援部隊を派遣し、十一月十日、コリ岬で東海林部隊を挟撃して撃破した。そこには日本軍将兵の遺体とともに、数門の火砲、数隻の上陸用舟艇と十五トンの米が遺棄されていた。これは兵站が滞る日本軍にとって、大きな痛手となった。

それに続き第三次ソロモン海戦（米軍呼称「ガダルカナル海戦」）が生起した。この海戦は増援のため、第三十八師団（師団長佐野忠義陸軍中将）一万千名をガダルカナルへ送り込もうとしたことから始まった。巡洋艦六隻と駆逐艦三十三隻を含む総計六十一隻の大艦隊で上陸作戦が実行に移され、第二艦隊はサボ島の北およそ二百四十キロの海域に集結し、百機にのぼる艦載機で増援部隊の上陸を掩護した。また第十一戦隊（司令官阿部弘毅海軍中将）はヘンダーソン飛行場を砲撃し、第八艦隊は第三十八師団の上陸を支援することになっていた。

十一月十三日、米艦隊との海戦が始まった。輸送船団は米軍の航空攻撃により十一隻のうち六隻が撃沈され、五隻が海岸線へ突入するのみだった。また補給品については約一万トンのうち僅か五トンしか揚陸できなかった。さらに日本艦隊十四隻と米軍艦隊十三隻が至近距離で撃ち合う近代海戦史上珍しい戦いとなったが、米艦隊は巡洋艦二隻、駆逐艦七隻が沈没、航空機三十六機を失ったのに対し、日本艦隊は戦艦二隻、巡洋艦一隻、駆逐艦三隻が沈没、航空機六十四機を失う結果となり、これ以降、海上での優位を米軍が完全に握ることになった。

次の海戦となるルンガ沖海戦（米軍呼称「タサファロング海戦」）は、十一月三十日、補給品を詰めたドラム缶を輸送するために出撃した日本の駆逐艦隊と、これを阻止しようとする米巡洋艦隊との間で生起した。この戦いで日本の駆逐艦隊が米巡洋艦隊を破り海戦に勝利したものの、ドラム缶の揚陸は中止された。そのため十二月三日、ドラム缶輸送を再度試み、初めてガダルカナル島の陸上部隊へ補給品を届けることに成功した。しかし全般状況を見れば、もはや焼け石に水だった。

ガダルカナル島奪回は陸海軍の重荷に

この時、大本営では、陸海軍とも表面的にはガダルカナル島の奪回方針が堅持されていた。しかし、第一線にも中央にもガダルカナル島の奪回が難しいのではないか、という考えは浸透しつつあった。それにもかかわらず、誰も公けには言い出せない状況が続いていた。それは約二ヵ月半の長期にわたり、大本営が第十七軍に対し、攻撃再興に関する作戦指導を全く行なっていないことからも知れる。

十一月、服部作戦課長は第十七軍司令部に出張した際、十二月または一月に必ず攻撃を再興すると約束していた。また十二月になると、陸軍部では、大勢として奪回は不可能とする意見が出始めたものの、撤退論まで発展することはなかった。

井本中佐によれば、陸海軍の間では、「相互の中枢における長年の対立関係が根底にあって、おのおの面子を重んじ、弱音を吐くことを抑制し、一方が撤退の意思を表明するまでは、他方は絶対にその態度を見せまいとする傾向が顕著であった」という。また陸軍上層部でさえも、ガダルカナルの戦いに対する認識の統一ができていなかった。それは陸軍用船舶をめぐる大本営陸軍部と陸軍省の対立という形で表面化した。

もともとソロモン方面での陸軍用船舶は二十万トンと定められていた。しかし大本営陸軍部は、それを大きく上回る三十七万トンを陸軍省に要求した。十一月のことだった。これに端を発し、陸軍省と大本営陸軍部との関係が悪化した。政府は十二月五日の閣議で陸軍部の要求を大幅に抑えるとともに、翌年の陸軍用船舶については十八万トンを解傭するようにと条件を提示した。この条件をめぐっては、佐藤陸軍省軍務局長と田中陸軍部第一部長の殴打事件にまで発展している。

そのこともあり、翌六日、東條首相は閣議の決定を遵守せよ、と強い調子で主張した。東條首相の腹の中には、ガダルカナル島に拘っていては戦争指導全般を崩壊させてしまう、船を出さないことで作戦を諦めさせようという気持ちがあったのではないかと言われている。

東條首相をよく知る陸軍省軍務局軍事課長の真田穣一郎大佐も東條首相の心情を、次のように語った。

大臣（東條首相のこと）の真意はガダルカナル島奪回よりもガダルカナル島の救出ないしは収拾にあり、今やガダルカナルの戦局は大きな重荷となっているように感じられていたと思われる。大臣は陸軍が海軍の不用意な作戦失敗の後始末を負わされては困ると考えていたに違いない。

真田大佐は、この時、大本営陸軍部の作戦課長への就任が内定していた。よって東條首相がこれから陸軍のかじ取りをする真田大佐へ本心を述べたとしても不思議はない。

しかし田中部長は、「（首相は）自分が説得する」と言ってきかず、首相の執務室へ強引に押し入った。そこでは会議が開かれていた。田中部長は説得どころか、理解すら得ることすらできなかった。そのため思い余って東條首相らに向かい、「この馬鹿者ども！」と怒鳴ってしまった。暴言を謝した田中部長だったが、杉山参謀総長へ辞任を申し出ることになった。そして翌日重謹慎十五日を申し渡された。ほどなくして田中部長は南方総軍司令部付との転任発令を受けた。陸軍中央から遠ざけられたのである。後任には綾部橘樹少将が任じられた。

後日、これを見ていた西浦軍務局軍事課長は次のように述べた。

困難な局面に対処してこれから逃避せんとして打った芝居であるとは、私一人の観察ではなかった。誰が何と言ってもあの時の田中中将の態度は、思慮あり責任ある将帥、幕僚のとるべき態度ではなかったと確信する。それとともに杉山参謀総長、田辺次長の態度も甚だ不満であった。自らこの難局を打開するの決意を欠いて事態の推移に引きずられていたことに大いなる不満を観ぜざるを得ない。

陸海軍あるいは陸軍内部で争いが行なわれていた、ちょうどその時、ガダルカナルでは第十七軍が米軍だけではなく、飢えと病魔と戦い、極限状態に陥っていた。

そして、その状況を打破したのが海軍の動きだった。

十二月八日、連合艦隊先任参謀黒島亀人大佐が上京する際、宇垣参謀長がガダルカナルをめぐる戦略の転換について初めて言及したのだ。参謀長は「現地中央最も気脈合し、進退を誤らざること」と黒島参謀に話し、今後とるべき戦略転換の基本的態度を示した。参謀長がそのような態度をとる理由として、次の九項目があげられていた。

一　ガダルカナル島の問題の発端は海軍側の不用心にあり。

二　第一回、第二回、第三回と随分と陸軍を引っ張り出したり。或時は誘い、或時は押し、或時は責任を負はすよう仕向け来たり。三回の失敗は勿論陸軍に其責あるも、又輸送補給を完ふし得ざる海軍に罪あり。

三　ガダルカナル島の奪回を廻りて艦隊は屢次の戦果偉功を奏せり。然るに現地に対する補給輸送は常に其目的の半を達せず。ガダルカナル島は結局「餓島」なりの悲鳴を挙げしむる程の惨状を来せり。要するに艦隊は陸軍を種にし、囮として自隊のみの目的を計るものなりと坐視の間を彷徨するの士をして懐疑せしめ僻目に陥らしめあり。

四　今や最後の思出に充分なる兵力を用意し初心貫徹を期し忍従しあるに、艦隊側より本作戦の継続不能を申出すとは何事ぞ〔と陸軍側は感ずべし〕。

五　ブナ方面の戦況緊迫しあるも両面作戦不能と云ふ方面軍を駆りて六十五旅、五十一師を注入し、ブナ、ガダルカナル島両方共成功すれば可なるも其成算無く虻蜂とらずに終らば第八方面軍は艦隊側海軍の輸送不十分、方針の不確立を責め、十七軍は兵力二分の結果、茲に至らしむとなすべし。

六　斯る状況にてガダルカナル島の撤退余儀なきに至らば、例へ大本営の命令たり共、第八方面軍は艦隊に恨を残し釈然たらず、其結果は十七軍に及び生還を肯ぜず無為に敵陣に斬り入り或は屠腹してあたら三万の犠牲を出して折角の苦心せる撤退作戦を水泡と為す事無きにしもあらず。

七　斯る結果に陥りたらんには、上　陛下に対し全く申訳なきのみならず、国軍の将来に大なる禍根を貽し本戦争完遂の破綻となり、又永く青史に汚点をさらす事となるべし

八　以上最後の場合にも考へ及びて今より慎重の考慮を以て対処し、非は非とし、不能は不能とし面子に捉はれて意地を張る事無く、又苟も巧言を弄して人を誘ふ無く、全く腹を割りてのるか反るかの舞台の交渉に当るべし。

九　艦隊側より不能論を持ちかくる事は行懸り上不可なり。陸軍側と漸次交渉す

べきも、五十一師の転用にせよ、〔ガダルカナル島〕撤退論にせよ、無理押しは絶対禁物にして自然的に彼等が已むなきを自解せしむる事肝要なり。而して此間に立ち中央が克く這般の事情を諒解しありて、機に投じて采配を振る事緊要欠くべからざる処、之が為には充分なる事前気脈相通じあるを必要となす所以なり。

なお、日誌の注記に、「本件は余輩の過般来最も心痛し来れる所、長官にも中上げ又各参謀にも其都度示せる処なり。先任参謀も一昨夜以来考へたるものと見へ本日余輩の言に全く同意を表せり」とあることからみて、参謀長独りのものではなく連合艦隊首脳の一致した心境であったことがうかがえる。また第八方面軍は、ソロモン・ニューギニアの作戦を主宰するため、昭和十七年十一月十六日に編成された部隊であり、第十七軍は第八方面軍の隷下へ編入されていた。

一方、この頃の米軍の動きはというと、十二月九日、ヴァンデグリフト師団長がガダルカナル島での任務を終え、第一海兵師団とともに同島を離れていた。海兵師団の任務を引き継いだのは、アレクサンダー・パッチ陸軍少将率いる陸軍部隊、いわゆる

「アメリカル師団」だった。同師団は一九四二年五月、ニューカレドニアで編成された部隊だった。その名前も、初代師団長パッチ少将がアメリカとニューカレドニアを合わせた造語を師団の名としたものだった。

パッチ師団長はガダルカナルの状況を把握し、爾後の作戦方針は持久戦でいくべきだと決心した。その理由は次のとおりだ。日本陸軍部隊は食糧も医薬品も不足している。その上、日本海軍も第三次ソロモン海戦以降、海上優勢を失っていたので補給も途絶している。米軍はこの日本軍の兵站上の弱点を十分に利用すれば、日本軍へ大きな損害を与え、勝利できると考えたのだ。パッチ将軍の予測どおり、その後、小規模な戦闘が繰り返されることはあったが、一九四三年一月、米軍はヘンダーソン飛行場を一望できるオーステン山を占領、実質的な戦闘は終了したのである。

ガダルカナルの戦闘は終わったが、米第一海兵師団がガダルカナルでの勝利を忘れることはなかった。師団の部隊章には、今でも誇らしげに部隊最大の勝利である「ガダルカナル」の名が刻まれ、南十字星が輝いている。

ガダルカナル島の撤退

十二月二十八日、昭和天皇はソロモンでの戦況を憂慮するばかりに、侍従武官長に対し、次のように言われた。

本日、両総長から本年度の状況について一括して上奏があった。しかし、両総長ともソロモン方面の情勢について自信を持っていないようである。参謀総長は明後三十日ころ退くか否かについて上奏すると申していたが、そんな上奏だけでは満足できない。

如何にして敵を屈服させるかの方途如何が知りたい点である。事態はまことに重大である。ついては、大本営会議を開くべきだと考える。

このためには年末も年始もない。自分は何時でも出席するつもりである。

天皇のご意向を尊重し、抗戦か撤退を決める大本営会議は、当初予定されていた一月四日から十二月三十一日へ変更され、開始時間も十四時とされた。もちろん、会議の結果は撤退に決まっていた。それを天皇に上奏したところ、天皇は安心したご様子で「陸海軍は協同して、この方針により最善を尽くすように」と允裁された。

こうしてガダルカナル島の撤退が正式に決定され、指揮系統に従い、全軍撤退が命じられたのである。

さらに天皇は侍従武官長を通じて自らの意向を伝達された。異例のことだった。

ガダルカナル島の撤退は遺憾であるが、今後一層陸海軍協同一致して作戦目的を達成するようにせよ。実はガダルカナル島が取れたら勅語をやろうと思っていたが如何が？　今日まで随分苦戦奮闘したのだから勅語を下しては如何か。やるとしたら何時が良いか。

天皇がガダルカナルの将兵へ特別な配慮をしていた証左である。

これに対し、杉山参謀総長は恐懼して、勅語をなるべくすみやかに拝受することとし、かつ、一般には発表しない方がよろしいという両総長の意見をまとめて言上した。

勅　語

「ソロモン」群島竝東部「ニューギニア」方面ニ作戦セル陸海軍部隊ハ長期ニ亘リ緊密ナル協同ノ下ニ連続至難ナル作戦ヲ敢行シ所有艱苦ヲ克服シ激戦奮闘屢々敵ニ打撃ヲ加ヘ克ク其ノ任ニ膺レリ

朕深ク之ヲ嘉尚ス

惟フニ同方面ノ戦局ハ益々多端ヲ加フ

汝等愈々奮励努力陸海戮力以テ朕カ信倚ニ副ハムコトヲ期セヨ

この勅語は第八方面軍司令官及び連合艦隊司令長官に下賜された。しかし、この時も一木支隊の全滅と同様、敗北が公表されることはなかった。

ガダルカナル島の撤退は、昭和十八年二月一日、四日、七日の三次に分けて毎回駆逐艦二十隻で実施された。陸軍九千八百名、海軍八百三十名の撤退に成功した。

ガダルカナル島を断念する段階で、ガダルカナル島の部隊を撤退させるか、そのまま最後まで抗戦させるかは、中央として大きな問題であった。相当の数の駆逐艦を失った海軍としては、爾後も作戦能力を維持するため、撤退作戦に駆逐艦を使いたくないのは当然の要求だった。陸軍としても、陸海協同の全般作戦の将来を考えると、海軍の立場を考慮するのが当然である。

しかし、第八方面軍参謀に転任していた井本中佐は、「現場を知る者から見れば、中央にガダルカナルの部隊をそのままにして最後まで抗戦させる考え方があることすら夢想だにしなかった」と述べている。また中佐がガダルカナル島へ撤収命令を伝えるために赴いた際、第十七軍には自発的に玉砕する意思はあったが、大本営や第八方面軍としてはそれを示すことはできないであろうと考えていた。その手段が全くない状態なら止むを得ないが、その手段が存在する限り、撤退させるのが統率の道だからである。またラバウルにまで聞こえてきた中央部の空気の中に、「ガダルカナル島の部隊を甘やかして撤退させたので軍隊が弱くなった」というものがあった。井本中佐は、これを聞いて恥知らずも甚だしいと憤激するのだった。

ところでガダルカナル島からの撤退が成功した理由は何であったか。それは敵が我が方の企図を全く知らず、最後まで追撃ないしは総攻撃をしてこなかったことや、米軍が圧倒的優勢にありながら、なお日本軍は増強して次の総攻撃を行なうものと見積もっていたことなどが挙げられる。米軍は日本軍の駆逐艦によるガダルカナル島への進入も知っていたが、これは兵力増強であると判断していたのである。このように海軍の誠意ある対応で終始駆逐艦で輸送を実施したことにより、敵に撤退を知られることはなかった。これこそが奇蹟の撤退を実現した根本だったに違いない。

百武司令官の自決を思いとどまらせた今村均大将

第十七軍司令部でのことである。昭和十八年を迎えた時、すでに百武第十七軍司令官は、万策尽きて任務達成の望みがなくなったと感じていた。そこへ方面軍から撤退命令が下達された。この命令に従うか玉砕か、二つに一つの道を選ばなくてはならなかった。その際、百武司令官が考慮したのは、どちらを選べば部下の死を最も意義あるものにできるか、というものだった。司令官は、宮崎参謀長以下、全ての参謀の進言に耳を傾けて考えた結果、独自の判断をするのではなく断乎として命令に従い、その実現に努力する道を選ぶことにした。

司令官は大命に従って任務に邁進することが帝国陸軍の至上最善の道であり、その命令の遂行努力の途中で全滅の運命にあっても最後まで至上最善の道に従って斃れたところに部下の全滅の意義が遺憾なく存在するという考え方に透徹した。

その後のことである。二月十四日、ブーゲンビル島まで後退した百武司令官は、エレベンタの第十七軍司令部で第八方面軍司令官今村均大将を出迎えた。

その際、百武司令官は思いつめた様子で今村方面軍司令官に訴えた。

「こんな惨憺たる作戦に陥れ、何とも申し訳ありません。後刻お一人だけにお話し申し上げたいと存じます。時間をお決め願います」

その夜、今村方面軍司令官は百武司令官と二人だけで会うことにした。

まず百武司令官が口を開いた。

「部下の三分の二を斃し、しかも目的を達しない。このような戦は我が国の歴史上にないことです。私がガダルカナル島で自決せず此処に収容されましたのは、一に生存者三分の一、一万人の運命を見届けるのが義務であり、責任であると思ったためです。つきましては、今後の始末はどうか方面軍でやっていただき、私をして敗戦の責任を果たさしめていただきます」

その言葉を聞いて、今村方面軍司令官も静かに答えた。

「お気持ちはよくわかります。自決して罪を詫びることも意義があります。私はおとめしません。ただ、自決は何時でもできますので、その時機について参考のため私の考えを述べさせていただきます」

今村軍司令官は、そこで目を瞑り息を継いだ。何か重要な話をする時の癖だ。

「ガダルカナル島で戦死した、しかも餓死した一万五千柱の英霊のために、どうしてそんなことになったのか、事の顚末を詳しく記述して後世の反省に役立てるのがあなたの義務です。貴官は唯今、自決して罪を詫びると申されたが、あなたが兵を餓えしめたのですか。横綱が百日も食わせられず、草だけを口にし、かけだしの小角力に土俵の外に出されたとして、それが横綱の罪でしょうか」

百武司令官は下を向き、肩を震わせていた。今村方面軍司令官は、そのことには気づかないふりをして、さらに話を続けた。

「既に制空権を失いかけている時機に補給のことを軽く考え、三万もの第十七軍をそこに投じた者の責任であるのではないでしょうか。二度と再び、このような無謀の過失を繰り返さないためにも、この百日間の実際を書き残しておかなければなりますまい。乃木将軍は歩兵第十四連隊長として薩軍に軍旗を奪われて以来、三十五年もの間、忍辱した後に自決しています」

百武司令官は黙って聞いている。

「ここに収容した一万人のこれから先は私が引き受けますが、白骨となっても鉄帽をかぶり、銃を手にし、密林内の塹壕を守り続けている二万の戦友の霊の見守りは、私もやりますが、あなたのやらなければならないことと私は信じます」

ここまで今村方面軍司令官が話したところで、百武司令官は堰を切ったように、目から涙が溢れてきた。

こうして百武司令官は、今村司令官の条理を尽くした説得によって自決を思いとどまった。その後、今村方面軍司令官は「(百武司令官は) 自決を思いとどまったが、その後の日々がどんな陰惨な気持ちで過ごしたか、私には推測することができた」と回想する。その言葉を裏付けるかのように、百武司令官は揮毫を求められると、常に「堅忍持久」と書くのだった。

ガダルカナル戦の教訓

ガダルカナル島に投入された将兵は、約三万二千名であった。そのうち戦死は一万二千五百余人、戦傷死は千九百余人、戦病死は四千二百余人、行方不明は二千五百人にのぼった。これに対して、米軍の犠牲は、米陸軍公刊戦史によれば、戦闘参加将兵六万名のうち、戦死者は千人、負傷者は四千二百四十五人を数えるだけである。餓死した米軍兵士は一人もいなかった。

一方、海軍側の損失もガダルカナル島をめぐって起きた数次にわたる海戦と輸送船団護送で、艦艇五十六隻沈没、百十五隻損傷、そのうち駆逐艦の沈没が十九隻、損傷が八十八隻。そして飛行機の損失も約八百五十機に達したのである。

昭和十八年二月十日付の読売報知新聞は、「ニューギニア、ソロモン諸島。新作戦基礎確立」と銘打たれた記事で、ガダルカナル戦の総括を次のように伝えた。

激戦克く目的を達成、掩護部隊を他に転進

大本営発表（二月九日十九時）

一　南太平洋方面帝国陸海軍部隊は、昨年夏以来有力なる一部をして遠く挺進せしめ、敵の強靭なる反攻を牽制破砕しつつ、その掩護下に「ニューギニア」島及び「ソロモン」群島の各要線に戦略的根拠を設定中の処、既に概ね之を完了し、茲に新作戦遂行の基礎を確立せり

二　右掩護部隊として「ニューギニア」島の「ブナ」付近に挺進せる部隊は寡兵克く敵の執拗なる反撃を撃攘しつつありしが、その任務を終了せしに依り、一月下旬陣地を徹し他に転進せしめられたり

同じく掩護部隊として「ソロモン」群島の「ガダルカナル」島に作戦中の部隊は、昨年八月以降引続き上陸せる優勢なる敵軍を同島の一角に圧迫し、激戦敢闘克く敵戦力を撃摧しつつありしが、その目的を達成せるに依り、二月上旬同島を徹し他に転進せしめられたり

我は敵に終始、強壓を加え之を慴伏せしめたる結果、両方面とも掩護部隊の転進は極めて整斉確実に行われたり

三　現在までに判明せる戦果及び我が軍の損害は既に発表せるものを除き左の

如し
(一) 敵に与えたる損害　人員二万五千以上　飛行機撃墜破二三〇機以上
火砲破壊三〇門以上　戦車破壊炎上二五台以上
(二) 我が方の損害　人員戦死及び戦病死一万六千七三四名　飛行機自爆及
び未帰還一三九機

ここには、明らかに事実と違うことが書かれている。


以上、一木支隊全滅後のガダルカナルの戦いを概観した。

ガダルカナル島が米軍に占領され、太平洋での戦いが本格化すると、日本軍は受動に陥った。また米豪遮断のため、海軍航空基地の回復の重要性が増したことで、ガダルカナル戦が西太平洋における日米の決戦場へと変貌した。さらに一木支隊の戦訓も正しく検討されなかったため、同じ失敗も繰り返された。その結果、日本は爾後の作戦で守勢に立たされ、ますます勝ち目のない戦争を続けることになっていくのだった。

ガダルカナル戦の教訓は、「戦略的価値に見合った作戦基盤の保持と陸海空の戦力バランスが勝敗を決する」ということであり、何よりも戦略的価値を正しく認識できなかったことが日本軍最大の敗因だったと言える。しかし、現地で戦った兵士たちにとって、そんなことはどうでもよいことだった。彼らにとっては、美しい澄んだ空、穏やかな紺碧の海と、それに続く白い砂浜、深い緑の山、鮮やかな花、そして「死」が全てでしかなかった。

一木支隊第一梯団で戦死した将兵たちは、その後のガダルカナル島での戦いを考えれば、人間の尊厳が維持され、戦友と共に死ねたことは唯一の慰めだったかもしれない。一木支隊第二梯団は幸運にも全員無事上陸できたが、戦場では米海兵隊に殺され、最後は補給が滞り、病魔と飢餓に襲われた。それは後続の歩兵第三十五旅団、第二師団、第三十八師団とて同じだった。ガダルカナル島が「餓島」と呼ばれる由縁である。

昭和十八年二月、日本軍は「転進」したが、その頃になると、「生きるか死ぬか」が兵隊たちの一番の関心事になり、敵味方だけではなく味方同士でも殺し合いが行なわれた、と証言する帰還者もいる。

昭和十八年六月、兵隊たちがグアム島で買った土産物の一部が遺族に届けられた。それらは捨てられずに保管されていたものだ。遺骨なき骨箱とともに、旭川に帰還したのだ。ほとんどの遺族は、この時、自分の息子、父、兄、弟……、の死を知らされた。

ただし、一木支隊長だけは違った。大本営陸軍部作戦課に一木支隊長の戦死が確認された後、支隊長の家族に一つの小包が届けられた。小包には黒、赤、橙色のイブニングドレスと籐で編まれた南国風のバッグが入っていた。それを届けた将校は「一木支隊長はお元気ですから心配なく」と伝えた。しかし後日、作戦課にいた支隊長の歩兵学校教官時代の教え子が、一木夫人に支隊長の戦死を密かに伝えたのである。

夫人は病弱な上、盧溝橋事件の時などは「夫の手に弾が当たった」と大騒ぎしていたにもかかわらず、夫の死を聞いてもうろたえることはなかった。夫人は凱旋を信じる家族から「いつ帰るのか」と問われることも度々あったが、それから約十ヵ月もの間、公報で一木支隊の全滅が伝達されるまで一人気丈で過ごすのだった。

七月二十八日、近文練兵場で盛大に一木支隊の師団合同葬がとり行なわれた。その日は北海道では珍しい猛暑となり、葬儀の途中で卒倒する兵隊が後を絶たなかった。また旭川、北海道だけではなく、遠く満洲からも遺族が駆け付けた。その費用は遺族への旅費支給も含め、一個師団の年間経常費に相当したと言われる。

それと相前後し、歩兵第二十八連隊では、思いもよらぬことが起きていた。連隊の

旭川で行なわれた第七師団合同葬

軍旗再親授が難航したのだ。日本軍がガダルカナル島から撤退した後、大本営より現地に派遣されていた辻参謀から、軍旗が米軍の手に渡ったのではないか、という疑惑が呈されたからだ。敵におめおめと軍旗を獲られるような連隊に軍旗を再親授する必要はない、といった強硬論まで出されるほどだった。

一木連隊長の後任、松田教寛大佐も連隊旗がない連隊の長になることを、事の他心配していた。そこで第一梯団で生き残った榊原中尉に対する事情聴取を徹底的に行ない、軍旗の消息を明らかにしようと試みた。しかし彼から軍旗奉焼の証言を引き出すことはできなかった。なぜなら榊原中尉がとった行動と言えば、最後尾を行軍し、戦いが始まるや戦線を離れ、訳もわからず抜刀して海に飛び込み、その後、ジャングルをさまよいタイボ岬に辿りついた、というのが全てだったからだ。

さらに軍旗が総の部分だけではなく、菊花章の竿冠、黒塗りの旗竿も所在不明と判明するにおよび、軍旗再親授はますます難しくなっていった。そのような風潮の中、倉兼軍曹の目撃証言が何度も上申されたが採用されることはなかった。

この状況を打開したのは、真実を覆い隠し、一木支隊長の自決を最初に取り上げ支隊長の軍旗奉焼命令説を唱えた軍中央部の実力者と、歩兵第二十八連隊のこれまでの輝かしい戦歴を知る第七師団長経験の将官らによる働きかけだった。その努力の甲斐もあって、昭和十九年一月三十一日、軍旗の「埋没」が確認されたとして再親授が行なわれることになった。ただし、それは松田連隊長が離任した後のことだった。

終章

□作為の「史実」——一木支隊全滅から見える日本軍の瑕疵

戦争が終わり、何も知らされていない一木支隊の遺族たちがガダルカナルの戦いについて語り始めた。一部の者は「愛する家族が、一木支隊長の状況判断の過ちと功名心の犠牲になった」と嘆き悲しんだ。ある遺族は、命令にある「行軍即捜索即戦闘」という言葉から、一木支隊が何もしないで敵陣に突っ込んだと勘違いした。戦史叢書では、これを「鎧袖一触の意気込み」と記述し、勇ましい決心を行なった印象を与える。

しかし一木支隊長が自らの意思で捜索あるいは偵察を行なわずに攻撃を敢行するとは思われない。なぜなら『作戦要務令』では、別途、敵主陣地未偵知の場合の攻撃要領が記述されているほか、攻撃奏功には、「軍隊ヲシテ攻撃地区ノ状態ニ通暁シ準備ヲ周到ナラシムルハ必要欠クベカラザル要件トス」とまで書かれている。さらに『歩兵操典』でも、「極力攻撃地区ノ地形及敵陣地ノ状態ニ通暁セシム此ノ際特ニ夜暗ノ状態ニ想到シ地形地物ヲ暗識セシムルコト緊要ナリ」と徹底されている。

これらのことから、当時の陸軍が捜索あるいは偵察をいかに重視していたかがわかる。それを一木支隊長が無視したとは思えない。さらに一木支隊本部に所属し、第二梯団で戦った山本一中尉も「（支隊長が）いかに軍統帥部にせき立てられたからとて、猪突猛進はしていないと思う」と遺族たちに語り、一木支隊長に対する誤解を解くための努力を惜しまなかった。

それは遺族だけの話ではなかった。「破竹の勢いで進んでいた帝国陸軍が、ガダルカナルにおいて、一木支隊が作戦で躓いたことから負けた」などと正気では考えられない意見も出された。しかし、このような意見に対しても、一木支隊の生存者の意見は全く違った。彼らは口をそろえて、「一木支隊長は与えられた情報に基づき、任務達成のため、できることを実行に移しただけだ」と話すのだった。また一木支隊長の最期についても、「一木支隊長のように、任務を最も重視する人間が、まだ打つ手があるのに、自決するなんてありえない」と証言したのである。

一木支隊に関する多くの書物も戦史叢書に拠って著されてきた。しかし、一木支隊の生存者あるいは一木支隊の関係者の中からは、それらが「中央から見た戦史だ」「事実とは異なる」という意見が続出した。事の真相を知る戦史叢書の編纂官に尋ねたくても、ほとんどの者が既に鬼籍に入っているため、確認する術がない。

ただし、今になって当時のことを振り返れば、無謀とも言うべき一木支隊の作戦に合理的な説明がつくためには、勝利の「勢い」に任せ、精緻な検討がおろそかにされた上、それぞれの立場で純粋な「作為」が働いていた、という事実は否定できないであろう。

では、なぜ一木支隊は全滅するまで戦ったのだろうか。また、どうして一木支隊の戦訓は活かされなかったのだろうか。さらにどうして一木支隊長は「猪武者」のように言われるようになったのだろうか。

日本軍は「任務重視型」の軍隊だったと言われる。その対極にあるのは米軍に代表される「情報（環境）重視型」の軍隊である。「情報（環境）重視型」軍隊が作戦環境に応じて任務、編成装備や戦闘要領などを修正し、状況に適合していこうとするのに対し、「任務重視型」軍隊は、情報を不確定なマージンと捉えて重視せず、与えられた戦力で与えられた任務をいかに遂行するかを第一に考える。

一木支隊が全滅したのは、「任務重視型」軍隊の特徴から、上級司令部より示された条件の下、典範類に準拠しつつ、時間的要求に引きずられ、新たな作戦環境に対する関心も低くなり、任務を達成するためには精神主義、つまり高い士気へ依存せざるを得ないまま、圧倒的優勢な敵へ攻撃を繰り返したため全滅した、と総括できるのではないだろうか。

特に島嶼、しかもジャングルに覆われた戦場では独立した戦闘が生起する可能性は高くなる。よって自律型の戦闘が求められる。しかし一木支隊の編成の特性から、それは困難だったと思われる。なぜなら一木支隊は支隊と言っても、一個大隊基幹であり、支隊のほとんどの将校は少・中尉などの尉官であり、戦術能力には限界があった。大佐は一木支隊長ただ一人、中佐はおらず、少佐は二人、しかも一人は第二梯団を率いていた。さらに大尉も数名で多くの中隊長は中尉だった。自律型の戦闘では経験豊富で実兵指揮に長けた将校が必要となるのは当然である。それにもかかわらず、将校不足は将校斥候群が全滅することでさらに顕著となった。結果的にそれは一木支隊長の作戦環境に対する関心を払わなくさせた要因になったと思われる。

加えて一木支隊の将兵は、支隊長の命令に基づきよく戦った。相互の信頼感と忠誠が優っていたのは一木支隊長の統率の賜物である。どんなに士気が高くとも、指揮官が少しでも臆する、あるいは指揮の稚拙さが形勢不利を招いたとなれば士気は瞬く間に低下するものである。しかし一木支隊については、そのようなことはなかった。ただし、それがかえって仇になり、将兵は柔軟な対応ができず、損耗があれほど大きくなったのではないだろうか。

元第十七軍参謀長宮崎中将は戦後、「支隊が指揮官を中核とする志気（個人の意気込み）結合の活動体として、当時のわが軍隊の真の姿が随所に認められる。（中略）支隊こそ、当時の軍隊が念願した本然の姿」と高く評価している。

さらに一木支隊長の統率は、陸軍が明治揺籃期より追い求めてきた統率の一つの完成型であったと考えられる。ヴァンデグリフト師団長が「日本兵は降伏を拒絶する」ことに驚いたが、一木支隊長は米軍が初めて遭遇する日本陸軍の指揮官であり、米軍から一木支隊長の統率を見れば、彼らとは明らかに意思決定プロセスが違っていることを認識したと思われる。

一木支隊長の統率は、当時の陸軍の全般的な風潮から考察した場合、決して失敗したとは言えない。換言すれば、一木支隊は戦いに勝つことはできなかったが、支隊長の統率は成功したのである。むしろ一木支隊の作戦は、日本軍そのものの欠陥が緒戦

講演の朝、玄関で撮影した一木清直（中佐時代）

において浮彫りになったものであると言える。

しかし、一木支隊第一梯団の作戦はソロモンの戦いにおける緒戦であった。緒戦で負ければ士気は低下し、国民からの信頼も失う。そのため、一木支隊の敗北は教訓を抽出されることなく、単に封印されたと考えられる。よって日本陸軍は正しい勝ち方ばかりか、戦局全般を見据えた「正しい負け方」も知らずに圧倒的優勢な敵と戦っていくことになるのである。つまり、一木支隊の全滅は、作戦以降もそれを改めることができなかった日本軍の敗北を予感させる出来事だったのだ。

・

また一木支隊長のことを「猪武者」みたいに評する者がいる。しかし、それは本当の「一木清直」、個人を知らないからだ。確かに一木支隊長は親分肌であった。それに、先述のとおり、陸軍に存在する「正論」の具現者の一人であった。ただし大本営や第七師団も一木支隊長が作戦や戦術に精通していたからこそ、派遣を決めたはずである。昭和天皇にまで上奏するような大事な作戦を無謀な人間に任せるはずがない。

盧溝橋事件の一件からも、一木支隊長が冷静沈着、大局的に物事を考察できる人だとわかる。あの牟田口連隊長が、一木大隊長のことを「極めて勇敢で、しかも用意周到な人物であった」と評しているほどである。

さらに事件から四年が経ち、「盧溝橋事件の回顧」という特集記事が昭和十六年七月号の『偕行』に掲載されたが、一木大佐の回想を読めば、一木大隊長が何よりも陸軍の名誉を重んじる人であり、日本軍の評判を汚すような行動をとるはずもないこと、そしてただ単に当時の風潮にのまれ、後先考えず短絡的に行動したのではなく、戦闘間、冷静に指揮していたことが理解できるだろう。一木支隊長の歩兵学校での職歴からも、白兵戦に関し、当時の陸軍の最高水準の知識と技能を持っていたと認識できるはずだ。

北海道護国神社に建てられた一木支隊鎮魂碑

それだけではない。先述のとおり、一木支隊長の義父は英語教師であり、妻の親戚には当時一流の文化人がおり、実の妹美知は米国に在住していた。美知は戦時中、強制収容所へ入れられたが、戦後は米国へ帰化している。一木支隊長は、特に仲の良かった美知からは、雑誌『婦人画報』を米国まで送ることで、最新の米国事情をつぶさに伝えられていたのである。一木支隊長が敵である米軍を、表面上は別として心から侮っていたとは考えられない。

一木支隊の戦友とその遺族などでつくられる「一木会」が北海道護国神社に建てた鎮魂碑には、次のように彫られている。

支隊は大本営直轄となり勇躍征途に就いたが作戦変更となりグアム島に転進同島の警備に当たっていたが八月七日原隊復帰の命により航行中　南太平洋ソロモン諸島ガダルカナル島で飛行場建設中の我が海軍部隊を駆逐し上陸してきた米海兵第一師団約二万に対し攻撃奪回を命ぜられた　急遽反転した支隊第一梯団九百余名は月明下同島に上陸　八月二十日夜半より中川付近の敵陣地を攻撃十数時間に及ぶ突撃を反覆したが敵の堅陣を破れず支隊の損害甚大ついに軍旗を奉焼して支隊長以下八百余名は壮烈な戦死を遂げた

ここには、一木支隊長が軍旗奉焼を命じたことも、自決したことも記されていない。

今も旭川では八月二十日になると、一木会慰霊祭が行なわれる。慰霊祭の当日、旭川では雨が降るという。一木支隊の英霊が流す悲しみの雨だろうか。それとも英知の神であるソロモン王が、自らの名がつく群島で繰り広げられた戦いを振り返り、人間の愚かさを嘆く涙雨なのであろうか。

あとがき

ここに一冊の本がある。『父　一木清直を偲びて』という本だ。この本は北海道護国神社の宮司をされている塩野谷恒也氏から借用したものだ。私が一木支隊長の最期と軍旗の消息に疑念を抱いていると話したところ、快くこの本を貸してくれた。塩野谷宮司は、「一木会慰霊祭」をつかさどる重要な役目を果たされることから、一木支隊の生存者及び遺族とも深い交流を持っているのだ。一木支隊長の長女、淑子女史に知己を得て、一木支隊長の知られざる一面を聴くことができたのも塩野谷宮司の取計らいのお陰だった。また本書の記述に当たり、多くの示唆もいただいた。

本を開くと、淑子女史自らが朱字で校正していたことがわかる。この本は、淑子女史の一木支隊長の回想に加え、菅原進氏が著した『一木支隊全滅』を基にしたものだった。菅原氏は、戦時中から一木支隊の作戦について、ガダルカナル島の生還者などから丹念に証言を集めていた。よって、それまで出されていた史料に満足できなかったのであろう。自らこの本を作成したのである。本書の多くは、菅原氏の史料を参考としている。菅原氏の労作に出会わなかったら、出し尽くされた感のある一木支隊の作戦を題材にとり、新たに戦記を書くことなど思いもよらなかっただろう。

　そして私は、これらの証言・文書等を整理し、『純粋な作為』という本を執筆した。その時、菅原氏の承諾を得ようと連絡したところ、夫人から菅原氏がすでに亡くなっていることを知らされた。さらに菅原氏の本の引用や紹介は筆者の判断に任せる、との有り難いお言葉をいただいた。この場で改めて謝意を示したい。

　さらに、前著執筆以降、高森町歴史民族資料館の館長をされている松上清志氏、一木支隊長の実家である加藤家のご家族をはじめ高森町在住の皆様から、一木支隊長の実像を知る手がかりを得たのも、ありがたかった。加えて郷土研究家の軸原美砂女史、千葉県一宮町及び茂原市における資料収集で快く応じていただいた高校の先生方にも感謝の気持ちで一杯である。皆様からいただいた貴重な資料は、一木支隊長に関する「オーラル・ヒストリー」であり、従来の「定説」を覆そうと新たに執筆した本書を側面からサポートするのに役立った。その他にも北鎮記念館に現存する個人の日記や回想録を紐解くことで、一木支隊の作戦を浮き彫りにする糧とした。

　また、本書の編集においては、芙蓉書房出版の平澤公裕社長及び靖國偕行文庫の葛原和三室長、並びに『歴史群像』記事の執筆以来、大変お世話になっている時実雅信氏より暖かいご支援をいただいた。

このように多くの方からのご協力により世に出ることができた本書が、既に固定概念化されている戦史を見直すきっかけの一つにでもなれば望外の喜びである。

終戦からすでに七十余年が過ぎ、筆者自身も含めて戦争体験がない世代の人々が大多数になった。最近にわかに活気づく安全保障の議論が、戦争と真摯に向き合おうとはせず、理論や推理的技法だけで進められていくとしたら、また同じ過ちを繰り返すだけだと危惧を抱かざるを得ない。ガダルカナルにおいて、戦死一万四千八百人以上、戦病死約九千人という英霊たちの大きな犠牲を払って学んだ戦争の教訓を我々は最大限に活かさなくてはならない。

最後となったが、一木支隊長をはじめ、ガダルカナルの戦いで散華した英霊一人ひとりのご冥福を心からお祈りしたい。

【主要参考文献】

■旧軍資料等

軍令陸第十九号『作戦要務令』（一九三八年）
軍令陸第七号『歩兵操典』（一九四〇年）
大本営陸軍部「一木支隊作戦要領」（国立公文書館 アジア歴史資料センター所蔵、一九四二年）

■戦史叢書

防衛庁防衛研修所戦史室『戦史叢書14　南太平洋陸軍作戦1ポートモレスビー・ガ島初期作戦』（朝雲新聞社、一九六八年）
防衛庁防衛研修所戦史室『戦史叢書 南太平洋陸軍作戦28〈2〉ガダルカナル・ブナ作戦』（朝雲新聞社、一九六九年）
防衛庁防衛研修所戦史室『戦史叢書49　南東方面海軍作戦1ガ島奪回作戦開始まで』（朝雲新聞社、一九七一年）

■戦記・回想録等

閑雲野鶴生『嗚呼第七師団軍旗』（斎藤弘文堂、一九一三年）
倉橋友二郎『第四一防空駆逐隊戦記』（鱒書房、一九五六年）
服部卓四郎『大東亜戦争全史』（原書房、一九六五年）
宇垣纏『戦藻録』（原書房、一九六八年）
田中新一「参謀本部第一部長田中新一中将業務日誌」（防衛研究所資料閲覧室所蔵、一九六八年）
陸戦史研究普及会『ガダルカナル作戦　第二次世界大戦史』（原書房、一九七一年）
示村貞夫『旭川第七師団』（坂野印刷、一九七二年）
亀井宏『ガダルカナル戦記』（光人社、一九七五年）
山本一『鎮魂ガダルカナル島戦』（八重岳書房、一九七七年）
菅原進『一木支隊全滅』（菅原進、一九七九年）
読売新聞大阪社会部編『ガダルカナル』（読売新聞社、一九八二年）
山本昌雄『山本五十六提督虚構の戦艦砲撃』（星雲社、一九九三年）
勝股治郎『ガダルカナル島戦の核心を探る』（建帛社、一九九六年）
井本熊男『大東亜戦争作戦日誌——作戦日誌で綴る大東亜戦争』（芙蓉書房出版、一

九九八年）

■一般図書

生江有二『ガダルカナルの地図』（角川書店、一九八三年）
岡崎久彦『戦略的思考とは何か』（中央公論新社、一九八三年）
戸部良一、寺本義也、鎌田伸一、杉之尾孝生、村井友秀、野中郁次郎『失敗の本質』（一九八四年、ダイヤモンド社）
秦郁彦編『日本陸海軍総合事典』（東京大学出版会、一九九一年）
野中郁次郎『アメリカ海兵隊』（中公新書、中央公論新社、一九九五年）
NHK「戦争証言」プロジェクト『兵士たちの戦争』（日本放送出版協会、二〇〇九年）
戸部良一『逆説の軍隊』（中央公論新社、二〇一二年）
NHKスペシャル取材班『ガダルカナル悲劇の指揮官』（NHK出版、二〇二〇年）

■在郷史料・未刊図書等

「市田村報」第五十五号（市田村、一九四〇年）

丸田年道「ガ島日記」(北鎮記念館所蔵、一九四二年)
杉山杉雄「大東亜戦争手記――五月記」(北鎮記念館所蔵、一九四二年)
防衛庁防衛研修所戦史室「南東方面作戦史料」(防衛研究所資料閲覧室所蔵、一九五六年)
小沼治夫「ガ島における第十七軍の作戦」(防衛研究所資料閲覧室所蔵、一九五七年)
岡村徳長「ガダルカナル設営隊回想陳述」(防衛研究所図書室蔵書、一九五八年)
渡邉安次「連合艦隊戦務参謀　渡邉安次メモ」(防衛研究所資料閲覧室所蔵)
山田定義「山田日誌(其の二)」(防衛研究所資料閲覧室所蔵)
田辺晃『田辺晃海軍大尉日誌』(防衛研究所図書館所蔵、一九六〇年)
第七師団司令部『第七師団史』(北鎮記念館所蔵、一九六二年)
二八会「回想五十年(二八会誌特別記念号)」(二八会、一九六六年)
佐谷健一編「歩兵第廿八聯隊概史」(陸上自衛隊第二十八普通科連隊、一九七〇年)
高森町史編纂委員会編『高森町史(下巻)』(高森町、一九七五年)
宮崎周一「一木支隊行動に関連する戦史的観察」(会誌「ソロモン第十号」全国ソロモン会事務局、一九七八年)
千葉県立一宮商業高等学校『創立五十周年記念誌』(千葉県立一宮商業高等学校、一

九八一年）
一木会「米海兵隊が見た『テナル』の戦い・一木支隊第一梯団（アメリカ「ガダルカナル」戦友会からの便り）」（一木会、一九八三年）
千葉県立茂原農業高等学校創立百周年記念誌編集部『茂農の歴史百年』（千葉県立茂原農業高等学校創立百周年記念事業実行委員会、一九九七年）
山内豊秋『追憶のガダルカナル』（高知六幼会、二〇〇六年）

■学術論文等

齋藤達志「ガダルカナル島をめぐる攻防戦力の集中という視点から―」『平成二十五年度戦争史研究国際フォーラム報告書』（防衛研究所、二〇一三年）
関口高史「ガダルカナル戦における一木支隊長の統率―『任務重視型』軍隊の全滅プロセス」（『軍事史学』第五十二巻第一号、軍事史学会、二〇一六年六月）
関口高史「離島奪回作戦の事例研究 ガダルカナル緒戦における教訓」（『軍事史学』第五十二巻 第四号、軍事史学会、二〇一七年三月）

■新聞・雑誌等

東京朝日新聞「盧溝橋事件一周年回顧座談会」一九三八年六月三十日付
牟田口廉也「盧溝橋事件の真相を語る」（『大陸』七月号 改造社、一九三八年）
偕行社編集部「盧溝橋事件の回顧支那事変四周年記念座談会記事」（『偕行』七月号
偕行社、一九四一年）
読売報知新聞「軍旗南海を征く　開戦一周年」一九四二年十二月八日付
山本一「ガ島への先陣『一木支隊』の戦歴」（『丸』別冊　太平洋戦争証言シリーズ第
五号最悪の戦場（ガダルカナル戦記）潮書房、一九八七年）
白石光「ガダルカナル海兵隊戦記」（『歴史群像』十月号、学習研究社、二〇〇八年）
北海道新聞、二〇一五年八月二十六日付　夕刊

■米軍資料等

I. Shaw, Jr., "Perl Harbor to Guadalcanal," History of U.S. Marine Corps Operations in World War II Volume I, Historical Branch, G-3 Division, Headquarters, U.S. Marine Corps.

Louice Morton, *Strategy and Command*: The First Two Years," The War in the Pacific, United States Army in World War II（United States Army Center of Military History, Washington D.C., 1961）.

■米国戦記等

Government of Australia, "The Coastwatchers 1941-1945," Australia's War,1941-1945.

John Miller, Jr., *Guadalcanal The First Offensive*（University Press of the Pacific Honolulu, 1949）. Graeme Kent, *Guadalcanal island ordeal*（Ballantine Books Inc.,1971）.

Ivan Musicant, *Battleship at War: The Epic Story of the Uss Washington*（Harcout,

1986).

Richard B. Frank, *Guadalcanal* (Random House, New York 1990).

Henry I. Shaw, Jr., "First Offensive: The Marine Campaign For Guadalcanal," Marines in World War II Commemorative Series (Marines Corps Historical Center, Washington D.C., 1992).

William H. Whyte, A Time of War: Remembering Guadalcanal, A Battle Without Maps (Fordham University Press, 2000).

Ian W. Toll, The Conquering Tide (W. W. W. Norton & Company Inc., New York, 2015).

和訳あり。イアン・トール著、村上和久訳『太平洋の試練　ガダルカナルからサイパン陥落まで上』(文藝春秋、二〇一六年)

Lieutenant Colonel Frank .O Hough, USMCR, Major Verle E. Ludwig, USMC, and Henry,Pearl Harbor to Guadalcanal: History of U. S. Marine Corps Operations in World War II (Published by Createspace Independent Publishing Platform, United States, 2013).

文庫版のあとがき

本書は『誰が一木支隊を全滅させたのか』（芙蓉書房出版）を一部、修正・加筆し、文庫化したものである。本書の取材に当たっては、多くの場所へ足を運んだ。例を挙げると、一木清直支隊長の出身地である長野県下伊那郡高森町や飯田市。尉官時代を過ごした佐倉市。配属将校をしていた茂原市と一宮町、盧溝橋事件の際、大隊長をしていた北京。その後、教官をしていた陸軍歩兵学校のあった千葉市。歩兵連隊長として勤務した旭川市、南洋で遠征中に立ち寄よったグアム島。そして一木支隊最期の地、ガダルカナル島である。さらに一木支隊に関する膨大な史料が保管されている米国クアンティコの海兵隊国立博物館や首都ワシントン近郊の米国立公文書館にも資料収集に行った。このように『誰が一木支隊を全滅させたのか』は、自分にとっては初めての単著作品であり、思い入れも深い。

まず執筆の動機について述べていく。ガダルカナルの戦いは太平洋戦争における陸戦のターニングポイントになったと言われる。その中でも一木支隊の戦いは緒戦となる重要な戦いである。しかし日本軍の指揮官、一木支隊長に対する評価は高いとは言えない。米国では戦史研究家の重鎮と言われ、大著『ガダルカナル』も執筆したリチャード・フランク氏が「一木支隊長は勇敢な敵将として認識され、日本より米国で有名な存在である」と語るほどだ。

これまでの定説にも疑問を持った。よく言われるのは、一木支隊長が猪武者のような指揮官であり、盧溝橋から始まる中国戦線における従来の戦いには精通していたが、米軍などの新たなタイプの敵には全くかなわなかったというものである。その理由として挙げられるのも判を捺したように、白兵戦に対する過信、情報の軽視、拙速な戦闘指揮、融通が利かない戦術能力などとされる。このため、一木支隊の遺族の中には支隊長を恨む人も見られた。

しかし一木支隊長のことを知る人々から支隊長の実像に近づくための手掛かりを得ることにより、漠然とした疑問から一つの確信を持つようになった。それは支隊長の同僚の追想、支隊長の部下の思い出や配属将校をしていた支隊長に対する生徒の印象、一木中佐（当時）の講演を直接聞いた生徒たちの記憶、上司の牟田口廉也大佐（当時）の一木少佐（当時）に対する評価などである。

その結果、一木支隊長は猪武者などではなく、歩兵学校では諸外国の最新兵器や戦い方の研究を進める責任者の一人であり、実戦経験からだけではなく、最新の歩兵戦闘についても知識を有する優秀な将校であることがわかった。

また余談だが、親戚には東京帝国大学法学部教授の一木喜徳郎がおり、彼は文部大臣、宮内大臣などを歴任していた。特に、二・二六事件に際しては、喜徳郎のそばに侍り、相談役あるいは私設秘書として助言を求められていたという。これらのことからも、一木支隊長は冷静沈着であり、非常に知的レベルも高い人だと思われる。

確かに軍人の評価には勝敗が大きく影響されるのは道理である。しかし時に戦いの結果だけが誇張され、正しい評価を見極めるレンズを曇らせる恐れがある。また一木支隊の作戦を通じて、戦争や当時の時代背景を知るのは大事なことだと再認識した次第である。

では、なぜ猪武者のように見られるようになったのか。そこには統率と密接な関係がある。一木支隊は旭川から出征したが、主力である海軍部隊の敗北により、ミッドウェー作戦は中止された。その後、長期にわたりグアム島で待機を余儀なくされた上、急遽、ガダルカナル島へ転用されるという運命をたどった。そのような一木支隊将兵のモチベーションはいかほどばかりだったであろうか。そこには強いリーダーシップが求められるのは当然のことであり、一木支隊長はそれを実践したと思われる。

また、地図もない。敵情も不明。直属上級部隊である第十七軍、その司令官である百武晴吉中将に会うこともできず、その意図さえ一木支隊へ正確に伝わることはなかった。そのような作戦環境で戦わなくてはならない一木支隊長の心中は想像に絶するものがある。

正に一木支隊長は、外には「明朗闊達」、内では「隠忍自重」、様々な条件が難しくなる中、誤った情報と陸軍全般の風潮から無謀な作戦を受容し、過酷な状況でも一糸乱れず将兵を指揮したのである。

次に一木支隊が全滅するまでに至った原因はどこにあったのか、また仮に原因が明らかならその後の米軍との戦いに、なぜ日本軍は反映できなかったのか。これを検討するためには、一部隊のことだけではなく、陸軍全体、あるいは日本軍としての海軍との協同要領などについても考察すべきではないかと考えるようになった。特に島嶼作戦で攻める方が敗け、守る方が勝った戦例はそう多くはない。それもガダルカナルの戦いに興味を持った要因の一つである。

さらに言うのなら部隊運用にも、いくつかの疑問があった。なぜ一木支隊を二つに分けたのか、なぜ機動と火力の連繋を断ったのか、なぜ将校斥候群が全滅した後も攻撃を続けたのか。そして、なぜ全滅するまで突撃を繰り返したのか。一木支隊長の最期は、それに軍旗の消息は、などである。これらの疑問に対する解答の一案を本書で呈示することができたと思っている。

天皇にまで上奏された一木支隊の作戦は失敗した。それにもかかわらず、失敗の原因を根本的に追及しなかった陸軍、あるいは日本軍はそれ以降も負け戦を続ける。つまり一木支隊の作戦は太平洋戦争の敗北を予兆させる戦いだったのである。

これまで述べてきたことからもわかるように、取材においてもたくさんの出会いがあった。まず挙げられるのが一木支隊長の長女である。「父は、……」と朴訥に語り、家族しか知り得ない話をたくさん聴くことができた。また実際、一木支隊長を目にした方に対する取材を重ね、三年以上の時が過ぎた。彼らとの出会いにより、一木支隊長の肖像をより正確に描くことができたと自負している。

その他にも、多くの方からご支援をいただき本書は世に出ることとなった。鉄道博物館などの協力により当時の鉄道事情に基づく旭川から宇品までの鉄道輸送や上京した一木支隊長の行動の概要も浮き彫りになった。

そしてガダルカナル戦から生還された将兵への聴取を基に出版された『一木支隊全滅』を忘れてはいけない。本書でも大いに参考とした。著者の菅原進氏にはもちろん、出版に当たり引用を快く許可していただいたご家族の皆様に心より感謝申し上げる。

学術論文なども執筆したが、それらとは異なり、本書は多くの方に読んでいただくことを目的としたため、ノンフィクションという形をとった。そのこともあり、メディアに取り上げられることもあった。テレビ番組の制作を通じ、雑誌などで史資料の検証や国内外でのインタヴューなどにより精密度を上げ、複数の放送を重ねることで、新たな視点からわかりやすく本書の意図が伝わったと感謝している。加えて大学生などが中心となり、本書を題材とした映画制作へ取り組み、若い世代の方に戦史や戦争、延いては平和について考えるきっかけになったのであれば、望外の喜びである。

我が国でも安全保障に関する議論がにわかに高まっている。島嶼での戦いも予想される。その戦訓の宝庫であるガダルカナルの戦いを見直すことは意義深いものだと考える。しかし、それがもし戦争と真摯に向き合わないものなら不毛と言わざるを得ない。戦争と平和は、国民一人ひとりが真剣に向き合わなくてはならない問題である。平和を欲するなら戦争を知ることが大切である。

一木支隊のほとんどの将兵は二十代

の若者だった。その若者の死を無駄にしないことが現代に生きる我々の課題だと思う。

文庫化に当たり、本企画を熱心に勧めていただいた潮書房光人新社の真下潤様に心より御礼申し上げる。最後にガダルカナルで戦い、祖国に還ることのできなかった全ての英霊へ感謝の意を表して筆をおく。

令和六年十二月八日

関口高史

単行本　平成三十年二月　芙蓉書房出版刊

NF文庫

誰が一木支隊を全滅させたのか

二〇二五年二月二十日　第一刷発行

著　者　関口高史

発行者　赤堀正卓

発行所　株式会社　潮書房光人新社

〒100-8077　東京都千代田区大手町一-七-二

電話／〇三-六二八一-九八九一(代)

印刷・製本　中央精版印刷株式会社

定価はカバーに表示してあります

乱丁・落丁のものはお取りかえ致します。本文は中性紙を使用

ISBN978-4-7698-3391-8　C0195

http://www.kojinsha.co.jp

NF文庫

刊行のことば

第二次世界大戦の戦火が熄《や》んで五〇年——その間、小社は夥しい数の戦争の記録を渉猟し、発掘し、常に公正なる立場を貫いて書誌とし、大方の絶讃を博して今日に及ぶが、その源は、散華された世代への熱き思い入れであり、同時に、その記録を誌して平和の礎とし、後世に伝えんとするにある。

小社の出版物は、戦記、伝記、文学、エッセイ、写真集、その他、すでに一、〇〇〇点を越え、加えて戦後五〇年になんなんとするを契機として、「光人社NF（ノンフィクション）文庫」を創刊して、読者諸賢の熱烈要望におこたえする次第である。人生のバイブルとして、心弱きときの活性の糧《かて》として、散華の世代からの感動の肉声に、あなたもぜひ、耳を傾けて下さい。